Melhores Contos

Edla van Steen

 Melhores Contos

Edla van Steen

Seleção e Prefácio de
Antonio Carlos Secchin

São Paulo
2006

© Edla van Steen, 2006

Diretor Editorial
JEFFERSON L. ALVES

Gerente de Produção
FLÁVIO SAMUEL

Assistente Editorial
ANA CRISTINA TEIXEIRA

Revisão
ANA CRISTINA TEIXEIRA
RINALDO MILESI

Projeto de Capa
EDUARDO OKUNO

Editoração Eletrônica
ANTONIO SILVIO LOPES

Dados Internacionais de Catalogação na Publicação (CIP)
(Câmara Brasileira do Livro, SP, Brasil)

Steen, Edla van
  Melhores contos Edla van Steen / seleção e prefácio de
Antonio Carlos Secchin. – São Paulo : Global, 2006. –
(Coleção melhores contos)

ISBN 85-260-1163-4

1. Contos brasileiros I. Secchin, Antonio Carlos.
II. Título. III. Série.

06-7239   CDD–869.93

Índices para catálogo sistemático:
1. Contos : Literatura brasileira   869.93

Direitos Reservados

 GLOBAL EDITORA E DISTRIBUIDORA LTDA.

Rua Pirapitingüi, 111 – Liberdade
CEP 01508-020 – São Paulo – SP
Tel.: (11) 3277-7999 – Fax: (11) 3277-8141
e-mail: global@globaleditora.com.br
www.globaleditora.com.br

 Colabore com a produção científica e cultural.
Proibida a reprodução total ou parcial desta obra
sem a autorização do editor.

Nº DE CATÁLOGO: **2765**

NOTA DA EDITORA

Edla van Steen, esta notável escritora, dedica-se, há anos, a dirigir, com talento e competência, várias coleções da Global Editora. Tão pressurosa e eficiente em divulgar a melhor literatura em língua portuguesa, cometeu, todavia, um "esquecimento": nunca incluiu-se nas coleções que dirige. Agora, quando atinge os 70 anos de vida e os 41 de estréia em livro, sentimo-nos felizes de, quase à sua revelia, homenageá-la com este volume, que revela um pouco do muito que ela representa para as letras do país. Os *Melhores Contos* de Edla van Steen enriquecem e honram o catálogo da Casa.

Os editores

Antonio Carlos Secchin nasceu no Rio de Janeiro, em 1952. É doutor em Letras e professor titular de Literatura Brasileira da Universidade Federal do Rio de Janeiro, além de professor visitante de várias universidades estrangeiras – na França, em Portugal, na Itália, na Venezuela, no México. Ensaísta, poeta e ficcionista, autor de dez livros. Suas publicações mais recentes são: *Poesia e desordem* (ensaios, 1996), *João Cabral de Melo Neto: a poesia do menos* (segunda edição, 1999, ganhador do concurso nacional de ensaios do INL/Ministério da Educação e Cultura em 1985 e do Prêmio Sílvio Romero da ABL em 1987), *Todos os ventos* (poesia reunida, 2002, prêmios da Fundação Biblioteca Nacional, da ABL e do PEN Clube), *Escritos sobre poesia & alguma ficção* (2003) e *50 poemas escolhidos pelo autor* (2006). Organizou várias seletas e obras completas de poetas brasileiros, tanto de nomes consagrados (Castro Alves, Cecília Meireles, João Cabral de Melo Neto, Ferreira Gullar) quanto de autores à margem do cânone (Júlio Salusse, Mário Pederneiras). Eleito em 2004, é o mais jovem membro da Academia Brasileira de Letras.

PLURAL DE EDLA

Há muitas Edlas em Edla. A especialista em arte e diretora de importantes coleções literárias. A tradutora, roteirista e dramaturga. Mas, acima de tudo, a ficcionista que, há anos, vem construindo, com estilo e relevo, uma obra ímpar em nossas letras. Do inaugural *Cio,* de 1965, ao recente *A ira das águas* (2004), seis livros, entre os 25 publicados pela autora, congregam sua produção de contos. Uma obra de tal porte já foi objeto de reconhecimento crítico tanto no país quanto no exterior. Com quatro livros traduzidos para o inglês, ganhadora dos prêmios Nestlé e Coelho Neto, da ABL, incansável trabalhadora em prol da difusão da cultura brasileira, Edla, à margem dos grupos que tentam nortear os caminhos da produção literária, embarca em veredas próprias, sempre fiel a si mesma, e a inarredáveis compromissos de natureza ética e estética. Nos limites de uma breve antologia, e do estreito espaço reservado a sua apresentação, esperamos fornecer algumas pistas ou coordenadas para que melhor se compreenda a dimensão da obra de Edla.

Partamos de duas epígrafes, de, respectivamente, *A ira das águas* e de *No silêncio das nuvens* (2001): "Só não existe o que não pode ser imaginado", Murilo Mendes; "As coisas. Que tristes são as coisas, considera-

das sem ênfase", Carlos Drummond de Andrade. Pela primeira, destaca-se a primazia da imaginação sobre a mera subserviência aos dados externos, sinônimos de uma captura fotográfica da realidade. A imaginação não atua contra o real, mas, ao contrário, age para flagrá-lo de modo mais denso e inesperado, para desestabilizar a apatia mediante súbitas infiltrações da fantasia cúmplice do acaso. E, para isso, é necessário sacudir a crosta opaca dos dias banais, intuir a fera que dorme sob a superfície plácida da anestesia nossa de cada dia: restituir a ênfase que as coisas guardam em seu bojo, contra as quais nos defendemos com olhos de não ver. E o desassombro em revelar o invisível, ou o semivisível, respalda o compromisso ético em não compactuar com esquemas que maquilem o roteiro para o desencontro e a solidão que margeiam o caminho humano. Compromisso, esclareçamos de pronto, que nada tem de retórico, de altissonante ou moralista, mas que parece girar, sem intervalo e sem resposta, em torno de uma tenaz indagação: por que somos assim? E ainda: qual o preço de mudarmos? Uma espécie de poética do desconforto subjaz na arquitetura de muitas narrativas. Há escassos sinais de felicidade ou de completude. Pequenos arranjos ou composições mal disfarçam o vazio sobre o qual se erguem. O narrador, em Edla, não se comisera de tantas vidas miúdas que a custo ousam lançar-se para além do perímetro da prudência que a si mesmos impuseram.

Sua estréia com *Cio*, embora saudada por críticos como Leo Gilson Ribeiro e Wilson Martins, ainda não demonstrava a força que emergiria a partir de *Antes do amanhecer* (1977), e os doze anos transcorridos entre uma e outra coletânea revelam, de um lado, uma escritora sem a premência da escrita a qualquer preço e ao menor prazo, e que, depurando seu instrumento, foi até excessivamente drástica na auto-avaliação do que até então produzira, pois permitiu em 1977 o aproveitamento de apenas dois ("Cio" e "A beleza do leão") dos seis contos enfeixados no volume de 1965. O crítico Nelson Coelho destacou em *Antes do amanhecer* o surgimento de *"uma escritora maior"*, não sem antes assinalar a impregnação obsessiva dos temas do sexo e da morte, da morte existencial, morte-em-vida, diríamos, apontando para a dura defrontação com a ausência de sentido no ato de existir. É o que se lê em "O Sr. e a Sra. Martins", um dos mais famosos contos da autora, onde o relacionamento de um casal se urde em torno da cerimônia de visita aos mortos, e da consciência dos cadáveres futuros em que ambos se converterão.

Edla, que tão bem soube fazer aflorar o melhor dos escritores nas duas séries de entrevistas que publicou, em 1981 e 1982, sob o título *Viver & escrever*, sempre foi reticente ou esquiva em colocar-se na berlinda. Por isso, avulta a importância de um depoimento encartado em *Antes do amanhecer*, pista preciosa para compreensão do universo ficcional da autora: *"Cada momento de ficção tem sua própria lógica. E descobri-la, trabalhá-la, é que torna surpreendente e fascinante o ofício de escrever"*. Como prever ou domesticar o susto? Nada mais avesso a modelos prévios ou à redução do fluxo inestancável da vida a teorias que lhe abafem o rumor e a pulsação, o cheiro e os detritos.

Predominam os relatos em terceira pessoa, propícios a que o narrador adentre não apenas os espíritos, mas as vísceras e os humores dos personagens – e de lá retorne encharcado de uma humanidade dúbia, às vezes perversa e algo desesperançada. Mas, para além dos protocolos "realistas" de representação, percebe-se na mestria técnica um certo comprazimento do narrador, como a dizer: isto aqui, além de vida, é ficção – pois no jogo de amar e desamar dos personagens se imiscui o jogo (e o gozo) de armar e desarmar narrativo, desdobrado em inúmeras faces: ora na técnica do puro diálogo, herança, talvez, das experiências dramatúrgicas de Edla, em "As desventuras de João"; ora a vertiginosa mudança de planos, ao jeito cinematográfico, de "A volta"; ora o relato confessional, em primeira pessoa, de "Saudades da vila" – modalidades de enunciação que se multifacetam ao longo do livro. Destaque-se ainda a polifonia narrativa de "Um dia em três tempos", cujo início nos arremete de chofre na estética do desconforto: ".../ *Mal Leonor entrava no edifício sentia aquele cheiro não identificado, de mofo. Tanto podia ser do prédio, como do zelador, um homem velho que não tem a perna direita; em lugar desta, usa uma perna de madeira, em forma de taça, onde apóia o toco da coxa, embrulhado em panos sebentos*". No conto, o narrador se transforma num duplo que desempenha metalingüisticamente o papel de um "autor", a examinar a ficção que o outro/ele mesmo vai tecendo.

Os choques em voltagens antilíricas são constantes, como se o real, necessariamente, se tecesse a partir dos escombros do sonho. Assim a antiga menina, que reencontra Heitor, sua velha admiração, transformado em afetada caricatura feminina ("Saudades da vila"). Ou em "A visita", em que dois ex-amantes se reencontram, dizem banalidades, e o homem, prosaicamente, pensa *"no quanto amava aquele corpo grande e gordo que nem uma trouxa"*.

Oito anos após *Antes do amanhecer,* a escritora retorna ao conto com *Até sempre* (1985). A propósito do livro, Walnice Nogueira Galvão observa: *"Edla van Steen se deleita em explorar situações turvas, em que o compor-*

tamento humano foge às convenções". Se o primeiro título conota premência, urgência ("antes de"), o segundo aponta para espera e paciência ("até sempre"). E, de fato, longas esperas se sucedem na obra: a da filha, que aguarda 30 anos até um patético e insólito reencontro com a mãe à beira da morte ("A visita"); a das mulheres adultas, que retornam para um ajuste de contas com a infância, tanto em "Até sempre" quanto em "Lembranças no varal: a roda". O passado não é o que passa, e sim o que, em seus efeitos, perdura – até sempre. Traumático é, a partir disso, supor que ele se confunda com um presente, que, a rigor, já o desalojou do palco, para mantê-lo (vivo embora) na subcena da memória. É o que se passa no belo "CAROL cabeça LINA coração", com seus discursos paralelos, centrados nas reações do homem e da mulher, que atribuem sentidos e desejos divergentes (ruptura *versus* reconciliação) quanto ao que fazer frente às lembranças de uma convivência interrompida. Muito bem construído em recurso contrapontístico, esse texto divide com outro um grau de apurado domínio técnico: referimo-nos a "A Bela Adormecida", com sua sutil superposição de temporalidades, que enreda (sem confundir) o leitor, a partir do primeiro pacto (ou impacto) narrativo – Heloísa, recém-morta, descreve seu velório, e, enquanto rememora episódios mais ou menos recentes que a envolvem com os personagens circunstantes, é, por seu turno, alvo de um relato em terceira pessoa, que, em *flash-backs,* transforma a então narradora em personagem, flagrando-a desde a infância. Numa piscadela cúmplice, Edla dedica o conto a outra "Carol", a escritora norte-americana Joyce Carol Oates, sua contemporânea (menos de dois anos as separam) e, como Edla, também autora de romances, contos, peças teatrais e ficção infanto-juvenil. Estrearam praticamente no mesmo ano e desenvolveram temáticas afins. Trata-se do único autor estrangeiro a quem a brasileira dedicou um conto.

Lemos, nas seqüências 11 e 12 de "A Bela Adormecida": "*O cheiro das plantas me traz uma saudade antiga*"; "*As velas queimam inflexíveis, há um quê de deterioração nas pessoas*". Evocando contextos agradáveis ou repulsivos, os signos olfativos povoam o universo da autora. Mofo, suor ou perfume – o mundo é um corpo que exala, e o olfato, um sentido considerado menos nobre, se inscreve várias vezes no âmago das tramas, chegando inclusive a nomear a coletânea seguinte: *Cheiro de amor,* de 1996. Onze anos a separam da obra precedente, e o aspecto de imediato perceptível é a maior extensão das narrativas, apenas oito em 211 páginas, uma delas (a que dá título ao livro), como observou Lauro Junkes, "*que se abre para estrutura de novela, devido ao vasto entrecruzar de destinos*", e a uma divisão em 12 capítulos, complementaríamos, para segmentar a extensa massa textual. Se em "Rainha-do-abismo" o emprego do diálogo parece chegar ao apogeu (a rigor, trata-se quase de um texto teatral, pontuado por discretíssimas intervenções do narrador), o conjunto dos contos obedece a um padrão mais convencional de relato, o que não implica menor qualidade. A esse respeito, leiam-se os pungentes "O erro" e "Nada a lastimar", tanto mais intensos em sua perturbadora crueza quanto mais o narrador se distancia de um sentimentalismo que poderia traduzir-se numa adesão piedosa à dor dos personagens. São textos simultaneamente próximos e distantes entre si. Próximos porque neles se fala de uma morte desejada, e distantes porque apenas no segundo a tentativa chega, se assim ousamos dizer, a bom termo. "O erro" nos conduz da juventude à decrepitude da personagem, que entrevê na morte a saída para sua crônica velhice anunciada, mas falha (daí o título) na dosagem suicida. No outro conto, a perda do companheiro leva o personagem à busca da mesma saída, mas na dose certa. Frente a essas duas duras narrativas, o leitor acaba sem saber o que seja mais terrível: a morte ou o fracasso em atingi-la.

Não há nada de especialmente dramático que conduza a vida das personagens à infelicidade – e esse é o drama. Houvesse alguma razão objetiva, e sempre se poderia culpar o destino, desculpabilizando-nos diante dele. Mas perceber que a corrosão está em nós, na insensibilidade infiltrada em nossa contabilidade do cotidiano, eis algo que remete para situações sufocantes, para sentimentos ressentidos e ressecados, onde a encenação do afeto é a moeda barata que os seres negociam para suportarem o insuportável de si próprios e dos outros. Atente-se, em *No silêncio das nuvens,* para os exemplares "Bodas de ouro" e "A vingança". Para David S. George, o primeiro desses contos *"constitui uma meditação sobre a velhice e a morte, a impossibilidade de nos livrarmos do passado"*. A protagonista Lara *"olha os filhos e os netos /.../ sem emoção"*, e, durante as comemorações do aniversário de casamento com um homem a quem não ama, *"olha para o marido, mas não o vê"*. Apaixonada por outro, acaba optando pela previsível segurança de uma família já constituída – até o desfecho em que, para além da fronteira da vida, o desejo, transgressor, volta a manifestar-se. Se algum alento e doçura se desenham nesse reencontro póstumo, em "A vingança" o tom tangencia o caricato na construção da figura paterna. Vida e morte de um pai quase sempre ausente são narradas com distanciamento e ironia, que relevam no personagem seus aspectos menores e mesquinhos, como a avareza e a dificuldade em externar afeto pela filha. A personagem paterna marcada pela ausência é, aliás, tópico recorrente na ficção de Edla van Steen. Recordemos, do livro anterior, o devaneio da protagonista de "O erro", quando, pretensamente à beira-morte, recupera imagens infantis: "*começo a tomar os comprimidos. Era tudo o que eu queria: o sono eterno. Curiosamente, vejo meu pai, montado a cavalo, correndo. Ele se distancia, se distancia*". Ou, no mesmo livro, em "Faz de conta", a inútil verbalização de um desejo: "*Um homem, meu pai, se é que ele gostava de mim, viria me salvar*".

Esse olhar endurecido dirigido ao âmago das relações familiares, a reboque do aparato de hipocrisias que as sustentam, se transforma em comovida empatia para com os excêntricos, os desajustados e os marginalizados, dentro ou fora do âmbito doméstico: basta ler, por exemplo, "Mãe e filho", de *A ira das águas,* em que um menino fronteiriço da normalidade psíquica é inundado de compreensão e de amor materno. Ou, no mesmo livro, "Mania de cinema", onde o cotidiano ganha vigor e valor metafórico, nas aproximações que a protagonista efetua entre seus amantes e diversos astros da tela: maneira de atender, via devaneio, a fome simbólica que a rotina é incapaz de suprir na realidade. Por isso, talvez, contra o insípido (ou inóspito) cotidiano, Edla acione com tanta ênfase a tecla do esquecimento: não para patinar no vazio da vida, mas para preenchê-la com outras histórias, que a imaginação costura no ponto preciso em que a memória se esgarçou. Em "A Bela Adormecida", indagava a personagem: "*Que raio de memória é esta, que em vez de marcar acontecimentos reais, anotou alucinações?*". Ainda bem – acrescentamos. Em "Amor pelas miniaturas" (de *No silêncio das nuvens),* a narradora Gilda sofre exatamente por não ter a capacidade (ou a sabedoria) de esquecer, e comemora, ao final do texto, os primeiros sinais de enfraquecimento mnemônico: *"Até que enfim estou me livrando de todo aquele lixo de informações inúteis"*. Ao elaborar personagens, na maioria das vezes, em situações afetivas não-resolvidas, com fissuras e ressentimentos, a ficção de Edla confere à memória um papel que tiraniza seu possuidor, levando-o a remoer remorsos e impasses ao longo da existência. É o caso de "Nojo", que materializa uma vingança – cevada por quase meio século – de uma desilusão amorosa, com um desdobramento que confirma as palavras do escritor Deonísio da Silva: *"a narradora não despreza o que é essencial para os contistas: a surpresa do desfecho"*. Leia-se, também, "Ela e ele", onde a emergência de outra espécie de memória – a eletrônica, arquivada num computador – desencadeia imprevistos rumos à história, contestando ou contradizendo as expectativas da memória "humana" da personagem.

Os romances e os contos de Edla van Steen compõem um conjunto que se integra ao que de mais consistente a narrativa brasileira produziu nas últimas décadas. Dominando a técnica, mas colocando-a a serviço do aprofundamento de algumas das questões fundamentais do ser humano, a força ficcional de Edla provém do fato de que nela não há espaço para virtuosismo ou para floreios decorativos de painéis bem desenhados, mas anódinos. Sua ficção procura o nervo da vida, pois, como afirma certo personagem, move-lhe o desejo não de pintar a paisagem, mas de estar dentro dela – no mesmo passo arrastando-nos a nós todos, seus leitores.

Antonio Carlos Secchin

Para
Yuri van Steen Vidal

CONTOS

MÃE E FILHO

Manfredo chegou à praça bem cedo, como sempre. Gostava do começo da manhã, quando os zeladores limpavam as calçadas, os bancos estavam vazios e as janelas dos prédios continuavam fechadas. Não que ele soubesse que horas eram. Não se importava. Para quê? Ele simplesmente acordara e viera para o seu lugar preferido: a mulher do terceiro andar do edifício Paulista apareceu de camisola, se espreguiçando. Ele ia se levantar e ficar no portão para cheirar o rastro bom que ela deixava. A mãe dele também costumava exalar um cheiro delicioso e fazia, às vezes, um carinho tão leve, tão leve, uma nuvem passando pelos seus braços.

– Esse menino é meio retardado, Cristal. Já levou ao médico? Veja como ele fica sentado no degrau, olhando para cima. O que ele tenta enxergar?

– Nada, não. Esquece.

Mania de achar defeito. Manfredo estava só se divertindo com as nuvens. Gostava do desenho delas no céu.

– Nunca se repetem, viu, mamãe? Cada dia é diferente. Ontem parecia a senhora dormindo.

– Este menino tem tanta imaginação. Eu olho e não vejo nada. Quer dizer, vejo nuvens. Será que ele vai ser artista?

Cristal fazia muitas recomendações para a empregada. Que fiscalizasse se ele estava mesmo sentado na praça, que o chamasse para almoçar ao meio-dia e, depois da aula de ginástica, mandasse o filho descansar um pouco.

– Ele é muito frágil. Fique de olho.

Ela sempre ouviu dizer que, a cada dez anos, nascia alguém esquisito na família. Há um século cada vez que as mulheres ficavam grávidas, ouviam os malditos votos: tomara que o seu bebê seja normal. Foi assim com sua bisavó, sua avó, sua mãe e com ela mesma.

– A obstinação é o seu grande defeito, Cristal. Você se dedica demais a esse filho.

– Ah, defeito não, cunhada. Por que não pode ser qualidade? – ela se defendia. – Filho único de mãe solteira, todo cuidado é pouco.

Manfredo foi precoce: andou antes do tempo, falou mais cedo, desenhava com um ano e meio e aprendeu a ler praticamente sozinho, vendo televisão. Por isso a escola tanto o entediava. Uma explicação era suficiente para que ele assimilasse e desenvolvesse tudo. Menos matemática.

Não tinha capacidade para contas. A professora fez o diabo para ensinar e ele nada.

– Trata-se de um menino de inteligência fora do comum – a mãe justificou, orgulhosa. – A escola não pode compreender?

Não pode. Ele que estude até aprender. Manfredo desistiu. No começo, a mãe pagou uma professora particular, mas as aulas foram ficando caras e ela teve de suspender.

Ele passou a freqüentar a biblioteca infantil e a pegar pilhas de livros. Os dias no quarto, vesgo de tanto ler. Só saía quando havia estrelas.

— Que você está fazendo, Manfredo? — a mãe toda maquiada para sair.

— Estou vendo se existe alguma estrela mais bonita do que você.

Cristal, emocionada, tirava a roupa e mudava os planos. O divertimento estava em casa. O filho, também contente, contava as histórias lidas. Ele era tão interessante. A sua impressão é que um dia Manfredo podia até virar escritor.

De repente, ele enjoou e não foi mais à biblioteca.

— Cansei, mãe. São muito bobas essas histórias. Vou até a praça.

— Fazer o quê?

— Encontrar meus amigos.

— Quais?

— Qualquer dia eu apresento todos a você.

Cristal suspirou, contente. Então o seu filho tinha amizades. Que bom. O que não acontecia com ela. Os homens que conhecia estavam mais para lá do que para cá e as mulheres do hospital trabalhavam tanto que não podiam se aproximar umas das outras. Se aquele sacana do marido não tivesse fugido com a secretária... Ela, depois da separação, só encontrara um único sujeito legal, coronel do exército. Ele falava em morarem juntos e trazia-lhe presentes, quando vinha do interior. Nunca levara ninguém em casa, mas como ele propôs que morassem juntos precisava conhecer Manfredo, ela jamais se separaria do filho, que era um pedaço dela, entendeu, Coronel? Ele concordava, mas o encontro não saía. Até que finalmente ia acontecer.

— Vou trazer um amigo para jantar, Manfredo. Quero que você o trate muito bem, entendeu?

— Por quê?

— Gosto dele.

– Onde você encontrou esse?
– No hospital.
– Estava doente?
– Não. Era acompanhante de um paciente meu.

Cristal era enfermeira de doentes terminais que até a pediam em casamento, horas antes de morrer. Os médicos e as famílias eram coniventes, davam a impressão de que os moribundos iam se curar. E pediam a ela que fosse gentil com eles, que aceitasse dar-lhes alegria, não era tão difícil, que custava? E criavam condições para que ela ficasse a sós com eles, às vezes mais tempo do que o necessário. Os moribundos também amam. Querem se sentir vivos, potentes. Pegavam na mão, olhos úmidos, suspirosos. Ela fingia que ia pegar medicação, desconversava. Num de seus doentes, totalmente imobilizado, a virilidade continuava ativa e ela podia trabalhar. Os desdentados, ela beijava de boca fechada, não que sentisse nojo, não sentia, eles é que podiam ter vergonha. Muitos enfermos a levaram a chorar de emoção: os que morriam gozando; os que, de repente, se levantavam da cama, curados; os que se esforçavam, trêmulos, sem conseguir ereção. Cristal fazia de conta que não notava e lia, em voz alta, uma história qualquer. Ela gostava muito de contos com diálogos, pois podia interpretar as falas. E a sua escolha era absolutamente pessoal: uma vizinha, que era professora na faculdade, indicava e emprestava livros para que Cristal lesse e xerocasse. Quando estava sem pacientes homens para ajudar, aceitava ler para mulheres.

Manfredo, que detestava conversas longas, porque se perdia, não quis mais papo. Nem ouviu a mãe elogiar o amigo.

Cristal passou o dia de folga se preparando, cozinhando, arrumando a casa. Até ao cabeleireiro ela foi.

— Você está linda, mamãe. Uma artista de cinema.
— De cinema? Obrigada, meu filho.

Ela se olhou no espelho, há muito tempo não se interessava, de fato, por alguém, e se sentiu bonita mesmo, com os cabelos soltos, os olhos maquiados, e o vestido preto. Tomara que Manfredo se comportasse. Desde cedo, ele estava com aquelas esquisitices, não falou com ninguém, fechado, andando de um lado para outro. Ela temia pelo comportamento que pudesse ter. Queria tanto que tudo desse certo. Claro que explicara para o Coronel que seu filho era um pouco diferente, que não estranhasse se ele ficasse emburrado num canto.

— Filho do meu coração, por favor me ajude. Não banque o louquinho, está bem? Vá tomar seu banho e vista a roupa que deixei em cima da sua cama. Quero você elegante.

O Coronel achou simpática a casa coberta de hera, que ficou examinando, enquanto esperava a hora certa de apertar a campainha: toda a vila era aconchegante, com aquele piso de pedra irregular, as janelas pintadas de vermelho. Às oito horas em ponto, ele resolveu entrar. Manfredo cumprimentou-o com polidez, e sentou hirto, como se fosse ele o militar. Ficou naquela posição durante alguns minutos, levantou-se e saiu da sala. Cristal suspirou, aliviada.

— Bonito rapaz. Que idade ele tem?
— 15.
— Ele já sabe o que vai ser?
— Por enquanto, ainda não escolheu a profissão. Eu expliquei para você que Manfredo é considerado limítrofe. Ele não quis estudar, mas adora ler, e me pediu para aprender violão. Talvez consiga se interessar por música. Não é, meu filho?

Manfredo voltou para a sala e sentou no banquinho

perto da janela, onde costuma ficar, olhando a rua. À mesa, comeu direito, sem a voracidade habitual. Não dirigiu palavra nem à mãe, nem à visita. Simplesmente comia.

Mastigava devagar. Num determinado momento, quando Cristal falava do seu trabalho, o Coronel engasgou feio. Manfredo demorou a perceber que algo estava errado, o homem parecia que ia morrer.

– Por favor, meu filho, me ajude. Levante o outro braço dele para cima e dê um tapa nas costas.

Manfredo ergueu o braço, mas a força do tapa foi tão grande que o Coronel caiu de borco, no chão. Cristal deu um grito.

– Como você foi fazer uma coisa dessas, Manfredo?

Mas ele saiu da sala, se sacudindo de tanto rir.

O Coronel se despediu, pálido.

– Desculpe, Cristal, vou indo. Muito obrigado pelo jantar. Bom demais.

– Não quer um copo d'água?

– Não. Está tudo certo. Até breve. Eu telefono para você.

Ela pensou: esse não vai voltar nunca mais – acenou da porta. Era um chato, com toda aquela empáfia, querendo ser o dono da verdade. Arrotou sabedoria o jantar inteiro.

Daí em diante, ela nunca mais levaria um namorado para casa – prometeu-se. O filho ficou tão nervoso, tão atrapalhado. Cristal teve de pedir uma semana de férias para distrair Manfredo. E ficou surpresa: ele era muito parecido com o avô. Aquele estado constante de desinteresse pela vida, a mania de repartir o cabelo no meio, o jeito com que roía as unhas até sangrar. O psiquiatra disse que Manfredo era catatímico. Ela nunca entendeu o que era aquilo. Mas, agora, o filho estava com 18 anos.

O que seria dele se ela morresse? Puxa, não podia nem pensar no assunto.

– Tente algum instrumento musical. Talvez seu filho encontre uma profissão.

Cristal resolveu alugar um violão e arranjar um professor. Manfredo ficou encantado. Fazia exercícios o dia inteiro, obsessivamente. Não queria nem ir para a cama.

Estudava, mudando os acordes sem parar, como se bastasse aquele som sem melodia que conseguia. De repente, não quis mais. Cansou do violão também.

– Eu gosto mesmo é de ficar na praça.

– Seu filho precisa trabalhar, Cristal, descobrir alguma coisa para fazer.

– Eu sei, cunhado. Mas o quê?

– Traga-o até o hospital. Talvez ele possa aprender a ser técnico em radiologia.

Cristal concordou. Mas não foi fácil convencer o filho. Manfredo não gostava de se afastar do bairro. E era manhoso. O radiologista ensinava uma, duas até três vezes, mas ele fingia que não conseguia aprender. Ria, por dentro, da insistência do sujeito, que lhe indicava o local de posicionar o aparelho de raio X. Aqui, está vendo? Aqui. Até que foi mandado embora.

– Um débil mental aprenderia coisa tão simples, Cristal.

Manfredo foi dispensado do serviço militar e a mãe se convenceu de que o filho dificilmente seria alguém capaz de sobreviver por conta própria.

– Já tentou matriculá-lo numa academia de ginástica? Ele é tão magro.

Adiantava que dessem palpite a torto e a direito? Manfredo precisava de carinho e compreensão. Só isso. Não havia necessidade dessa pressão toda. Daqui a algum tempo tentaria que ele aprendesse outro ofício.

Aliás, mostrou um certo interesse por crianças: brincava com elas, enquanto as babás conversavam e sempre alguém o cumprimentava no *shopping*, no supermercado, no açougue.

Cristal teve de se ausentar por alguns dias, e quando voltou para casa levou um susto: Manfredo estava abraçado com uma menina, no sofá da sala.

– Mãe, esta é a Judite, minha namorada.

– Muito prazer – ela tentou encarar a moça, com naturalidade. – Você mora na vizinhança?

A moça não teve tempo de responder, pois Manfredo a puxava pela mão. Cristal pensou muitas vezes se ele seria um homem capaz de fazer sexo. A melhor explicação que ouviu foi de uma psicanalista do hospital que disse que alguns podiam, outros não. Felizmente, a namorada do filho não estava reclamando de nada. Que horas, quando e onde? A mãe ignorava a resposta.

Até que, ao sair do trabalho, deu de cara com um casal que a procurava.

– Dona Cristal?

– Pois não.

– Nós somos os pais da Judite.

Cristal não era muito rápida, mas percebeu que alguma coisa estava errada.

– Que Judite?

– A namorada do seu filho.

– Vamos sentar ali. É mais confortável.

– Judite está grávida – a mãe falou. – E ela é menor de idade.

Cristal quase deu um grito de alegria.

– Nós queremos saber o que o seu filho pretende fazer.

– Manfredo?

– Nossa filha não é normal, como a senhora deve

saber. Não conseguiu aprender a ler e escrever. É moça recatada. Boa como só ela. Mas não sabe o que faz. Não pode ser responsabilizada de nada.

Cristal olhou para o casal, suspirou e disse:

– Eu só a vi uma vez, lá em casa. Não trocamos uma palavra. O que não tem remédio, remediado está. Então eles devem casar.

– Seu filho não trabalha, passa o dia na praça.

– Manfredo tem uns probleminhas, nada que não dê para ele casar, entenderam? Ainda vai escolher uma profissão. É tão jovem.

– Nós temos um sítio. Pensamos que eles podiam morar lá. Não é longe. Vinte quilômetros.

– Preciso conversar com meu filho. Vocês me pegaram desprevenida. Eu não sabia que eles tinham ido tão longe no namoro. Sinceramente, tudo isso é uma surpresa para mim.

– Queremos que o casamento seja no fim deste mês, para que ninguém perceba que ela está grávida.

Cristal concordou. Repetiu que falaria com o filho, e pedia muitas desculpas. Despediram-se com cerimônia, e ela voltou ao trabalho: estava atrasada para o curativo das cinco.

Manfredo esperava a mãe, nervoso.

– Que aconteceu? Você disse que os pais da Judite procuraram você.

– A sua namorada está grávida.

– Quê?

– Ela está esperando um filho seu.

– Meu?

– Exatamente.

– Mas...

– Vocês vão ter de casar.

– Quem?

— Você e a Judite. Os pais dela ofereceram um sítio, para vocês morarem.

— Eu não quero sair daqui. Adoro ficar na praça.

— Só até o nenê nascer, Manfredo. Depois você volta. A Judite é menor de idade. Você tem de casar.

Os jovens quase não saíam do sítio, por isso Cristal os visitava nos fins de semana. Manfredo mostrara especial talento para cuidar de horta, plantar flores e fazer mudas. Parecia feliz. E, por mais que ela sentisse saudades do filho, reconhecia que aquele tipo de vida era ideal para ele.

— Olha a barriga dela, mamãe. Não está enorme?

Judite sorria. A nora era tão doce. Não lia, mas fazia contas mais rapidamente do que a velha máquina de calcular. Cabia a ela administrar o dinheiro da casa e fazer as compras. Quando começou a sentir as dores, à noite, não disse nada para ninguém. A médica avisara que o primeiro parto podia demorar várias horas. Como Manfredo não tinha carta de motorista, ela decidiu chamar a mãe pela manhã. Acabou dando à luz de madrugada e ela e a criança morreram.

Os pais de Judite quiseram que o genro continuasse a morar no sítio. Cristal recusou. Preferia ter o filho em casa. Sentia tanto a sua falta.

Os anos se passaram, Cristal se aposentou, não queria mais ser enfermeira, mas os familiares dos pacientes vinham buscá-la em casa. Trabalhou até o dia de sua morte. Manfredo, aquele lá, está vendo? Não, aquele que está sentado no banco verde, acabou achando o que fazer: levar os cães dos prédios vizinhos para passear.

Na Praça Buenos Aires todos gostam dele, principalmente os pássaros e as pombas. A gente tem a impressão de que ele conhece algum segredo para se comunicar tão bem com todos.

De *A ira das águas*

MANIA DE CINEMA

Para
Eglê e Salim

1 Prestem atenção e não me venham com lições de moral. Estou ótima. Este grupo me fez descobrir muita coisa que eu até preferia ignorar: quando se puxa o fio, o carretel corre, sabiam? Eu não devia ter começado. Apesar de ser uma pessoa frágil para enfrentar certos problemas, sempre encontro saídas honrosas. Vocês sabem. Talvez porque eu tenha sido educada para ser uma mulher do mundo. Meu pai era diplomata, fez questão que eu falasse várias línguas, aprendesse a receber com etiqueta, fosse aquilo que ele chamava de uma grande dama. Bela porcaria. Mas foi essa educação que me ajudou bastante no convívio com os amigos, no capricho com que arrumo as minhas mesas – só recebo elogios –, na maneira como sei lidar com os clientes. Tive, numa certa época, um empregado que me chamava de madame. Era um mulato alto e magro, o melhor cozinheiro que já conheci. Fazia, em minutos, comidinhas deliciosas. Um dia o Lindonor, era esse o seu nome, se apaixonou por um português e foi embora. Lamentei tanto aquela perda. Eu gostava quando ele me pedia meia de náilon para sair. Era tão educado. Apesar dos meus quarenta anos bem vividos, devo confessar que me enganei, pois o cara era um bandido. Um dia vi a foto dele no jornal: um dos mais procurados assaltantes de bancos da cidade. Ele tinha trabalhado comigo apenas para ficar escondido na minha casa. Quem diria. Cada um com sua vida. Alguém quer falar, agora?

2 Certas situações deixam mal a gente. Eu não lembrava mais do meu primeiro namorado, quando fui homenageada numa feira de decoração, e alguém apareceu e, achando que ia abafar, perguntou:
— Quem sou eu?
Olhei para aquele rosto másculo, que me encarava.
— Alguma coisa me diz que eu conheço você, mas não estou localizando, desculpe, além do mais estou sem óculos.
Notei que a ruiva desbotada que estava ao lado dele deu um risinho de satisfação, como quem diz, essa-aí-não-sabe-quem-é-você.
— Pense. 1950 ou 51.
— Ah, meu Deus, isso é muito longe. Me ajude. Você deve ter sido importante, pois reconheço o seu rosto — menti, descaradamente.
Não ter identificado o simpático enchia de alegria a mulher que o acompanhava. Ele continuava esperando reconhecimento. Eu devia estar ofendendo o cara, mas fazer o quê?
— E se eu disser meu apelido?
— Com certeza vai me ajudar.
— Gomalina.
— Por que não falou logo?
Ele tinha sido meu primeiro namorado. E, pelo que ouvia contar, era agora um excelente cirurgião. E mal-educado, me deixando naquela saia justa.
Ri, fiz charme para ele, e pedi desculpas pela ausência de memória. A ruiva, por sua vez, parecia radiante.

Estava livre daquela Rebeca inesquecível. De hoje em diante ele não podia mais falar no amor da adolescência. Quantas vezes tentei reconhecer as feições de ex-namorados. De alguns eu ficara com sensações – o bigode do aviador que raspava meu pescoço, por exemplo, o gosto salgado do meu primeiro noivo, que chorava de emoção cada vez que me beijava. Ele me deu aquela coleção de bonecas que enfeita meu quarto até hoje. Não consigo jogar fora, nem dar para ninguém. Assumo meu lado cafona, por que não? Ser decoradora da casa dos outros não me tira certos prazeres pessoais. Pelo contrário. Cria um diálogo comigo mesma.

A verdade é que a nossa memória vai ficando seletiva, e esquecemos gente, fatos e coisas. Ainda bem. Senão o que seria de nós? Ficar com as lembranças comparando tudo e todos? Cada um de nós tem sua maneira de ir ao cinema, de tomar banho, de gostar de alguém, de fazer amor. É ou não?

3 Temos falado tanta coisa. Vocês já sabem que eu sou doida por cinema. Tive um namorado que era louco por cinema também e me chamava de Eva Wilma, outro dizia que eu era a Tônia Carrero da vida dele. Devia se achar o Ingmar Bergman dos trópicos. Neurótico ele era. Ah, isso era. Assim que me viu toda apaixonada – eu gozava só de pensar nele, de imaginar que ele estava na cama comigo, ai, meu santo, que língua, eu urrava de alegria – ele começou a dizer, não vou lamber você a vida toda, tá me entendendo? Não vou. Além do mais, você vai ficar feia, com a idade, seu cabelo é uma merda, e essa barriga aí pode crescer, você tem jeito de velha gorda. Rarará. Pretendo me cuidar bastante.

4 Marquito, o meu Marcello Mastroiani, um dos ex, diz por aí que eu sou a melhor fêmea da cidade, que eu posso ir pra casa dele quando eu quiser que ele me come com o maior prazer. Não pudemos ficar juntos por problemas financeiros, ele não tinha condições de acompanhar o meu padrão de vida, expliquei que não precisava, que eu ganhava por nós dois, mas o teimoso disse que só me queria por amante, que eu era a sua *belle de jour*, a sua Catherine Deneuve, que preferia me ver a sós e não cercada de homens querendo me paquerar. Por mais de dez anos fizemos amor. Ele era pobrinho, mas um príncipe de delicadeza. Esperava por mim pelado, nos dias em que eu ia lá, nem que fosse uma vez por ano. Para não perder tempo, dizia e me abraçava gostoso, me envolvia como se eu fosse um pedaço perdido dele. Sem pedir nada em troca, nem reclamar das minhas ausências prolongadas. Catherine Deneuve, você não é pro meu bico. Tudo o que você me der é muito – ele me levava no colo para o quarto.

Tão diferente daquele neurótico, que me sabia aos pés dele, toda derretida, e que só pensava em me ofender.

5 Depois foi vez do Woody Allen de Copacabana, que também não tinha dinheiro, mas vivia reclamando a minha presença e me oferecia sempre "os mais lindos versos do planeta". Uma pasta assim, cheia deles, guardada no armário. Quando fosse famoso, e ia ser, podia estar certa, aí, sim, retribuiria as contas que eu pagava. E eu precisava de alguma coisa? Não, nada. Nunca escondi que adorava aquele Woody Allen carioca. Ai que tesão!

– Venha, poeta, apaziguar meu desejo, que eu beijarei seu corpo todo.

Ele prometia arranjar emprego, jurava enfrentar o batente por mim. Mas, qual. Caía em depressão no dia seguinte e não havia prozac que desse jeito nele. Saí de banda daquela relação, antes que virasse uma doença.

Os homens pensam que as mulheres devem a eles o gozo eterno. Bobagem. Quando a gente descobre o prazer de se entregar, pode amar qualquer um que souber fazer amor. Não demorou muito, encontrei o Roberto Rosselini da minha vida. Casamos e ficamos juntos vários anos.

6 Agora estou atravessando uma fase nova, depois que fiquei viúva. Preciso de companhia. A solidão me faz mal. Nos fins de semana, vou às compras pela manhã, volto, faço meu almoço, em geral sanduíche ou salada, detesto cozinhar, quer saber? À tarde, vou ao cinema se há programa bom e à noite assisto a filmes até duas horas da manhã. Teatro não me pega, odeio teatro. Encaro, no máximo, um musical.

Mas o que eu realmente quero contar: conheci alguém. Prestem atenção, amigos. Eu estava terminando a decoração de um grande *hall* num salão de festas, quando entrou uma figura estranha. À primeira vista pensei que poderia ser parente do dono, que eu sabia solteiro, algum elemento do escritório dele. A pessoa examinou tudo, fez perguntas sobre o trabalho e coisa e tal. A voz era rouca, tanto podia ser de homem como de mulher. A roupa? Ambígua: calça de couro, camisão aberto, solto. Usava o cabelo comprido preso com um elástico, brinco nas duas orelhas.

Sempre tive o maior orgulho de jamais ter ido para a cama no primeiro encontro. Eu, hem? Questão de princípios. Mas pagamos pela presunção. A figura ficou me olhando a tarde toda, dava uns risinhos esquisitos, batia palmas se gostava do vaso que eu acabara de arrumar. De repente, se aproximou e, sem mais nem menos, me imprensou contra a parede. Pode uma coisa dessas? Ele me prendeu e levantou a minha saia. Eu não podia gritar porque estava sendo beijada com fúria, nem respirar conseguia. Violentada assim, à luz do dia? Tentei me debater, mas pouco, viu? Afinal estava gostando demais, uma sensação nova, a maior tesão fora de hora. De repente, dei um grito de prazer. Acredita? Verdade. Gozei ali mesmo, pela mão de alguém que eu não conhecia e que ignorava se era homem ou mulher. Isso aconteceu há quinze dias. Não paro de lembrar. Adorei o personagem. Pode ser minha Diane Keaton, meu Al Pacino ou meu Dustin Hoffmann. Estou gamadérrima. Não sei por onde começar. Parece que inventei o personagem, que igualmente ignora quem eu sou. Pode? Não existe no mundo alguém mais triste do que eu, que me pensava infensa a paixões. Sonho com aquelas mãos. Eu que sou mestre em usar as minhas. Aquelas mãos foram feitas sob medida para mim. Não venham me dizer que inventei essa história. Não inventei, não. Preciso tanto de ajuda.

7 Um alívio estar aqui com vocês, para desabafar. Passei uma semana ótima, trabalhei bastante, assisti a vários filmes na tevê a cabo, coisa que não fazia há meses. Ontem era um com David Niven. Ele tinha cara de quem se sacrificava por amor, não tinha? Vi outro com Nicolas Cage, que homem, e aquela história terrível: *A Malvada*. Betty Davis estava esplêndida. E a Anne Baxter, hem? Nossa, minha mãe era parecida com ela. Atrás daquele olhar cândido... Vocês se lembram? Que filmaço. Os filmes de hoje em dia não valem nada. Não chegam aos pés dos antigos. Mas o que eu queria mesmo contar é que recebi um bilhete. Está aqui, para quem quiser ver. "Espero você à rua da Consolação número tal, dia 25, às 17 horas. Saudades". Não está assinado. Que vocês acham? Quem assinou este bilhete? O que me espantou, em primeiro lugar, é que ele (ou ela) soubesse meu nome, pois não perguntou. Segundo: o número, acabei de passar por lá, é de um bar que meu marido e eu freqüentávamos, na rua da Consolação. Vocês acham que é uma brincadeira de mau gosto? Mas quem o teria mandado? Se foi um de vocês, me diga, por favor. Isso não se faz, com alguém sensível como eu, e só vocês conhecem meus segredos. Não me escondam nada. Já fiz um trato comigo mesma de não usar expressões que são lugares-comuns, como dizer meus nervos estão à flor da pele, mas é assim que eu me sinto, qualquer coisa me dá taquicardia, meu coração pulsa aqui na garganta, entenderam? Se alguém encostar, sem avisar, eu grito. Olhem estas mãos trêmulas. Pode um bilhete causar tanto dano? Ontem gozei dormindo. É normal? E hoje ainda é dia 12. Que devo fazer? Ainda faltam treze dias para o encontro.

8 Desculpem se não apareci da última vez, mas eu precisava me cuidar. Como estou? Podem olhar, minha dermatologista disse que ainda faltam alguns dias para se ver o efeito todo do botox. Melhorei ou não? Eu me sinto novinha. Quero ir ao encontro nos trinques. Falta pouco. Vocês não podem imaginar a minha ansiedade. Dei para achar que tem alguém me perseguindo. Ando cismada, pressentindo sombras estranhas, como se alguém estivesse me espiando. Deve ser de pura excitação, não acham? De repente, um bafo quente no pescoço me arrepia toda. Ou calafrios horríveis me levam a pensar que estou com febre. Acordo molhada de suor. Eu adoraria que o bilhete fosse do tal personagem. Não pintei o cabelo só por causa do encontro, não. Pinto sempre. Desde que os fios brancos começaram a aparecer. Não sou forte como uma amiga linda que não está nem aí para a cabeça branca. Prefere ser autêntica. Ela acha sacanagem pintar cabelos, fazer cirurgia plástica, esses truques. Diz que a gente é o que é. Tenho tido muitos pesadelos. Num deles, cada vez que eu me olhava no espelho, meu rosto mudava. Sensação terrível de quem não consegue se reconhecer – vocês já experimentaram isso? Olhava e olhava e nada. Como se, cada vez, eu tivesse feito uma cirurgia plástica e me transformasse em outra pessoa. Será que foi o botox o culpado?

Faltam três dias. Três longos dias. Comprei roupa nova. Minha irmã perguntou se eu não tinha inventado tudo, imaginem, e lembrou que desde criança eu criava histórias e interpretava os personagens. Era tão convincente que a família pensava que eu ia ser atriz. Mas isso foi há tanto tempo. Cheguei a freqüentar um curso de teatro e fiz um teste para trabalhar numa peça. Mas fui mal.

9 Pois é, pessoal, aqui estou para me despedir. Acontece cada coisa. Vou contar como foi. Cheguei ao bar da Consolação às quatro e meia, trinta minutos antes do combinado. Quando saí de casa eu me sentia maravilhosa. Modéstia à parte, caprichei: além da roupa nova, cabeleireiro, maquiagem. Peguei uma mesa com visibilidade total, pedi um suco de tomate e lá fiquei, uma, duas, três horas: acreditam? Como eu já conhecia os garçons ninguém me pediu para sair. Chovia muito, e o bar estava praticamente vazio. Naquelas horas eu fiz uma espécie de retrospecto, pensei no quanto eu tinha complicado minha vida, o fracasso que eu era, sempre confiei tanto em mim, no fundo eu não passava de um blefe. De repente me dei conta de quanto eu tinha esperado, e resolvi ir embora. Eu havia recebido o maior bolo da minha vida. E isso não se faz, não é mesmo? Por que me escreveriam o bilhete? Será que não existia ninguém interessado e eu inventei tudo aquilo, como acontecia antigamente? Eu estava demolida. Arrasada. Destruída. Todas as palavras que vocês quiserem.

Mas, no momento em que saí do bar, a surpresa: um cara se aproximou perguntando se podia me acompanhar. Eu tinha visto aquele Jeff Bridges sentado do outro lado, sozinho. Você também levou um bolo? – perguntei por perguntar. Ele confirmou. Vivia separado da mulher, estavam esperando o divórcio sair, e ela ia apresentar para ele o namorado, pois ficaria com os filhos e seria tudo mais fácil se, "civilizadamente", signifique isso a porcaria que significar, eles se conhecessem.

Depois de alguns quarteirões Jeff Bridges me convidou para jantar. Compensaríamos nossa infelicidade com uma boa comidinha, etcetera, etcetera. Ponham etcetera nisso.

Decidi ir morar em Curitiba, onde ele tem uma loja de móveis e decoração. Vamos trabalhar juntos. Não é fantástico? Ele diz que eu sou a sua Fanny Ardant. Pode? Ele tem uma coleção de vídeos de causar inveja. Podem pensar no provérbio que quiserem. Depois da tempestade... Existem dúzias deles. Não cito nenhum porque acho de mau gosto. Até um dia, pessoal. Se desta vez não der certo, eu me mato.

De *A ira das águas*

NOJO

Para
Iára Pedrosa

— Nossa, vovó, que chiquê.
 — Você acha?
 A neta olhou-a atentamente.
 — Salto alto, meia. Você não é disso.
 — Imagina. Sempre gostei de me arrumar para sair.
 — Aonde você vai?
 — À Praça Vilaboim.
 — Aí tem coisa.
 — Bobagem, Gabi. Vou encontrar um amigo.
 — Agora estou começando a entender. Um homem.
 — Ora. Não posso ter um amigo?
 — Pode, claro. Você ainda é bem bonita, sabia?
 Ela se olhou no espelho.
 — Quem me dera. Na minha idade, a gente foi bonita.
 — Não vem que não tem: você está ótima.
 Eleonora gostou da sua imagem.
 — Obrigada.
 — Seu amigo, esse que você vai encontrar, é...
 — Idoso como eu. Foi meu...
 — Por que parou? Diga. Parece que você se arrependeu de alguma coisa.
 — Nada. Eu ia dizer contemporâneo, na faculdade, mas achei que a informação não acrescentava nada.

— De fato. Como ele era?
— Quem?
— Esse seu amigo. Como é o nome dele?
— Igor. Em homenagem ao Stravinsky. A mãe dele era pianista.
— E daí, era alto, baixo, gordo, magro?
— Não sei. Não o vejo há quarenta e tantos anos.
— Se meu pai tem quarenta e cinco, deve ser mais.
— Com certeza. Credo. Nem me lembrava da idade dele.
— Ah, vovó. Você está muito esquisita. Esquecer a idade do seu filho!
— Não esqueci. Só não pensei no assunto.
— E a minha, você sabe?
— Claro. Não estou gagá nem esclerosada. Ainda.
— Gracinha. Ele faz o quê?
— Quem?
Gabriela bufou.
— O Igor, vó.
— Ah, ele é (ou era) empresário.
— Rico?
— Era. Não sei se continua.
— Como é que você encontrou o cara?
Na expressão de Eleonora, um certo triunfo.
— Foi ele que me telefonou, semana passada. Um encontro da nossa turma. Eu não queria ir, mas não teve jeito.
— Quem mais vai?
— Não sei. Ele citou umas cinco pessoas. Perdi o contato com todo mundo.
— E com ele, não?
— Ora, Gabi. Ele me descobriu pela lista telefônica.
— Sei. Essa roupa é de seda?
— É. Roupa boa não sai da moda.

— Sai, sim, vó. Mas agora retrô é *fashion*. Eu adoraria assistir a esse encontro.

— Bobagem. Que é que dois velhos podem fazer?

— Você não disse que eram vários?

Eleonora tossiu. A neta insistiu na pergunta.

— Pois é. Sejam quantos forem. Nós, tenho certeza. O resto...

— Vovó, eu acho que você está me escondendo alguma coisa.

— Não estou, Gabi. É um encontro de gente que não se conhece mais. Nem sei por que aceitei ir, sinceramente.

— Onde vai ser?

— No café.

Eleonora escolheu uma camélia branca e prendeu no decote.

— Ah, não, vó. Essa flor aí está demais. Tira. Você acha que todos vão se reconhecer?

— Não sei, querida. A gente descobre quem é quem — a avó guardou a camélia — quando estivermos frente a frente.

— Que horas é o encontro?

— Cinco. Gosto de me arrumar cedo, com calma, senão fico nervosa. Sou igual a minha mãe. Quando ela tinha de ir a algum lugar, já se levantava pronta.

— De quem você se lembra desse seu grupo?

— Você acredita se eu disser que me lembro de todos? Mais do Igor, claro.

— Ele devia ser um gato!

— Um cafajeste, isso o que ele era. Preciso ir ao banheiro. Já volto.

Eleonora sabia que tinha ficado nervosa.

— Cafajeste? Que é isso? — a neta falou alto, para que a avó escutasse.

— Um sujeito canalha, infame — ela quase berrou.

— Do mal. Entendi. Se não gosta dele, vó, por que você vai? Ele magoou você?
— Muito. Não só a mim, mas a várias colegas. Era um conquistador daqueles — Eleonora voltou para a sala, falando entredentes.
— E você, vó, foi apaixonada por ele?
— Fui. Como as outras. Mas algumas ficaram grávidas. Não sei quantos filhos ele teve. Quantos são irmãos sem saber. Talvez hoje a gente não toque no assunto. Que muitas gostariam de conhecer a verdade, ah, como gostariam!
— Irmãos? Não entendi. Várias meninas ficaram grávidas? E tiveram os filhos? Imagine. Esse encontro vai ser uma barra.
Ninguém se atreveria a falar no assunto — a avó pensou.
— Quero detalhes, vó. Pensei que, naquele tempo, vocês nem davam.
— Imagine. Um dia ele apareceu casado, deixando todas, que nos envolvemos com ele, na mão.
— Os homens não usavam camisinha com as namoradas?
— Exatamente.
— E o que faziam as grávidas?
— Não sei... Difícil dizer. Os abortos, naquele tempo, eram terríveis. Uma amiga minha morreu.
— Nossa. E ninguém fez nada?
— O pai moveu ação contra o médico. Mas de que adiantou? A filha não ia voltar mesmo.
As duas ficaram em silêncio. Eleonora lembrou da amiga, no caixão.
— E esse anel... De onde saiu?
— Não uso há anos. Lindo, não é? Ganhei do seu bisavô, na formatura.

– Lindo é pouco. É lindíssimo.
– Você vai receber de herança.
– Verdade? Não acredito.
– Experimente.
– Está meio larguinho, mas é chocante. Cabe aqui, ó, neste dedo.
– Que horas são, Gabi?
– Três horas. Preciso sair correndo. Mamãe está me esperando na galeria. Vou telefonar mais tarde para saber como foi o encontro.
– Certo, querida. Um beijo. Tchau. Beijo para sua mãe. Bati a porta sem querer, viu? Não foi de propósito. Adoro você.

Eleonora fechou as janelas e as portas dos armários. Precisava dar um retoque na cara, está quase na hora de sair, sentiu dor de estômago, encontrar aquele filho da puta, isso o que ele sempre foi, não era nada fácil. Fora apaixonada por ele, sim. Fizeram amor, muitas vezes, e planos. Um dia ela descobriu que estava grávida. Ia contar, no próximo encontro, e ele não apareceu. Casava-se naquela tarde – a mãe leu no jornal. Que surpresa, minha filha. Seu namorado se casou com outra! Eleonora, sem alternativa, aceitou o pedido do primo Carlos: em vinte dias também estava casada. Casamento que durou quarenta e seis anos. Até hoje não sabe dizer se foi feliz ou não – entrou no elevador. Talvez tenha sido. Acostumou-se a não fazer exigências e a não dar importância aos resmungos do marido, quando ela se negava a sair de casa (ainda é louca por novelas e ele tinha horror de televisão) ou se ficava furioso por ter sido interrompido na sesta ou na leitura dos jornais diários. Carlos era um chato, mas nunca a traiu. E trabalhava demais, coitado, na gráfica que herdara do pai, até que resolveu vendê-la: não tinha capital suficiente para enfrentar as novas imposições do mercado. À maneira deles, foram companheiros um do outro. Só lamentaram mesmo nunca ter feito uma viagem para fora do país: não realizaram o velho sonho. Primeiro, porque ele não podia se ausentar da gráfica, depois porque os médicos não permitiam. Morreu apertando sua mão. Ela não pode negar que sente falta do marido. Apesar de tudo.

Igor nunca soube que era o pai do seu filho. Nem este soube que Carlos não era seu verdadeiro pai. Para quê? Ele foi criado com muito amor, cresceu sem nenhum trauma, casou-se apaixonado e lhe deu Gabriela, essa neta linda e doce, a Gabi. Nada lhe deu mais prazer nesta vida do que ver o filho alegre, casado, cuidando da filha. Pronto. Está na hora. Vai andando. Em quinze minutos chegará lá. Cadê a chave? E a foto? Esqueceu? Precisava tomar cuidado, pois não estava mais acostumada a usar salto alto. Andaria beirando os muros e grades para se amparar. Ela não devia ter aceitado o encontro, quer saber? Não devia.

– Boa tarde, como está? – gostava daquele jornaleiro. – Tudo bem em casa?

Ela atravessou a rua quase correndo. Se havia uma coisa que ela não suportava era a idéia de ser atropelada. O falecido dizia que ela costumava olhar para o lado errado. Lá estava o café – que taquicardia era aquela? Será possível que aquele encontro mexia tanto com ela? Quem estava com ele?

– Como vai, Igor? – estendeu-lhe a mão. – E você, Lu? Quanto tempo!

Eleonora sentou, sentindo o coração bater forte. Sabia-se examinada pelos dois e sentiu falta da camélia. Agora era ela que ia examinar os colegas. Lu fizera várias plásticas, tinha o rosto deformado pelas esticadas, mas continuava magra e elegante. E Igor, curioso, parecia tão frágil, na cadeira de rodas. Não lembrava em nada o amor que ela guardara na memória, a não ser pelos olhos claros. Estava gordo. Enorme.

– Vem mais alguém? – ela perguntou por perguntar, para puxar assunto.

– Convidei quem eu pude encontrar o número do telefone. Foi difícil. As mulheres mudaram de sobrenome e muitos colegas nossos já morreram.

– Eu não mudei o meu – Lu sorriu. – Nem se tivesse casado eu mudaria. Você me achou logo.

– O colégio me pediu para reunir alunos e programar as comemorações dos setenta e cinco anos do colégio. Não esqueci de vocês. Acompanhei todos, de longe.

Que ironia – Eleonora pensou. Por que não diz logo as mulheres que eu traí?

– Como está a sua vida, Igor? – Lu perguntou.

– Vai indo. Estou nesta cadeira porque caí no banheiro e quebrei o fêmur. Não tenho quem me ajude. Tive dez mulheres e, na hora em que mais preciso, estou sozinho.

– Ah, meu amigo. Você fez por merecer, não acha?

– Sempre superestimei as minhas mulheres. Mas nenhuma foi inteligente. Meu pai era muito namorador e minha mãe, quando descobria mais um caso, limitava-se a balançar a cabeça. Ela sabia que ele logo voltaria para casa. E esperava.

– Sua mãe era exemplo do que você chama de mulher inteligente? – Lu riu.

Ele fingiu não ver.

– O que eu lamento mesmo é não ter tido herdeiros. Eu queria tanto ser pai. Se alguma das minhas esposas tivesse me dado um filho, eu seria um homem feliz. Não tenho para quem deixar meu dinheiro.

– O mundo está cheio de instituições culturais ou de caridade, esperando doadores.

— Você tem algum neto, Eleonora?
— A Gabriela.
— Ela é parecida com você? — Igor perguntou.
— Bastante. Você pode julgar por si mesmo. Ela acabou de entrar aqui com a mãe.
Igor se voltou para olhar.
— Não sei qual das duas é mais bonita.
— Obrigada — Eleonora corou. Onde já se viu um disparate daqueles? Não é que nora e neta vieram bisbilhotar?
Gabriela aproximou-se da mesa.
— Oi, vó. Viemos tomar um café.
Eleonora apresentou-a, sem jeito, e a neta voltou para a companhia da mãe.
— Parabéns. Você deve ser uma pessoa muito feliz. Quem tem uma neta como essa não necessita de mais nada.
Ela fingiu que não ouviu.
— Como é que você sabe, Igor, se teve ou não filhos? — Lu estava disposta a atacar o antigo colega.
Ele deu uma boa risada.
— Se alguma mulher ficasse grávida ia me achacar imediatamente.
— Você acha? — Eleonora ousou perguntar.
— Sem exceção. Imagine. Fui tão tungado.
A conversa foi interrompida com a chegada de mais dois colegas, e tomou outro rumo. Eleonora tirou a foto de formatura da bolsa. Todos riram e contaram casos. Por mais de noventa minutos, o sentimento da amizade os uniu. Fizeram planos para a festa da formatura. Cada um se encarregaria de achar outros companheiros. Os ex-colegas prometeram se esforçar para a festa do colégio, e se retiraram. Só os dois permaneceram ali, sentados. Igor esperava o motorista, que já devia ter chegado.
Eleonora, por sua vez, viu que a nora e a neta se

foram – que alívio. Não estava à vontade com as duas ali, de patrulha. Como se ela fosse fazer alguma coisa errada. De repente, sentiu a mão de Igor pousar na sua perna.

– Que absurdo. Como você se atreve?

– Lembro muito bem de como a sua pele era fina. Agora que você está viúva, que tal ir me visitar?

Eleonora afastou a mão dele, com raiva.

– Eu tenho nojo de você.

– Não sou aleijado – ele continuou. – Isso aqui é transitório. Continuo tão bom de cama como antes.

Eleonora se levantou.

– E sem-vergonha, também.

Igor olhou para os lados.

– Por favor, fale baixo. Lá está o meu carro. Você pode empurrar a minha cadeira? O motorista não pode parar na rua.

Por alguns segundos, Eleonora hesitou. Mas decidiu empurrá-la. E o fez com tanta força, que ele se estatelou no chão, ao descer a guia.

– Um monte de carne podre, isso o que você é – ela cuspiu nele, riu alto, para quem quisesse ouvir, deu-lhe as costas e tomou o caminho de casa.

De *A ira das águas*

ELA E ELE

Se ele disser boa-noite, passarinho ela se levanta e vai embora. Não permitirá alusões ao passado. Aceitou o encontro para devolver as cartas. Nada mais. E foi para casa mais cedo, queria tomar um banho e se arrumar, há anos eles não se viam, escolheu um taier preto, roupa de velório, a filha reclamou, você vai se encontrar com aquele ex-colega ou assistir ao enterro dele? Ela hesitou em trocar tudo, dos pés à cabeça. Desistiu. Aquele encontro já era uma despedida. Um oi e um tchau.

Muitas vezes relera a correspondência trocada. Tinha cópia da sua e da dele, só para não manusear as originais. Enternecia-se tanto. Isso foi antigamente, porque hoje seu lado sentimental se revelava ao assistir a filmes, chorando por qualquer bobagem. As cartas não significavam mais nada.

O encontro era às seis horas, no bar do apart-hotel onde ele morava, pois estava separado da quinta mulher. Os casamentos não davam certo porque ele devia ser um neurótico daqueles que ninguém agüenta.

Os dois se conheceram quando ambos trabalhavam no jornal. Ela cobria cultura e ele esportes. Ela sonhava publicar suas entrevistas e ele os seus poemas. Gostavam de discutir o que liam, saíam em bando com os colegas para tomar chope nos bares de Ipanema, a vida profissional lhes sorria. Como namorados, brigavam sem parar. Ela casou com um primo, teve a filha. Ele começou a série de ligações e casamentos. Hoje, ele é um poeta conhecido, publicou vários livros, e ela não fica atrás. Tem sete títulos. Cada um seguiu a sua trilha.

O bar do hotel estava escuro. Fechado? – pensou em procurar alguém da portaria. Mas ele a tinha visto lá de dentro e veio buscá-la.

– Que escuridão. É assim mesmo? Como vai?

– Agora estou melhor, porque você chegou. Que quer tomar?

Ela quis responder que não bebia, mas aceitou uma cerveja. Acostumava-se com a penumbra, olhou-o de lado, como quem não quer nada. Os cabelos ficaram grisalhos, e continuava com os dedos amarelos de cigarro.

Ele notou que ela o examinara, e sorriu. Nada estava perdido, ainda.

– Conte tudo, de uma vez.

– Contar o quê? – ela ficou sem jeito.

– Tudo.

– Comece você.

– Bom, me separei de novo. Estou morando aqui. Sustento quatro filhos e não tenho dinheiro para nada. A revista paga pouco e de direito autoral de poesia ninguém vive, como você sabe. Faço tradução para me equilibrar – acendeu o cigarro.

Ele tem os dedos curtos, mão gordinha. Ela se lembrou que... Não vou pensar em nada disso. Não vou. Mas foi a doçura daquela mão que a conquistou.

– Não posso me queixar da sorte – ele continuou. Tive um enfarte e comi todas as mulheres que eu quis. E você?

– Fiquei viúva. Minha filha vai fazer vinte anos.

— Viúva e bonita desse jeito? Já deve ter fila de...
— Imagine. Continuo trabalhando no jornal, que está agonizando, e qualquer dia fecha. Enquanto isso não acontece...
— Algum namorado? — ele lhe interrompeu a frase.
— Nem pensar. Não tenho tempo.
— Tempo?
— Exatamente: tempo. E vontade. Não tenho mais paciência com homem.
— E com mulher?
— Ainda não experimentei.
— Se você continua a gostar de fazer amor do jeito antigo, devia tentar.
Ela corou. Ele não tinha direito de falar em certos assuntos. Não tinha mesmo. Melhor que se levantasse.
— Desculpe. Foi uma lembrança repentina.
Ela voltou a sentar. Conversaram durante uma hora e ele se aproximava cada vez mais no sofá. O garçom repetiu a cerveja e a vodca.
— Um brinde ao que nós já fomos.
Ela riu.
— Se é que o que nós já fomos mereça qualquer comemoração. Dois fodidos numa redação pífia.
— Que se amaram, passarinho. Isso sim é importante. Beije a minha mão.
— Quê?
Aquilo era uma tremenda intimidade. Quem lhe deu o direito de...?
— Deixa de ser boba. Use e abuse. Você merece. Já está bem grandinha para bancar a mocinha ofendida. Olha para mim. Prefere subir?
— Não. Obrigada. Ainda sou romântica. Não consigo me ligar a ninguém sem amor. Desculpe. Quando vi você, de novo, senti saudade, não vou negar. Saudade

do tempo em que gostava de você. Do tempo em que você me mandava poemas.

— Vi sua foto numa revista cafona. Tive uma recaída.
— Para que você quer as cartas?
— Para publicar. Meus melhores poemas estão nas suas cartas.
— Eu não admito que você...
— Não vou dar nomes.
— Os poemas não são bons. São eróticos demais.
— O erotismo está na moda.
— Não permito que minhas cartas sejam publicadas. Todo mundo vai saber que são para mim.

Ele molhava os dedos na vodca e lambia um por um. De repente se levantou para ir buscar mais uma dose e ela aproveitou para ir embora. O encontro deu o que tinha de dar. Talvez eles se encontrassem de novo. As cartas ainda serviriam de pretexto, guardou-as na bolsa, e, rindo, foi esperar um táxi.

— Você não vai assim, sem mais nem menos. Venha comigo. Vou pegar meu paletó e a gente sai.

Ela tentou negar.
— Confie em mim. Venha. É rápido.

No elevador, o garçom se colocou entre os dois.
— E essa revista *A Semente* onde você trabalha, é legal?
— Dois fotógrafos, alguns colunistas contratados. O resto eu escrevo. É distribuída num supermercado da Barra. A vantagem é que não preciso ficar em nenhuma redação. Desenho as páginas e mando ver. Minhas reuniões de pauta são sempre em restaurantes ou bares.
— Tudo o que você pediu a Deus — eles riram.

A porta do elevador abriu e eles foram até o apartamento.
— Espero aqui.
— Pode entrar, gatinha. Não mordo. Nem sou mais o mesmo. Pendurei as chuteiras, viu?

– Ver para crer.
– Troco de roupa num minuto.
Ela sentou em frente ao computador.
– Posso abrir meu *e-mail*?
– Claro.
Ela ouviu que ele estava tomando banho. Nenhuma mensagem nova. Fechou. Quando ia desligando o computador, notou um ícone com o seu nome. Clicou. Quantos arquivos. Fotos que eles tiraram há vinte e tantos anos atrás, tão jovens ambos, e bonitos, fotos dela em lançamentos de livros. Cartas. Ele tinha os poemas, o sem-vergonha. Então, por que a chamou? Todas as cartas dele estavam datadas, menos uma, que, aliás, ela nunca lera. Uma baita dor de cotovelo.
Ele chegou por trás, embrulhado na toalha de banho, e colocou seu rosto bem colado ao dela para ler o que estava na tela.
– Pronto. Agora você sabe de tudo.
– Tudo o quê?
– Que eu não esqueci você, que durante todos estes anos fiquei colecionando notícias e fotos.
– Para quê? Você deve ser muito doente.
– Sempre esperei que você me procurasse. Venha, sente aí na beirada da cama. Eu sento aqui, na sua frente. Nossa ligação foi forte demais para acabar completamente. Achei que você ia se arrepender e voltar para mim.
– Sinto muito. Fui apaixonada por você, mas não tinha estrutura para suportar a sua neurose.
– Você foi feliz?
– Fui. Por que isso agora?
– Quero saber.
– Se você pensa que eu vou falar mal do meu casamento está muito enganado.

– Esqueça. Não pergunto mais nada – ele pegou a mão dela e deu um beijo. – Morro de saudades de você. Por favor, me ame só um pouquinho. Nem que seja uma única vez.

Ela não podia negar que, naquele momento, era tudo o que queria. Amar e ser amada. E deixou-se conduzir por ele.

* * *

Não deu certo. Que surpresa. Algum sentimento obscuro impediu-o de fazer amor.

– Esperei tanto por este encontro e falhei. Se você não soubesse o macho que eu sou... Desculpe.
– Tudo bem. Não se preocupe.
– Fique para jantar. A gente tenta mais tarde.
– Eu não avisei minha filha. Preciso ir. Outro dia.
– Promete?
– Prometo.
– Vou levar você lá embaixo.
– Não. Prefiro descer sozinha – beijou-o no rosto.

Decididamente não fomos feitos um para o outro – ela pensou, enquanto esperava o carro. Eu devo estar feia e velha. A culpa não é dele. Já não sou aquela que ele pensava amar, como ele não é mais o mesmo para mim.

Por sua vez, ele pensou no quanto a antiga namorada ainda estava bonita e atraente. Onde já se viu lhe acontecer uma coisa daquelas? Calor esquisito. Não estava passando bem. Era um besta. Devia ter esperado pelo próximo encontro. Continuava o canalha de sempre – tirou a camisa. O conquistador que perdia a mais infame das batalhas. Olhou-se no espelho. Um merda. Isso o que ele era. E sentiu vontade de vomitar.

De *A ira das águas*

BODAS DE OURO

Ela podia não ter acordado nunca mais. Que dia é hoje? Sábado. Finalmente. Lara abre os olhos devagar, as pálpebras pesadas. Não acordar nunca mais. Nunca mais! Por que não tem coragem? Por quê? Bodas de ouro. Ela não quer saber nada daquilo, missa, café e almoço de família, casa cheia. A filha e a nora saíram a semana inteira para preparar a festa. Ela fingiu que estava com dor na coluna. Há anos não faz outra coisa: fingir. De manhã à noite.

– Feliz aniversário, querida.

Leandro entrou no quarto trazendo um presente.

– Me espere lá fora, por favor – foi explícita nos gestos.

Estava cansada, tão cansada. Pôs o taier novo, tirou o sapato da caixa, a meia da embalagem.

– Preto, mamãe?

– Não sei usar outra cor, filha. Não me sinto à vontade.

Ela olhou a mãe com ar de censura, mas lhe deu o braço. Apesar de tudo elas se suportavam.

A sua vida teria sido tão diferente se... Não ia pensar em Vicente. Não ia. A obsessão estava se tornando, quer dizer, era uma doença.

— Bom dia, meu filho. Obrigada.

Como a casa está cheia. Netos correndo por todos os lados. A mesa do café, uma beleza. Quem providenciou aquilo tudo? Bolos, queijos, frios, os mais variados tipos de pães.

— Senta aqui, mamãe. Você e o papai vão ficar nestes lugares.

Guirlandas de jasmins rodeavam os pratos. Que delicadeza. Eles não mereciam tanto — Lara pensou. Leandro não gostava de trocar de lugar, olhou para a mulher meio desarvorado. Um de frente para o outro, no meio da mesa. Aos poucos, a família estava sentada. Quantos eram? Não importa — Lara se distraiu com o neto mais velho chegando. Caiu da bicicleta e quebrou a clavícula. Era tão parecido com a mãe que dava a impressão de não ter pai.

Leandro preferia estar ao lado de Lara, de mãos dadas com ela, como sempre, e não ali, defronte, se sentindo perdido. Bodas de ouro. Quem diria? Só a paciência salva casamentos. Superou tantas crises. Tantas. Ele gostava cada vez mais da mulher. Era inteligente, engraçada, tinha um senso de humor mordaz, quase agressivo. O porte altivo e digno para os setenta anos, cabelos grisalhos, presos na nuca, salientavam-lhe hoje o lado espanhol. Não fosse aquele olhar tristonho que não a abandonava nunca. O olhar misterioso que o amedrontava e atraía. Certa vez, criou coragem e perguntou à mulher em quem ou em que estava pensando.

— Ah, Leandro. Meus pensamentos me pertencem. São meu refúgio. Eu jamais confessaria a você...

— Confessar?

— Está vendo? A palavra saiu assim, sem que eu pensasse antes. Por favor, jamais me pergunte em que ou em quem estou pensando. Deixe que eu tenha meu pequeno e inconseqüente mundo secreto. Perde-se muito ao longo da vida.

Ele não retrucou. A frase ecoou-lhe fundo, sentiu vontade de arranhar a pele até sangrar, ficar nu, ser outra pessoa. Desejos absurdos que revelavam sua insatisfação.

A sala estava bonita, cheia de flores brancas, as paredes pintadas. Por que os filhos quiseram aquela festa? Reformaram a casa toda, como se ele e Lara fossem começar a vida agora e não terminá-la daqui a pouco. Ele odiava tudo aquilo, sempre odiou, principalmente as ridículas comemorações de aniversário e sua música sebosa. Não conseguia suportar o pulha que está ali, ao lado de Lara. Além de roubar-lhe a filha mais querida, dela tirou o riso escancarado, a alegria contagiante. Deu-lhe netos saudáveis, isso sim, o mais velho acabou de entrar para a universidade. Faz de conta que ele não está à mesa, com aquele ar prepotente, de quem sabe tudo, capaz de discorrer sobre qualquer assunto, em tom professoral, não aceitando réplicas. Se ele pudesse ler os pensamentos dos outros, teria muita surpresa. Era ouvido com impaciência e asco. Quem se armaria da necessária coragem para interromper o discurso sobre a entediante economia do México? A quem o trololó podia interessar? Em pensamento, Leandro atira o bolo de coco na cara do genro e aperta os olhos, num quase sorriso. Ai que engraçado ele ficaria com a cara cheia de creme!

– Do que você está rindo, vovô?

– Bobagem. Me lembrei de um filme pastelão.

O genro parou de falar. Imediatamente todos se puseram a dialogar entre si, deixando-o à margem: desligaram o chato.

Lara se abstrai. Leandro sabe que ela está longe. Há cinqüenta anos... não, não era verdade, há quarenta anos ela some, evapora, se esconde. Desde que...

— Vovô, você me leva no zoológico?

O avô não responde. Sempre que ele vê a mulher assim distante, teme que um dia ela desapareça definitivamente, que deixe o corpo ali e se vá. Para onde?

Lara está pensando em quanto os anos demoram a passar? Também. Ela olha os filhos e netos tão sem emoção, mas se sente neles. Principalmente em Liliana. Ela se reconhece naquela neta de dez anos, cheia de personalidade, que não liga para ninguém. Neste momento ela está sentada no sofá da sala, lendo seu livro, indiferente à algazarra. Tem os cabelos lisos e fartos, que prende numa trança, e um leve estrabismo no olho esquerdo que lhe dá enorme charme. Será que o Vicente não vem? Ela está ficando louca. Imagine que idéia mais tola. E, no entanto, tudo o que ela queria na vida é que Vicente entrasse naquela sala e a levasse embora. Uma romântica incorrigível isso é que ela era – Lara sorriu. Imagine, uma obsessão durar tanto. A verdade é que ela nunca deixou de pensar nele, nunca. Se nos anos 60 tivesse tido coragem de abandonar tudo e ir viver definitivamente com ele! Não adianta mais pensar nisso, não adianta. Faz muito tempo. Gostaria de contar aos amigos a sua história. Ela se sentaria calmamente no sofá para contar: um dia, ao sair do Museu de Arte Moderna um homem perguntou se ele podia atravessar a rua com ela, pois estava chovendo e não tinha guarda-chuva.

— Claro.

Sem mais nem menos ele lhe deu o braço, o sinal abriu e os dois ficaram na esquina, próximos, sem se conhecerem. Lara sentiu um leve tremor, como se pressentisse a mordida de uma cobra, que associação mais doida. A chuva aumentou, ele se encostou nela, sem cerimônia, e pareceu perceber o bem-estar que o seu movimento causou. Lara sentiu, de repente, vergonha.

Um desconhecido. E se fosse um canalha qualquer, um criminoso, um ladrão?
— Meu ateliê fica a algumas quadras daqui.
— Eu levo você lá. É meu caminho.
— Gostou do meu quadro?
— Qual?
— Aquele vermelho que você ficou olhando.
— Seu quadro?
— Sou pintor.
— Ah, sei. Muito. É um quadro muito bonito.
— Obrigado. Infelizmente não ganhei o primeiro prêmio que eu queria. Não pelo prêmio, e sim pela grana. Ganhei o de revelação, mixaria. Que é que você faz?

Lara viu a imagem dos dois, refletida na vitrine, antes de responder.
— Escrevo histórias para crianças.
— Interessante. Talvez eu possa ilustrar uma para você.
— Em geral, quem cuida disso é a editora. Não dou palpite.

Tipo da resposta boba. O cara estava sendo gentil. Um carro passa a toda espirrando água. Os dois ficaram ensopados.
— Entre, por favor. Pelo menos para se secar um pouco.
— Fica para outra vez.
— Eu não mordo. Venha conhecer meu ateliê.

Lembra-se desse dia como se fosse hoje, nos mínimos detalhes.
— Experimente este pãozinho, mamãe.

Ela pegou o pão, sorrindo. Tinha de prestar mais atenção à mesa, senão alguém podia achar que ela estava esclerosada. E não?
— Delicioso. Me passa o queijo, Leandro?

– Quê?
– Você está cada vez mais surdo.
– Quê?
– Fala para o seu pai, minha filha, que eu quero queijo. Fala.

A filha mais velha ri. O pai sempre foi surdo. O marido dela acha que é para o pai não ouvir o que a mãe diz. Toda vez que ela falava que queria se separar, ele dava as costas e sumia. Fazia de conta que o assunto não lhe dizia respeito. Curiosa maneira essa de ir levando o barco. E ali estão os dois, comemorando bodas de ouro. Quem diria. A mãe chegou a sair de casa, uma vez. Foi para o Rio, decidida a não voltar. Chamou os filhos, pediu que se comportassem, que assim que ela arrumasse um lugar viria buscá-los. Ficou menos de um mês fora. Leandro sofreu um acidente de carro e ela voltou para cuidar dele. Até hoje os filhos acreditam que o pai enfiou o carro no poste, de propósito, para tê-la de volta.

Lara olha para o marido, mas não o vê. E suspira. Os filhos reclamaram a vida inteira daqueles suspiros doídos. Por que a mãe suspirava, por quê? Às vezes eles estavam no andar de baixo da casa e ouviam os suspiros que ela soltava no andar superior. Ela lhes inspirava pena. Muita pena.

Depois do café da manhã todos foram para o jardim. Lara pediu licença para subir alguns minutos.

– Vai, mãe. Não demore, viu?

Ah, se ela pudesse não mais descer. Não conseguia comemorar as malditas bodas, a prova da sua total e irrefutável covardia. Podia como?

Ela começou a freqüentar o ateliê de Vicente, com a desculpa de ter aulas de desenho para ilustrar suas histórias. Sentia-se tão bem. Aprendia a olhar de maneira diferente os objetos, o mundo que a cercava. Até que o irremediável aconteceu. Os dois se apaixonaram.

— Onde você vai tão bonita, Lara?
— Eu? Você acha que eu estou bonita?
— Mais do que nunca.
— Obrigada, Leandro. Vou ao Museu de Arte Moderna e à aula de desenho.

O marido era um cavalheiro. Devia saber que alguma coisa estava acontecendo com a mulher fora de casa, preenchendo a vida sem a sua participação. Não deu importância ao assunto. Ele também é dono dos seus dias e ela nunca fez perguntas. Teria ele um caso de amor? Lara olhou-o com atenção. Pelo menos, que ela saiba, não comprou cuecas novas. Vicente dizia que esse era o primeiro sinal, quando ela contou que tinha comprado calça e sutiã aquela manhã. Para quê? Ela se despia assim que chegava, o corpo inchado de desejo, os olhos úmidos.

— Mamãe, o que você está fazendo aqui no quarto? Venha, vamos lá para baixo.
— Precisei ir ao banheiro.
— E depois ficou aí, sentada na cama.
— Está uma barulheira.
— Um monte de gente. Me dê o seu braço. Daqui a pouco vão servir o almoço.
— Chegou mais alguém?
— Não sei quem você já cumprimentou, devemos ser trinta.
— Tudo isso? Nossa.

Leandro viu, satisfeito, a mulher e a filha se aproximarem. Lara notou que ele estava bastante envelhecido, aquela manhã. As dobras do pescoço salientes. Talvez a camisa estivesse apertada. Era um homem alegre e extrovertido. Um relações públicas nato, dono da melhor corretora de imóveis da cidade. Tirava de letra aquela bagunça, apesar de que não gostasse de comemorar aniversários. Tinha um belo porte ainda. Uma espécie de orgulho interior, intocado, que o fazia olhar de cima, como se todos e tudo fossem insignificantes. Ela admirava aquela inacreditável postura. Mesmo quando desconfiou que ela tivesse um amante.

— Por favor, Lara. Faça essa viagem que você tanto quer. Vá para o Rio com a sua turma do Museu. Fique o tempo que quiser. As crianças estão crescidinhas, sabem se cuidar. Eu dou cobertura.

— Você sabe o perigo que corre, não sabe?

Fingiu que não ouviu? Vicente a pressionava, cada vez mais. Queria que largasse o marido e os filhos e fosse viver com ele.

— Largar meus filhos?

— Aqui eles não cabem. Não tenho dinheiro para sustentar uma família. Se você gosta mesmo de mim, prove.

— Não me peça isso, Vicente. Eu não posso me separar das crianças.

— Pelo menos por uns meses. Até que as coisas se arrumem. Não consigo mais viver assim. Você vem, fica duas horas comigo, vai embora, dorme com seu marido. Freqüenta jantares, se diverte, e eu aqui sozinho. Não tenho sangue de barata.

— São compromissos profissionais dele, Vicente. Por mim eu ficaria com você.

— Prove.

Pena que Leandro não soubesse fazer amor com ela. Talvez soubesse com outra. Ela nunca entendeu como conseguira ter quatro filhos. Não se lembrava do marido na cama. Talvez no princípio, recém-casados, ela tivesse expectativas. Então passou a se visitar depois que ele dormia, sem fazer barulho, sem se mexer.

Com Vicente descobriu a alegria do amor a dois, das conversas longas, dos planos artísticos que faziam para o futuro. Os assuntos imobiliários de Leandro não a interessavam, as histórias que ele contava, duas ou até três vezes, sobre a compra ou a perda de uma casa eram difíceis de agüentar. Já não o tolerava. É o preço que se paga, quando se permite que outra pessoa entre no nosso pequeno e, apesar de tudo, protegido mundo, e se expõe às intempéries, às emoções desconhecidas. Voltar para casa, em certas circunstâncias, era um verdadeiro suplício. Devia controlar-se. Não podia agir sem pesar os prós e contras. Os filhos jamais a perdoariam se soubessem que largou o pai por causa de outro homem, que nem os queria. Não, não podia arriscar. Aceitaria a proposta de Leandro, de viajar com a "turma do museu". Ela e Vicente fariam uma experiência, vivendo juntos, num ateliê que ele alugava no Rio, antes de qualquer decisão.

– Mamãe! Oi, mãe!
– Que é?
– Você nem está ligando para a sua festa. Viu quem chegou?
– Não. Quem?
– Os vizinhos.
– E onde eles estão?
– Vêm vindo. Papai foi recebê-los.
– Pensei que ficaríamos em família.
– E o que eles iam achar, olhando da janela este mundaréu de gente?
– Tem razão.

Lara gostava deles. Eram ignorantes, mas sabiam ser generosos e tinham uma certa graça para contar piadas. Costumavam jogar baralho juntos, de vez em quando. Leandro arranjara um ótimo apartamento para o filho do casal, que ficou contente com o bom negócio.

– Obrigada pelo presente. É linda essa bandeja.
– Prata portuguesa.

A filha levou os vizinhos para sentar do outro lado, nas mesas cobertas com toldos brancos. O jardim estava bonito – Lara teve de se apoiar numa cadeira, tonta. Há dias vem se sentindo esquisita, uma queimação constante no peito, e essa tontura estranha, que a tira dos eixos.

– Você aqui, sozinha?

– Está muito quente. Além do mais, meu sapato é novo.

A cunhada reconheceu que os seus pés também doíam.

– Ainda mais com esse calor.

Lara não suportava o calor. Aliás, ela nunca poderia morar no Rio de Janeiro por causa da temperatura.

– Você vai se acostumar. Este é um verão fora de série, querida. Em geral não é tão quente, não.

Passados os primeiros quinze dias, em que ela e Vicente fizeram amor mais de uma vez por dia, algo não ia bem. Lara sentia falta dos filhos. Não conseguiria jamais viver longe deles.

– Eu não basto para você, Lara?

Não. Infelizmente, não, ela pensou. Não disse. Por que era incapaz de entrar no cenário do pintor? Não ficava à vontade em nenhum lugar daquele ateliê. Como se ela fosse alguma coisa que não contasse, sem importância. Sobra. Um prego vazio na parede. Lia o tempo todo e se aborrecia. Essa a verdade.

Quando a cunhada telefonou do hospital, contando que Leandro sofrera o acidente de carro, não hesitou um minuto, arrumou a mala e pegou o primeiro avião. Nunca mais ela e o marido se separariam. Ele não fez perguntas embaraçosas, ela não tocou no assunto da viagem. À maneira deles, se entenderam. No entanto, Lara não esquecia Vicente. Pensava sempre nele, com saudades.

Um dia ele telefonou.

– Tudo bem?
– Mais ou menos.
– Como ele está?
– Fazendo fisioterapia. Vai ficar bom.
– Venha me ver. Afinal continuamos amigos, espero.
– Claro.
– Que tal o próximo fim de semana?

Lara interrompeu os pensamentos e olhou para a cunhada que devia estar estranhando seu silêncio.

– Algum problema?
– Nenhum. Estou apenas com calor, morrendo de vontade de tomar um copo de água.

O garçom vinha com a bandeja. Lara sorriu.

– Você é meio bruxa – a cunhada pegou o copo. – Basta pensar e as coisas acontecem. Lembra-se daquela vez que saímos do cinema e você gritou "meu reino por um táxi"? Apareceu um, na hora – as duas riram.

Vicente chamava-a de minha fada.

– Qual é o seu segredo, hein? Nunca ninguém me deu tanto prazer.

Ela adorava ouvir aquilo.

– Se eu fosse você ganhava dinheiro com essa coisa que tem entre as pernas.

– Do que você está rindo, Lara?
– De uma bobagem. Não sei por que estou cheia de lembranças hoje.

E esta queimação que não passa, ela pensou, tentando abrir um pouco o botão. Estava com falta de ar? A casa tão alegre, pintada de salmão, as janelas e portas brancas: que presente. Os canteiros refeitos, a grama cortada. Ela não teria mais entusiasmo para tanto trabalho. Nem queria aquela festa. Não queria mesmo.

– Até que enfim consigo chegar perto de você – Leandro sentou-se ao lado da mulher. – Não me deixe mais sozinho. As pessoas têm absoluta necessidade de discutir coisas. Ainda agora o nosso vizinho resolveu falar mal do presidente. Ele não se enxerga, não? Tive de apelar para a surdez, para não brigar com ele.

Ficaram de mãos dadas. Nada dava mais segurança a Lara do que sentir a mão dele protegendo a sua. A dor no peito estava passando?

– Não saia mais de perto de mim.

– Papai, mamãe. Venham. Vamos servir o almoço.

– Só se vocês trocarem meu lugar. Não quero ficar do outro lado da mesa e sim perto da sua mãe.

A filha não acreditava no que estava ouvindo (Lara piscou para ela). Conhecia o pai para saber que ele não ia mudar de opinião. Então, tratou de rapidamente mudar a guirlanda de lugar e deixá-los juntos.

Os netos corriam, os garçons equilibravam as travessas, as pessoas falavam alto. Que barulheira – Lara começou a se abanar com um guardanapo. Suava de pingar.

– Acho que vou para o quarto.

– Almoce primeiro, Lara. Depois do bolo a gente sobe.

– Estou morrendo de calor.

– Tenha paciência.

Vicente disse que um dia viria buscá-la. Nem que viesse do além. Ela sorriu. Morreu há tantos anos. Uma tarde, Lara dava uma volta na quadra, quando sentiu que alguém se apoiava no seu ombro. Vicente, ela pensou. Ele está querendo falar comigo – a sensação daquele braço enlaçando-a era tão real. Mas durou pouco. Muito pouco. Soube no dia seguinte, ao ler os jornais, que Vicente morrera. Ela não derrubou uma lágrima. Foi até o jardim e enterrou a chave do apartamento que ele lhe dera e cobriu-a com um pé de azaléas. Agora não teria mais esperança. Sua vida estava definida. Nada, nem ninguém, alteraria o seu curso. Daí aquele buraco dentro de si. Aquela tristeza.

O bobó de camarão – ela deu umas garfadas – estava delicioso.

– Adoro salada que tem rúcula. Você experimentou, Lara?

– Não. Ainda não.

A filha chegava com um leque.

– Obrigada, querida. Eu estava precisando.

– O bolo vem vindo.

Branco. Com o monograma dos dois no meio.

Lara e Leandro se aproximaram do carrinho de chá, enquanto todos cantavam o parabéns, posaram para fotos, cortaram o bolo, beijaram-se, dançaram. Ele se queixava de dor nos pés. Ela reclamava da queimação que sentia no peito.

– Pensei que a festa não ia acabar mais.

– Vou subir, Lara. Estou louco para tirar esse sapato.

– Já subo também.

Lara sentou-se no sofá, exausta. Apoiou a cabeça na mão e deixou-se ficar quieta. Sempre gostou de estar sozinha naquela sala, olhando a noite. A casa uma estrutura sólida, inabalável. E ela ali, tão frágil, ouvindo seu sangue correr nas veias, o coração bater descompassado. Estava cansada. Muito cansada. E triste. Tristíssima. Que pena tinha de si mesma. Devia estar alegre. Não conseguia. Ela não podia mais mudar aquele estado de espírito. Aquele sentimento de derrota pelo que fizera de sua vida, quer dizer, pelo que não vivera. Amanhã devia comparecer a uma festa na editora para comemorar os cem mil livros vendidos. E não tinha ânimo. Aquela autopiedade também não levaria a nada, nem a lugar nenhum. Era preciso reagir. Vamos, Lara, coragem. Vá descansar. Assopre as feridas, levante a cabeça, volte a sonhar. Com quem? – Lara suspirou.

De repente, a sala se iluminou:
— Quem está aí? Vicente? Até que enfim você veio me buscar.
Lara se levantou, lépida, e saiu sem olhar para trás. O corpo no sofá.

De *No silêncio das nuvens*

A VINGANÇA

O Sr. Max Podor viera da Bélgica para morar com a filha – Cecília – há dois anos e meio, mais ou menos. Um sujeito atarracado, forte, mãos de plantador de batata: os dedos vermelhos, gordos e curtos. Não conheço nenhum plantador de batata, mas foi ele mesmo que assim se definiu, quando elogiei as unhas largas e planas. Aliás, ele não era nada feio. Olhos azuis vivos, apesar das pálpebras empapuçadas; os cabelos louros e ralos tinham poucos fios brancos. Ia fazer oitenta anos. Uma de suas ocupações diárias era fazer palavras cruzadas, por isso Roma e ele ficaram amigos. Ele sempre lhe pedia soluções:
– Desculpe incomodar, Roma. Você sabe o que é "Jornalista brasileiro, que viveu no exterior", doze letras, e que começa com P?
– Ih, não sei. Deixa eu pensar. Depois eu ligo para o senhor.
– Já pedi para você me chamar de Max.
– Desculpe. Preciso me acostumar.
Telefone desligado, ela pensou no pobre homem, de pé, esperando algum comando secreto do cérebro. Ficava parado, tentando pôr uma perna diante da outra e dar um passo curto. Realizado o primeiro, parecia que andar era mais fácil e ele, finalmente, conseguia ir até

sua cadeira. Fora esse detalhe era alegre, e adorava bater papo.

– Por que esse nome, Roma?

– Meu pai disse que foi um anagrama da palavra Amor. Queriam registrar que eu fora feita numa noite especial. Por sorte minha mãe teve a feliz idéia da mudança.

– Com esses olhos e cabelos negros você parece italiana. Poderia ser uma bela homenagem à Itália.

– Meu finado marido também pensou isso. Aliás, foi por causa de uma brincadeira com o nome que nos conhecemos e depois casamos.

– Como ele se chamava?

– Não vai acreditar: Lucca.

Max não conteve o riso.

– E deram que nome para os filhos? Veneza, Genova, Perugia?

– Claro que não – ela ficou emburrada.

– Está bem, Roma. Desculpe. Foi uma brincadeira. Pensei que você tivesse mais senso de humor.

– Mudando de assunto: descobri o que me perguntou. O jornalista pode ser Paulo Francis?

– Obrigado. Vou tentar. Comecei a inventar umas cruzadas diretas com o seu nome.

Ela se despediu. Que diabo, ele extrapolava. Não lhe dava esse direito. É verdade que passava o dia todo sozinho. Não tinha mais com quem conversar, o coitado ficou viúvo duas vezes. Um pé frio daqueles, a filha brincava.

– Fui muito amado, sabia? Mas pelo que vejo você...

– Eu também fui, quer dizer, sou amada ainda. Não conhece meus segredos, papai. Tenho meus admiradores. Só não trago ninguém aqui em casa. Quem ia querer morar comigo e você junto?

– Não vou demorar. Quando eu morrer o caminho fica livre.

— Ora, papai. Se Deus quiser você ainda vai ficar por aqui mais uns dez anos.

Ele e a primeira mulher, justamente a mãe de Cecília, se deram mal. Diferenças culturais, ele ponderava. Era preciso que ambos se adaptassem aos hábitos um do outro. Ela sabia ser doce e romântica, como ninguém e, em contrapartida, exigia pequenas delicadezas, que ele não conseguia satisfazer. Em pouco tempo a filha era o único elo. Naquela época, os casais não se separavam facilmente e iam levando o casamento. Ele era engenheiro eletrônico, saía cedo para o trabalho, e só voltava à noite. Sobrava poucas horas para as desavenças, as cobranças. Uma vez por ano ele ia visitar os parentes na Bélgica, onde passava um mês. Ela não o acompanhava. Foi numa dessas viagens que foi chamado, de volta, às pressas. A mulher estava no hospital, com um melanoma, uma pinta feia que lhe cresceu na cara e... Estava morta, quando ele chegou. A filha ficou morando com os avós maternos, enquanto o pai se divertia namorando todo rabo-de-saia que via pela frente. Até que, finalmente, parecia ter encontrado o que ele chamou de "a mulher da minha vida". Ainda bem, porque nessas alturas ele tinha mais de sessenta anos. Era justo que quisesse alguém para passar a velhice. Ganhava excelente salário, podia viver sem restringir gastos. Aí entrava um item revelador da personalidade do Max: era pão-duro. Justificava as economias que fazia, alertando a segunda mulher para o perigo do comunismo.

— Você precisa ler nas entrelinhas as notícias dos jornais. O comunismo já está em Cuba, não demora a chegar aqui.

E adotou uma estranha mania: tinha sempre pronta, no quarto, a mala com que viajaria de urgência, se ele chegasse.

— Gosto de você, Max, mas não suporto esse seu medo do comunismo. Não tem idade ainda para ter essas idéias fixas. Coisa de velho. Além disso, está ficando sovina. A empregada veio reclamar que você a mandou gastar menos óleo na cozinha.

— Cuido do nosso futuro, minha cara. Um dia vai me agradecer por ser econômico. Aliás, a partir do próximo mês, não precisamos mais de empregada.

— Não posso dispensá-la, por enquanto. Tenho de trabalhar, Max. Quem vai fazer o seu almoço, cuidar da nossa roupa? Só me aposento daqui a dez anos.

— Podemos ter uma diarista. É mais do que suficiente. Não gosto de ter uma estranha na casa. Me tira a liberdade.

Contava centavos. E adquiriu o hábito de ir quase que diariamente à agência bancária, para ver seu saldo, pois se houvesse algum problema, podia sanar o erro na hora. Numa tarde em que ele e a mulher entraram no banco, foram vítimas de um assalto à mão armada. Ele foi dispensado, pelos bandidos; ela ficou presa, como refém. Max Podor não tinha amigos. Freqüentavam a sua casa apenas um casal de alemães, ele um ex-colega da firma onde trabalhava, alguns parentes da mulher, e dois colegas dela, no serviço público, com quem jogavam baralho às vezes. Quando o assalto foi anunciado pela televisão, essas pessoas tentaram lhe fazer companhia: ele fingia não estar em casa. Nem atendia telefone, receoso de que os bandidos exigissem dinheiro para soltar a refém. Nunca se sabe, disse para si mesmo e fechou as venezianas, permanecendo no escuro. Infelizmente, a segunda mulher não saiu com vida do assalto. Nem os três outros reféns, inclusive o gerente da agência, que teve amnésia nervosa e não se lembrava do segredo para abrir o cofre. Todos foram mortos a tiro.

Ela devia ser queridíssima na repartição, pois compareceram mais de cinqüenta pessoas – Cecília comentou com o pai, que parecia inconsolável, se debulhando em lágrimas.

As pessoas culpavam a falta de governo, pela desgraça acontecida, fazendo verdadeiros discursos contra o presidente.

Max Podor desmontou a casa em que vivia e se mudou para a Bélgica. Mas não se habituou com o frio, e viera ficar com a filha, até conseguir, de novo, um domicílio. Cecília não concordou. Onde se viu deixar um homem de oitenta anos morando sozinho?

– Fico se puder contribuir para as despesas. Deixa-me ver. Eu dou quinhentos dólares por mês. Como pouco, quase não saio. Assim está bem?

A filha aceitou. O pai, ao chegar, guardou no armário cinqüenta mil dólares. Era o dinheiro reservado para montar um apartamento. E todos os meses retirava a contribuição mensal.

Ele e Roma se conheceram nessa ocasião e se tornaram amigos por causa das palavras cruzadas. Ele sabia tudo do assunto, menos o que se relacionava ao Brasil.

– Atriz brasileira que faz sucesso em Portugal com 8 letras. Começa com E e tem um W no meio.

– Vê se cabe Eva Wilma.

Um dia Cecília se queixou:

– Ele tem mania de contar dinheiro, Roma. Como se desconfiasse que alguém fosse mexer no armário e tirar alguma coisa. Afinal de contas só nós dois moramos aqui. Ele está pensando o quê?

– Garanto que não é por mal. É caduquice.

Max Podor separava os maços de notas de cem, conferia uma por uma, prendia com um elástico, guardava no armário, trancava a porta e punha a chave no bolso.

— Sua filha fica meio chateada, acha que não confia nela.

Ele ria.

— O dinheiro é o único poder que eu respeito. Sem grana, acha que eu estaria morando aqui? Passei fome depois da guerra. Cheguei a comer uma única batata durante três dias. Dava uma mordida de cada vez. Sei, como outros europeus, o que é perder tudo e recomeçar do nada.

Cecília contratou uma enfermeira para vir dar banho no pai, todas as manhãs. Entrava às sete e saía ao meio-dia. No princípio ele achou ruim, reclamava. Após alguns meses ficava de olhos molhados ao falar dela. A filha resolveu aparecer, de surpresa, e ficou olhando às escondidas. A enfermeira estava sentada ao lado do velho Max, vendo televisão, e ele começou a levantar devagarinho a saia dela. Cecília, por delicadeza, tapou os olhos. Nem precisava, porque ouviu estourar a alegria da enfermeira.

— Imagine, Roma. Que safado. Com oitenta e um anos! Pensei que ele não pensasse mais em besteira.

— Besteira? Eu, hein.

As duas riram. O velho Max andava contente, dizia que não bebia, mas tomava o primeiro aperitivo às onze horas, no almoço tomava uma cerveja, ao acordar às quatro horas tomava outra, às sete horas aceitava o vinho que a filha oferecia e antes de dormir virava um conhaque. Um perfeito alcoólatra, isso sim. O médico sorriu ao saber que o velho era pinguço.

— Não se incomode, Cecília. Não se deve mexer nos hábitos dos idosos. O corpo dele deve estar acostumado a essa bebida toda.

O que dava para notar é que ele, de repente, parou de falar em comunismo. Certa noite a filha deu com o pai costurando um paletó. O preferido dele, o preto risca de giz.

— Quero ser enterrado com este terno, Cecília. Não esqueça.

— Pode deixar, papai. Não vou esquecer.

Max Podor parece que estava adivinhando. Na última semana andava tão infeliz, se queixava de dor no braço, pressão alta.

— Ah, papai, não é nada. Esfriou muito esses dias. Até eu estou com dor nas juntas.

— Não sei se vou terminar as minhas palavras cruzadas, Roma.

— Vai, sim, amigo. O que é que falta?

— Tanto. Tem uma outra que estou fazendo: você sabe qual é o ator da novela Renascer?

— Quantas letras?

— Quinze.

— Deixa eu pensar. Será que dá Antonio Fagundes?

Uma noite, o pai comunicou à filha que ia se casar com a enfermeira.

— Aos oitenta e dois anos, papai, para quê?

— Minha noiva tem filhos. Não fica bem eu me mudar para a casa dela sem casar.

Ela disse que o pai devia saber o que estava fazendo.

Max Podor não teve tempo de concretizar o último desejo. Manhã fria, Cecília encontrou-o morto. Ao lado da cama, a revista de palavras cruzadas caída no chão. Morrera dormindo.

A filha obedeceu o último pedido e ele foi enterrado com o terno que queria.

— Uma lã tão pesada, puxa. Não se faz mais lãs como antigamente.

Na volta do enterro, Cecília foi guardar os documentos do pai, no armário onde ele deixava o dinheiro. E teve a surpresa de encontrar apenas algumas notas, o suficiente para pagar as despesas do enterro. O que acontecera com o resto? Procurou inutilmente.

— Sumiu o dinheiro?
— Sumiu.
— Quanto?
— Se ele trouxe cinqüenta mil dólares, deve ter gasto, no máximo, uns quinze mil. Não sei, talvez mais. Vinte e cinco mil evaporaram.
— Você já conversou com aquela enfermeira?
— Ponho a mão no fogo, Roma. Ela é honesta.
— Onde ele podia ter escondido tanta grana?
— Procurei na famosa mala também. Será que...
— Ele costurou as notas no paletó? Você disse que estava pesado. Era o que fazia no tempo da guerra.

Cecília me olhou estupefata. Não queria acreditar.
— Você pode pedir a exumação do corpo.

Durante alguns dias a amiga hesitou se devia ou não pedir a exumação. Se o pai queria ser enterrado com o dinheiro dele, tinha direito. Ou não?
— Mas por quê? Pensava que podia ser enterrado vivo e, se conseguisse sair do túmulo, ia precisar da grana?
— Meu pai era tão frio, tão objetivo.

Um egoísta, Roma pensou. Não quis facilitar a vida da filha.
— Ele deixou alguma coisa para você?
— Não. Tinha uma conta na Bélgica, que praticamente limpou, quando veio para cá. Pelo menos foi o que disse. O que não tem a menor importância. Nunca tive interesse no que ele pudesse ou não me deixar.

Passado um tempo, Roma perguntou o que Cecília resolvera fazer.
— Nada. Absolutamente nada. Ele que apodreça com o seu pão-durismo.

A amiga notou que as fotos do pai foram deliberadamente tiradas dos porta-retratos. E que não havia vestígio da sua passagem pelo apartamento. Como se ele não tivesse existido.

Alguns meses depois, Cecília se casou e adotou o nome do marido. Coisa que ela prometera ao pai que nunca faria. Ele merecia a vingança. Com a adoção, a família Podor estava extinta.

De *No silêncio das nuvens*

AMOR PELAS MINIATURAS

In memoriam
Sonya Grassmann

— **A**cordei me sentindo esquisita, Milena, não pensava em nada, como se tivesse acabado de nascer. Ou de morrer? Será que, finalmente, minha memória se apagou? Imagine a alegria. Fui para o banheiro, o espelho me mostrou um rosto que não reconheci – quem era? – não havia mais ninguém ali, portanto só podia ser minha aquela cara cansada. É evidente que sou eu. O perfil é inconfundível, a cara do meu pai, herdei os cabelos, ralos e lisos, que não passam de fiapos sem vida.
— Não exagere, Gilda.
— Veja essas rugas em volta da minha boca.
— Quantos anos você tem?
— Quarenta, Milena. E me sinto tão velha.
Não falou que seus braços balançam frouxos e as pernas estão cheias de veias pequenas, que formam um rendilhado entre o azul e o vermelho, difícil definir essa cor, nem que a musculatura... Deixa pra lá.
— Eu acho você bonita.
— Obrigada. O que me aflige, no momento, não é meu físico, e sim o excesso de memória. Eu me sinto como se fosse um pastiche, um monte de lixo. Isso mesmo, minha cabeça parece um lixão. Amontoou tantas besteiras. O que devo fazer para me livrar dessa porca-

ria toda, Milena? A impressão que eu tenho é que me falta espaço para guardar acontecimentos do presente. Tenho inveja de quem apagou informações e pergunta como é o nome daquele ator do filme tal? Se o vi, não preciso nem pensar, digo na hora. E, no entanto, seria melhor que eu o tivesse esquecido.

– Não é bom para você?

– Que é que eu ganho em me lembrar desse tipo de informação? Perda de tempo, minha amiga. Vira e mexe alguém me telefona para saber o autor de um livro, o diretor de um filme ou de uma peça. E alguns nem agradecem, sabia? Melhor que eu não conhecesse tanta frivolidade – quis se despedir da vizinha antes que o marido dela chegasse.

– Só me lembro do que quero – Milena afirmou.

Mulher bonita essa Milena Alvarez Filgueira. Excêntrica. Veste umas roupas que ninguém sabe de onde vêm. Muito veludo no inverno, cetim no verão, e rendas, saias longas, rodadas, corpetes apertados, blusas com mangas bufantes. Tudo muito colorido, de extremo bom gosto. Uma figura quase renascentista, não fossem as calças apertadas que usa de vez em quando, ou as de boca de sino. Costuma prender os longos cabelos negros em coque, e fica linda.

Ela engravidou logo depois do casamento com Ivan Filgueira. Mas em vez de fazer tricô para a criança, se pôs a costurar roupas para a boneca antiga que comprou e que lhe custou todas as economias. Sorte o marido dela ser rico e não se incomodar com os gastos. Achou que a gravidez devia estar despertando na mulher um lado maternal inusitado.

– Adoro bonecas, Gilda. Desde criança. Olha este vestido de organza, que eu estou fazendo.

– E para o bebê que está esperando, nem uma camisinha?

— Minha sogra vai dar o enxoval pronto. Que tal este bordado, Gilda?
— Você é muito prendada.
— Aprendi sozinha. Olhando.
Todos os dias trocava a boneca e conversava com ela.
— A Fabíola está resfriada. Com febre.
— Quem?
— A minha menina. Não dormi a noite toda, cuidando da pobrezinha.
— Sei. Vá descansar, então, Milena. Daqui a pouco seu marido chega para jantar e tem de estar alegre.
— Você cuida dela pra mim? Vou deixar aqui, neste canto. Ela não vai incomodar.
No aniversário Milena pediu outra boneca para o marido.
— É esta que eu quero — apontou o catálogo.
— E como é que se compra?
— No cartão de crédito. A loja manda entregar.
Ela exultava com a nova filha no colo e manifestava a alegria beijando Ivan.
— Me casei com uma garotinha.
Infelizmente, ou felizmente, nunca se sabe, naquela noite, a hemorragia levou-a ao hospital, onde perdeu a criança. Ivan parecia inconsolável, Milena não deu a menor importância.
— Tantas mulheres perdem a primeira gravidez, meu bem. Vamos fazer outro bebê. Não se preocupe.
Depois de seis meses a notícia de que Milena estava novamente prenhe alegrou o casal Filgueira. E uma terceira boneca selou a comemoração. Ela, que não gostava de sair de casa, se arrumava toda e ia comprar tecidos para fazer vestidos, chapéus, sapatos de pano, além de encomendar coisas às revistas estrangeiras.
— Não são maravilhosas as minhas filhas?

— Você já sabe o sexo da criança?

— Ainda não está na hora de fazer o ultra-som. Eu quero que seja menina, para brincar com as irmãs.

Eu me despedi. Às vezes ela me assustava com aquele mundo irreal em que vivia. Esquecia-se de tudo, inclusive do marido.

— Você não fez o jantar? Então vamos comer fora, Milena.

— Vou, se me deixar levar as meninas. Se não você pode ir sozinho.

E lá se foi, vestir as bonecas. No restaurante, sentou-as todas juntas, numa cadeira, orgulhosa de sua prole.

Ivan suspirou fundo. A gravidez devia afetar a mulher. Ela que tinha sido tão viva, tão original, não só na maneira de se vestir, também no jeito de inventar programas, de se divertir, agora era outra. Não se interessava por mais nada, só pelas bonecas. Verdade que ela continuava meiga e carinhosa e que demonstrava amá-lo como sempre. Mas o seu desligamento dos compromissos com a casa, as amigas, que nunca mais procurou, era inquietante. Ivan reconhecia que nada sabia de sua mulher e que tinha dificuldades para entendê-la.

— Você está tão diferente, meu bem. Vamos convidar amigos para jantar, sair.

— Claro, meu amor. Quando você quiser.

— Sexta-feira. Depois vamos dançar.

— E o que faço com as meninas?

Ivan teve ímpetos de brigar com a mulher, mas resolveu entrar no jogo.

— Peça à vizinha para cuidar delas.

Milena sorriu. Ela não vai se negar. Gilda é uma boa amiga.

Eles se amavam tanto. Bastava vê-los juntos para sentir a harmonia do casal.

— Milena é a mulher da minha vida, pai. Não consigo achar alguém mais interessante. Além de linda e inteligente, tem senso de humor. Cozinha como uma deusa. Tudo o que faz é perfeito.

— Concordo, meu filho. No entanto, me parece que ela se coloca numa posição distante, inatingível, tem um mundo interior muito pessoal.

— Não se preocupe, meu pai. Um dia vai ver a nora adorável que tem. Aliás, estou aqui para contar que daqui a sete meses serei pai.

Os dois se despediram e Ivan foi procurar a mãe para contar a novidade.

— Eu me encarrego do enxoval, meu filho.

Ao chegar em casa encontrou a mulher lendo uma história infantil para as bonecas, ao lado de Gilda.

— Desde quando você gosta de bonecas, Milena?

— Não sei, Gilda. Não posso perguntar para ninguém. Mamãe morreu quando eu tinha sete anos, papai nunca estava em casa. Fui criada por uma tia, irmã dele, que era surda. Minha vida foi solitária, até ir para a faculdade.

— Qual?

— Turismo. Herdei do meu pai esse gosto pelas viagens. Conheci Ivan na universidade. Ele cursava engenharia.

— Em quem você era mais ligada?

— Eu me lembro mais de minha mãe. Principalmente do perfume que ela usava: Chanel n. 5. Os olhos eram amendoados, castanhos. Parecia uma estrela de cinema. Meu pai disse que ela tinha sido convidada a fazer um filme. Não fez porque estava grávida. Ela adorava cozinhar e eu, desde pequena, ajudava a mexer as panelas. Talvez seja por isso que eu goste tanto de cozinha. Minhas colegas viviam dizendo que cozinhar era perder tempo, eu considero que é encher a vida. Você não vê que, de vez em quando, alguma amiga vem me procurar, desesperada? Em geral, estão sem grana para chamar banqueteira e entro na parada. Não ligo. Eu gosto de cozinhar e de ser útil. O Ivan até me sugeriu abrir uma pequena empresa. Sabe o que eu gostaria mesmo? De me estabelecer com uma loja de miniaturas.

— Seria ótimo. Adoro miniaturas! Eu iria trabalhar com você.

— Já pensei em fazer casinhas de bonecas. Na Holanda existe um museu cheio delas, sabia? Mas tenho de arranjar um marceneiro habilidoso.

— Meu cunhado conhece um. É colega dele. Faz molduras de madeira e de metal para vender. Dei várias de presente.

— Meu primeiro namorado me incentivava com as miniaturas. Sempre me trazia coisas. Guardo tudo numa caixa. Ele era músico. Quer dizer, ainda é.

— Que instrumento ele toca?

— Violão. Eu era louca por ele.

— Que aconteceu?

— O pai obrigou-o a se casar com a filha do sócio e transformou-o em executivo. Esperei por ele até que recebi o convite para o casamento. Sofri à beça, viu? Pensei que fosse mais forte. Que resistisse.

— E a mãe?

— Concordou com o marido. Eles eram padrinhos de batismo da noiva, imagine. Eu não tinha a menor chance. Quase morri de tristeza. Depois conheci Ivan. Ele sim é um verdadeiro homem, se impõe, tem caráter. Meu sogro nunca disse nada, pelo contrário, é muito gentil, mas eu sei que ele preferia que o filho se casasse com alguém diferente de mim. Acho que implica com as minhas roupas e manias.

— Adora a sua comida. Ele mesmo me confessou. Você nunca mais viu o outro?

— Vi. Claro que vi. Ele e Ivan são amigos, quer dizer, amigos não, conhecidos. Conversam.
— E sabe que vocês foram namorados?
— Eu nunca mentiria para ele.
— E o que Ivan acha das miniaturas?
— Por enquanto, nada.

O marido entrou na sala e deu um abraço apertado na mulher.

Fiquei uns meses sem ver Milena, porque fui visitar minha mãe e ela não me permitiu voltar logo. Acabei participando de um programa de televisão, que era visto apenas no interior, respondendo perguntas sobre artistas de cinema. O ator predileto do auditório era Elvis Presley. As pessoas queriam saber por que fora para o exército, como era a relação dele com a mãe, com a mulher e a filha, porque se tornara dependente de remédio, esse tipo de curiosidade. Ganhei um dinheirinho.

— Pode parar de reclamar da sua memória. Acabou dando lucro.
— Reclamo. Não tenho lugar para guardar mais nada. Se eu não esquecer o que já sei, não vou me renovar, entende? Por exemplo: esqueci o nome das suas bonecas.
— Venha ver a família. Fiz roupas novas. A Fabíola você conhece. Ela até falou mamãe pra me alegrar. Esta é a Marina, a Bianca, a Ester e a que acabou de chegar, Isabel.

Milena engordou pouco, como da outra vez.
— E então, menino ou menina?
— Não sei. Prefiro a surpresa.
— E o Ivan?
— Ele não liga. Diz que se eu não quero saber o sexo, tudo bem. Antigamente ninguém se preocupava com isso.

A entonação deixava evidente que ela estava satis-

feita. Só não escondia aquela espécie de perplexidade que transparecia nos gestos, na fala, nos olhos.
— Que você tem, Milena?
— Nada não, Gilda. Ando desanimada. Ivan fica tão pouco em casa. Parece que não gosta de me ver grávida. Estou feia?
— Que bobagem. Nunca vi você tão bonita.
— Faz de conta que eu acredito. Me fale de você, minha amiga. Já amou alguém, imagino.
— Quando eu tinha quinze anos me apaixonei por um vizinho. O primeiro – e único – namorado.
— Por que não teve outro?
— Não me pergunte, não sei a resposta. Nunca mais me interessei por ninguém. E não sinto falta. Tenho horror de sexo e não consegui vencer meu nojo. Acho que nasci sem algum detalhe importante.

Milena hesitou em continuar o assunto. Aquela confissão foi tão surpreendente: era possível alguém viver sem sexo? Olhou a amiga com carinho. Era tão bondosa com suas filhas. Uma noite, em que ficara com elas, encontrou-a com as cinco deitadas ao seu lado, na cama, vendo televisão: ela também estava se afeiçoando às bichinhas.

— Seu namorado foi indelicado, machucou você de alguma forma?
— Não. Logo viu que eu não queria nada com ele, e se mandou. Hoje em dia está casado, tem filhos. É um famoso advogado da minha cidade. Defendeu, inclusive, uma causa de mamãe, contra a Prefeitura.
— Por que ela nunca vem visitar você?
— Cadê condições físicas, Milena? Tem artrose na coluna, catarata, sabe como é, fez setenta anos. Não é como alguém que mora aqui, com todos os cuidados.
— Entendo.

— Prometi que vou vê-la a cada três meses. E falamos por telefone todos os domingos. É o que posso fazer.
— E não se sente sozinha?
— Estou acostumada. Agora, eu jamais poderia aceitar que alguém morasse comigo. Não suportaria um intruso nos meus hábitos. Sou metódica demais.
— Oi, meu bem — Ivan chegou, carregando um grande pacote. — Vamos ver o que mamãe mandou para nós.
— Bem, eu já vou indo. Vejo você amanhã, Milena.
— Fique, por favor.
— Obrigada, mas...
— Me ajude aqui, Gilda.
Impecável, o enxoval em branco e amarelo da criança. Milena dobrou as roupinhas uma por uma e colocou no armário. Parecia triste.
— Algum problema?
— Não sei. Às vezes me sinto tão desarvorada.
Elas voltaram para a sala.
— Enxoval para príncipes ou princesas esse que sua mãe preparou, Ivan.
— Obrigado. Gostei também — ele vinha com champanhe e copos na mão. — Querida, tive uma idéia: que tal André?
— Que André?
— André Filgueira.
— Ah!
— Soa bem, não soa?
— Prefiro André Alvarez Filgueira.
— Certo. Que você acha, Gilda?
— Perfeito.
— Então, vamos fazer um brinde. Ao nosso esperado filho.
— Eu gostaria muito mais que fosse menina, Ivan.

– Para mim tanto faz, Milena.
– Se for, vai se chamar Andréia.
– Combinado.

Milena não foi fazer ultra-sonografia. Detestava ir ao médico, responder a um monte de perguntas idiotas e ouvir conselhos. Dentro de dois meses teria o bebê e pronto. Eu vinha visitá-la de vez em quando. Ivan trazia amigos para jantar: a mulher caprichava nos menus, encantando a todos pelo tempero especial e pelo capricho na arrumação dos pratos e da mesa.

Naquela noite, Milena acordou em prantos.

– Por que você está chorando, querida?
– Me leve para o hospital. Está na hora.

Andréia nasceu bem abaixo da altura e do peso. Com a amamentação no peito parecia se recuperar, aos poucos.

– Você nasceu antes do tempo, viu? Papai gosta de meninas pequenas. E de mulher "mignon" então, nem se fala.

Quando Andréia fez dois anos, Ivan permitiu que a mulher se estabelecesse com a loja de miniaturas, desde que levasse a filha com ela.

Milena se levantava cedíssimo para vestir a filha e as bonecas e finalmente transportá-las, no carrinho, até a loja.

A clientela elogiava a beleza de Andréia.

– Uma bonequinha. Tão linda e tão pequenininha.

Vez por outra alguém queria comprar uma de suas bonecas.

– Minhas filhas não são mercadoria. Estão na loja para me fazer companhia – desarmava a surpresa da cliente com um amável sorriso.

Andréia, nessa época, adorava as irmãs. Depois de beijar, uma por uma, se jogava no meu colo.

– Madrinha do meu coração, vamos até a praça? Quero brincar no balanço.

"Casinha da Milena" ia de vento em popa. Eu era a gerente e dividia responsabilidades. Se no princípio devia-se importar tudo dos Estados Unidos, agora já se podia fazer encomendas a vários artesãos que lhes ofereceram móveis, molduras, quadros, variedade grande de objetos. A loja proporcionava a Milena e a mim conhecer pessoas interessantes. Fazíamos planos para ampliar as vitrines.

– Você é um sucesso, querida.

– Graças a Gilda, que tem memória prodigiosa e uma capacidade de trabalho invejável. Conhece cada uma das clientes e o que compram. Sem ela a loja não iria tão bem e eu não teria tempo de cuidar das minhas filhas.

– De qualquer maneira o gosto é seu. Você é que tem amor pelas miniaturas – eu disse.

– Estou atrapalhada. Preciso ir a um jantar com o Ivan. Jantar de negócios. Você fica com a Andréia?

– Você sabe que eu adoro ficar com a minha afilhada.

Quando Andréia fez cinco anos, o casal soube que a filha tinha reais problemas de crescimento. Acondroplasia. Milena não quis ouvir o resto que o médico tinha a dizer. Foi para casa, abraçou a filha e cobriu-a de beijos.

O marido passou o dia preocupado, mas ao voltar do trabalho encontrou Milena e as seis filhas à janela, vendo a procissão passar, e se convenceu de que estavam todas muito felizes. Não havia nada a fazer.

O pai resolveu procurar, sozinho, médicos que pudessem curar Andréia. No Brasil e no exterior. A menina era linda e inteligente. Não permitiria que sofresse. Que não tivesse uma vida agradável.

Milena achou melhor não discordar do marido. Aprendera, naqueles anos de convivência, a controlar seus sentimentos. Era preciso que ele se acostumasse com a idéia. O que não podia contar é que muitas vezes ela desejara que Andréia não crescesse nunca, que fosse como as suas outras filhas.

Mas Andréia crescia um pouquinho cada ano. O que mortificava as duas.

Aos dez, usava roupa de seis anos, e não queria mais freqüentar a escola. Sentia-se diferente e rejeitada. Milena convenceu o marido a deixar que contratasse uma professora particular, por um ano. Mais tarde ela voltaria para a escola. Gostava de ler, estudar, cantar e dançar. No entanto, meiga e carinhosa com os pais, Andréia passou a detestar as bonecas.

– São ridículas. Você gosta mais delas do que de mim, mamãe.

– Não é verdade, Andréia.

– Então guarde todas no armário.

– Vou levá-las para a loja.

Milena chegava antes da hora para mudar as filhas, causando a admiração das clientes que elogiavam as roupas, os penteados; só se aborrecia se alguma, desavisada, as quisesse comprar.

Andréia não voltou a freqüentar colégios, mas falava inglês e francês. Tinha talento para línguas e para a pintura. Eram interessantes os seus quadros. O que mais impressionava é que ela pintava telas enormes. Não gostava de quadros pequenos. E ria.

Quando Milena teve um leve distúrbio cardíaco e precisou ficar em repouso, a filha veio me ajudar na loja e se deu muito bem. Era simpática e organizada.

Mas logo perdi a companhia. Nossa mais fiel e antiga cliente, a senhora Junqueira, trouxe o neto e apresentou-o a Andréia, sorrindo. Sabia o que estava fazendo. O jovem, apesar de ser mais alto do que ela, tinha baixa estatura também. E antes que Andréia completasse vinte anos foi pedida em casamento.

A cerimônia se realizou em casa, apenas para a família, clientes e fornecedores da loja. Gente como a gente – a mãe sorriu. Milena fez o enxoval todo bordado a mão e preparou a comida e os doces. Fazia uma única exigência: queria que as irmãs estivessem presentes. Andréia reagiu, mas acabou concordando. Lá estavam as cinco, sentadas no aparador de mármore, elegantíssimas em seus trajes de veludo. Como a mãe.

Os noivos não fizeram viagem de núpcias: para quê? Preferiram saborear a casa adaptada especialmente para eles. Andréia não via a hora de voltar a pintar no estúdio novo.

Eu continuo aqui, na loja, sentindo o enfraquecimento da memória: hoje em dia anoto tudo. Até que enfim estou me livrando de todo aquele lixo de informações inúteis. E Milena agora está feliz porque pode levar suas bonecas para casa.

De *No silêncio das nuvens*

MENOR QUE O SONHO

Para *Tônia*

— Simpático este restaurante, Irene.
— É.
— Vem sempre aqui?
— Primeira vez.
— Ah.
Ambas se olham atentamente. As outras mesas ainda estão vazias. Marcela tem admiração exagerada pela amiga distante. Houve época em que se viam muito, depois se afastaram. Irene era atriz, seus dias e noites diferiam dos dela.
— Você está muito bem.
— E você também, Irene. Sobrevivemos ambas às marcas do tempo. Desculpe a frase.
— Às vezes, temos de ser cruéis.
— Eu podia simplesmente ter dito "à idade".
— Concordo. Você gosta de uma certa pompa. Eu talvez desse preferência a "sobrevivemos à velhice".
— Que palavra desgraçada.
— Específica. Estamos nos aproximando dos cinqüenta.
— Você não precisa confessar a toda hora.
— E para que esconder, Irene?
— Sei lá. Não se trata de esconder. Apenas a gente esquece a idade que tem e pronto. Uma atriz não pode, nem deve pensar num assunto desses: deprime.

— E nos aniversários faz o quê?

— Dorme, Marcela, e acorda só no dia seguinte.

— Imagine. Em geral, trabalho feito uma louca, preparando o jantar para a família.

— Alguém me contou uma história engraçada, de uma mulher que nos aniversários se dava de presente uma plástica. Voltava para casa se sentindo com menos idade, levantava o peito, esticava o pescoço, fazia lipo, sei lá mais o quê.

Um garçom se aproxima, com o menu na mão. Marcela fixa a amiga que, de repente, parecia ausente da sala.

— Irene, você já escolheu? O moço está esperando pelo pedido.

— Eu vou comer a salada da casa. E você?

— Um risoto de cogumelo.

— E para beber? — o garçom perguntou.

— Quero uma cervejinha, Irene.

— E um suco de laranja para mim, por favor.

O garçom se afasta. Alguns clientes começam a chegar.

— Comi ontem as calorias da semana inteira — Irene suspirou.

— Como assim?

— Meu médico me deixa fazer extravagâncias apenas um dia por semana. Nos outros, tenho de maneirar.

— Seu corpo está ótimo, Irene.

— A duras penas. Preciso perder uns três quilos para a próxima peça.

— Qual vai ser?

— *Solness, o construtor.* Faço a mulher dele. A personagem é de uma tristeza! Quero estar esquelética.

— As gordas também podem ser tristes, ora. Vi um filme na televisão com a Simone Signoret, imensa e tão triste... Acho que a gordura até ajudava.

— Engordar me deixa péssima. De corpo e de alma.

— Mas você não me chamou aqui para falar disso, Irene.
— É verdade.
— Então?
— Tenha um pouco de paciência. É um assunto delicado. Não quero ser interrompida pelo garçom ou quem quer que seja.
— Não sei se devo ficar curiosa ou apreensiva. Sabe quem apareceu lá em casa? O Elias.
— Que Elias?
— Seu ex-marido, Irene.
— Cruzes, deixe eu bater na madeira. Ele queria o quê?
— Me fazer uma visita de pêsames.
— Que coisa mais fora de moda.
— Nem tanto, Irene. Tanta gente apareceu, mesmo depois da missa de sétimo dia. E você sabe que ele continua bem bonitão? Se ofereceu para me fazer companhia. Disse que é um bom consolador de viúvas. Me convidou para ir ao Bingo Arpoador com ele, hoje à noite... Veja você. É incrível como certos hábitos são eternos. Vivo, o Ulisses ia gostar de conversar com aquele povo todo que apareceu. O que ele mais gostava de fazer era receber amigos em casa para bater papo. Um assunto puxando outro... Às vezes voltava do futebol e ficava discutindo com os vizinhos até altas horas da noite. Além de assistirem ao jogo no estádio, se postavam diante da tevê para ver os lances de novo. Um vício. Acho que ele sempre gostou mais de futebol do que de mim e das filhas. O Fluminense era tudo para ele. Que paixão!
— Não é?
— O Ulisses me faz muita falta. Apesar de tudo, nossa casa era alegre.
— Apesar de tudo?
— Maneira de dizer.

Irene achou que Marcela tinha uma pele de porcelana e olhos bastante expressivos. Se quisesse, arranjaria logo um companheiro. Diria mesmo que ela ainda era bastante atraente.

– Bom, tenho a impressão de que agora podemos falar à vontade. Eu sei que você não vai gostar nada do que vou dizer. E, acredite, não é agradável para mim. Talvez, inclusive, a gente nunca mais se veja depois de hoje... Mas eu preciso contar que o Ulisses deixou um filho com outra mulher.

– Um filho? Outra mulher? Do que é que você está falando?

O chão lhe escapava dos pés – Marcela reconheceu. Que maneira de contar uma coisa tão terrível. Mas não ia passar recibo. Manteria a pose, custasse o que custasse. Não daria à Irene o gosto de demonstrar nenhum sentimento.

– Eu conheço a moça. Fizemos juntas uma peça. Atualmente ela trabalha como relações públicas de uma empresa de cosméticos. Me esqueci qual.

– Um filho homem.

– Exato.

Aquilo era surpreendente. Casada com Ulisses quase trinta anos e não o conhecia. Até aquele momento, tinha a impressão de que Ulisses ainda andava pela casa, Marcela conversava com ele, mesmo sabendo que ele se fora. Estava acostumada. Fazer o quê?

– O sem-vergonha. Se você soubesse o que ele dizia se se comentava que alguém traía alguém! Era a moralidade personificada. Quando uma das meninas se separou do marido, porque se apaixonou por um colega da universidade, o Ulisses só faltou bater nela. Imagine. Mas, me diga, Irene, por que você me conta isso apenas agora? Como é que você soube dessa história?

— O menino tem direito à herança.

— Herança? Não me faça rir. Além da casa e da fábrica quase falida, ele não tinha nada. Qual é a idade desse menino?

— Não é mais criança. Tem dezesseis anos.

Puxa, quase um adulto. Quanto tempo ela foi traída pelo marido?

— E a mãe, como é? Bonita?

— Não. Interessante. Tipo *mignon*

— Mora onde?

— Em Copacabana.

Pertinho. Dava para ir a pé. As famosas voltinhas, os *coopers* da vida. "Encontrei um cliente e vou tomar um chope, querida. Não me espere tão cedo". Safado. E ela que nunca desconfiou.

— E o filho, teve algum contato com o Ulisses?

— Claro. Ele pagava os estudos do Lauro. Viam-se sempre.

Mas que cafajeste de marido me saiu esse Ulisses! Não se conformava. Fazer segredo de uma coisa tão importante! Que opinião ele tinha dela, hem? — Marcela arriscou emitir a pergunta.

— Não me pergunte o que não posso responder. A verdade é que ele gostava de você, Marcela. De você ele jamais se separou.

O falso moralista. Divertia-se à grande, fora de casa, e voltava querendo comidinha gostosa, as rodadas de chope, os papos. Estava entendendo por que ele era um marido tão incompetente. Tão desinteressado. Agora, que adianta chorar sobre o leite derramado? Se Ulisses foi encontrado com a secretária no dia do acidente, podia ser mais uma conquista. Um braço aqui, a mão boba ali e, pimba, o carro derrapou na Avenida Niemeyer e caiu no mar.

— Que idade tem a mãe? Com um filho de dezesseis anos, deve andar pelos...
— Quarenta. Talvez menos. Você sempre soube que ele era mulherengo e nunca se incomodou.
— Eu?
— Você, sim. Ele me disse.
— Não me diga que ele teve caso com você também.
— Desculpe o mau jeito. Um envolvimento à-toa. Eu estava fazendo Checov — *As três irmãs*. Fui pedir para a firma dele uma permuta com os tecidos que precisávamos. Você sabe. Vivemos de pires na mão...
— E daí?
— Almoçamos juntos. Ele me convidou outras vezes...
— Compreendo.
— Eram férias, você ficava em Petrópolis...
Faz tanto tempo que nem vale a pena levar em consideração.
— A outra foi antes ou depois?
— Depois.
— Então o vigarista me enganou a vida inteira.
Marcela devia repensar tudo. Talvez ela sempre soubesse. Talvez tivesse mesmo pressentido o envolvimento com Irene. Claro. Mas fora mais cômodo fingir que nada via. Medo pavoroso de perder Ulisses. Qualquer mulher podia valer mais do que ela, fazer amor melhor, preparar pratos mais saborosos. Como é que ia saber? Se o encostasse na parede talvez saísse perdendo. Exatamente. Ele teria oportunidade de se confessar: "desculpe, querida, me apaixonei".
— Pedi para o Lauro vir aqui.
— Quem é esse Lauro?
— O filho dele. Já disse.
— Hoje? Agora? Aqui? Ah, não. Além de descobrir que o meu marido, o único homem que tive na vida, me

traiu, ainda tenho de conhecer o filho dele com outra? E dar um pedaço da minha casa?

Abrira mão de todos os prazeres – exceto o de jogar tranca – para ser mulher de Ulisses, aí é que está. Nunca mais fora ao cinema. Teatro? Só as peças em que Irene trabalhava. Que ironia.

– Não sou forte como você pensa, Irene. Não sou. Não tenho estrutura para conhecer esse menino.

– Menor de idade. Pode complicar à beça o inventário.

– Quero ver a reação das minhas filhas ao descobrir que têm um irmão solto por aí... Pensei que isso acontecesse apenas nas novelas de televisão... E, no entanto...

Quantas e quantas vezes Marcela não falara que sentia pena de não ter dado ao marido um menino. E ele respondia que não tinha do que se queixar. O sacana. O macho já existia.

– Você tem de enfrentar a realidade, Marcela.

– Não vou nem poder brigar com o Ulisses. E ele sabia perfeitamente que um dia a bomba ia estourar, não sabia? Que satisfação ele podia tirar da cena da descoberta do filho? Alguma vez ele pensou no assunto? A morte o escudava.

– Não queria magoar ninguém, talvez.

– Que direito ele tinha de trair tanto uma família inteira?

– Você já pensou como foi horrível para o Lauro ser filho de um homem casado?

– Irene, vou ser sincera com você. Fomos colegas de escola, amigas na adolescência. Nunca pensei que você pudesse me... Primeiro, ter caso com o meu marido. Segundo, saber que ele tem filho com outra e me esconder. Terceiro, querer proteger esse garoto. Que tipo de amiga você é?

– Sinto muito, Marcela. Na minha época, eu estava

carente. O Ulisses me fez esquecer o Elias. Ele andava solto, solitário, me fez companhia; ajudou a encarar o fracasso do meu casamento, e o relacionamento durou pouco, pouquíssimo. Quanto ao filho, ele é que deveria ter falado com você a respeito. Eu jamais me intrometeria no casamento de vocês, que sempre pareceu a todo mundo equilibrado, feliz. Pense se você, Marcela, me telefonaria para contar qualquer coisa, se tudo se invertesse. Telefonaria?

– Não sei. Não estive nessa situação. Vamos pagar a conta. Não quero ficar aqui.

– Ah, não. Preciso comer a minha salada – Irene esticou com a mão a toalha xadrez, azul e branca –, estou morta de fome. Espero que você me perdoe, um dia. Sinceramente.

– Eu desisto do meu risoto.

Marcela tirou algumas notas da bolsa e não olhou para as mesas, àquela hora, lotadas. Realmente, necessitava ficar sozinha. A confissão de Irene e a descoberta do filho de Ulisses destruíram sua resistência. Fez o possível para se manter fria, discreta. Uma vontade imensa de chorar. Parou na saída, porque chovia. Cadê o guarda-chuva?

– A senhora deixou cair este lenço.

– Eu?

– Caiu da sua bolsa neste minuto, eu vi. A senhora está com tanta pressa que não notou.

– Obrigada.

Nem precisava perguntar: a cara do Ulisses. Talvez fosse mais bonito. Mais alto. Ulisses detestava ser baixo. Com mais cinco centímetros ele seria tão feliz... Ela comprava sapatos rasos para ajudar. Um ano ao lado de Irene – Marcela quase sorriu. Olhou para trás, querendo rever o jovem, mas ele desaparecera.

O táxi deixou Marcela em casa em poucos minutos.

Tão poucos quantos os que ela tivera para sentir desabar diante de si a imagem do homem para quem vivera a vida toda. Honestamente, não podia dizer que fora apaixonada por ele. Não, nunca foi. Nem por ele, nem por ninguém. Aliás, não conhecia o que era paixão. Pelo menos a paixão descrita nos livros. Ulisses era seu marido. O pai das filhas. O avô dos netos. O único homem com quem dormiu. Madame Bovary? Anna Karenina? Não, ela não tivera a menor chance de cometer qualquer ato de bravura. Talvez, se tivesse se permitido... Houve um vizinho... Jamais se sentiu em disponibilidade para sequer pensar em outra pessoa. E por que chorava tanto com as histórias de amor dos filmes vistos na televisão?

O carro parou. Marcela pagou a corrida, viu que estava chovendo, mas não abriu o guarda-chuva. Atravessou a rua sem pressa, como se lavasse a alma. Isso mesmo. Era bem daquilo que precisava: uma lavagem na alma.

Vila Samambaia. Vinte moradias, dez de cada lado. Tomara que ninguém a veja chegar. Tudo o que quer, neste momento, é ficar sozinha.

Atemorizante o silêncio da casa. O silêncio do fim. Tudo está absolutamente arrumado, o chão e os móveis brilham de cera. De repente, ela olha para a sala e compreende que aquilo é o seu retrato. Aquela ordem nunca espelhou Ulisses e sim ela. Percebe que a tranqüilidade e a segurança aparentes significam apenas que ela, ninguém mais, construiu uma vida falsa e medíocre. Por quê?

O telefone toca – Marcela estica a mão, automaticamente.

– Elias? Que Elias? Ah, desculpe. Me lembro. Claro que o bingo está de pé. Oito horas, então. Estarei pronta.

Marcela vai até o quarto, abre o armário onde estão as roupas de Ulisses, procura a mala que ele usava. Hahaha. Viajar. Até Copacabana. O puto. Negócios! Pegava um táxi e ia para a casa da outra.

Curiosamente, Marcela não está com raiva. Não, raiva não. Está vazia. Não sente nada. Separa os ternos, as gravatas, as camisas, como se fossem de outro defunto, de um desconhecido. Ela não conheceu Ulisses. O que ele lhe deu e mostrou não era sua verdadeira personalidade. Pensou que fosse um e era outro: dissimulador e mentiroso. Não pensaria mais nele. Ainda tinha alguns anos pela frente – toca três vezes na madeira – precisava pensar nela, gostar dela, recuperar alguns valores esquecidos.

Podia tentar um emprego, mas prefere assumir a fábrica. Tantas mulheres fizeram isso e foram eficientes executivas. Os genros darão uma força. Ela sabe que é capaz de qualquer coisa. Só Ulisses não achava. Por que você não me deixa trabalhar? – ela pedia. Mulher minha fica em casa, cuidando das crianças – ele respondia, sério. A culpa também foi dela, porque aceitou. Pronto. Sem os pertences no armário, Ulisses não existe mais. Literalmente. Um sentimento esquisito, de alívio – Marcela suspira. De liberdade. Como se a partir daquele momento ela pudesse se tornar outra pessoa.

E começou a se arrumar. Ulisses nunca soube como agradar àquele corpo. Usou-o apenas. E ela... bom, perdeu logo a esperança de ter prazer com ele. Não adiantava alimentar expectativas. Queria recomeçar uma vida diferente. Sem ceder o seu lugar para ninguém. Desde que se casara, o marido tinha a preferência na escolha do filme, do passeio, do restaurante. Do menu. Como ele odiava, ela jamais servia frutos do mar. Uma atitude passiva, conciliadora, que prevaleceu também em relação às filhas. Uma detestava doce, a outra exigia sobremesa nas refeições. E ela se desdobrava.

Mas, a partir de hoje, tudo vai mudar, não é, Marcela? Os olhos ainda são expressivos. Com uns quilinhos a menos... Quem sabe... Não, homem não. Deus me livre. Apenas ela, Marcela Magalhães Ribeiro. Alguém que ela quer conhecer. E amar.

A campainha toca. Marcela pega a bolsa, apaga a luz, e desce calmamente as escadas.

Cumprimentando a secretária, ela atravessa a sala convencida da decisão tomada. Não foi fácil, repete para si mesma, mas pensou muito, tentou as saídas possíveis, consultou advogados, economistas, banqueiros. Vendia a fábrica, antes que o prejuízo aumentasse. Até o mês passado, tudo estava sob controle. Agora, as possibilidades tinham se esgotado.

– Bom dia, senhores – Marcela tentou esconder o seu terrível sentimento de derrota.

– Bom? – perguntou o contador, com ironia, pois sabia que dentro em pouco estaria desempregado.

O escrevente pediu licença para ler a escritura. Marcela ouviu as três primeiras linhas: o corpo presente, a cabeça longe. Não sentia realmente culpa pelo fracasso. A situação econômica do país mudara. Todas as medidas foram tomadas, ela visitara pessoalmente os clientes e os reconquistara, um a um. Pelo menos, durante dois anos, houve até uma certa euforia no setor de vendas. Ela provou que era capaz de trabalhar e recebeu aplausos do seu pessoal. Mas não conseguiu evitar o que naquele momento acontecia: a venda, pura e simples, da Irmãos Ribeiro Ltda., fundada em 1910, e que seria demolida para dar lugar à edificação de um supermercado – ela guardou o cheque, sem sequer conferir o valor e pediu licença para se retirar. Apertou a mão dos funcionários, pela última vez, entrou no carro e disse ao motorista que passasse no banco. As filhas e o meio irmão completariam a cerimônia.

O pesadelo acabou. O sogro que a perdoasse, mas Ulisses devia ter modernizado a tecelagem e não o fez. Aliás, ele jamais gostou de trabalhar na firma, teria preferido ser piloto. Quando o pai morreu, ele estava terminando o curso de aviação – nunca aproveitou o seu sonhado brevê – e foi obrigado a assumir a empresa. Se a tivesse vendido naquela época... Teria sido diferente a vida deles, ou não? Quem poderia dizer?

O carro parou. Marcela preencheu rapidamente o talão e mandou o motorista efetuar o depósito.

Vinte e quatro meses sem Ulisses e ela era outra mulher.

– Onde vamos jantar, Marcela?
– No japonês.
– Outra vez?
– Gosto de ir lá porque tem aqueles compartimentos separados.
– Certo. Como você está muito elegante pensei que quisesse ser vista.
– Obrigada. Podemos ir a pé? A noite está gostosa.
– Você não vai se cansar?

Ela deu um meio sorriso. Sentia-se confiante. Não queria magoar Elias, mas aproveitaria o percurso para dizer que não ia se casar com ele. Ele tinha de compreender. Ela não acreditava mais na vida a dois. Preferia uma relação moderna. Cada um na sua casa, sem obrigações mútuas, só o conforto da companhia.

– Para mim, isso não funciona. Detesto morar sozinho.
– Mas já faz tanto tempo que você se separou da Irene.
– Minha irmã morou lá em casa até há alguns meses.
– Que aconteceu? – ela notou que a camisa dele estava mal passada e que os sapatos precisavam de graxa.

– Sabe como é, oitenta e dois anos... Apagou.
– Você já contratou uma empregada ou uma governanta?
– Aí é que está. Nós dois temos despesas duplas. Se morássemos juntos gastaríamos a metade. Uma pessoa cuidaria de você e de mim, pagaríamos imposto predial, luz, água e telefone apenas uma vez.

Enquanto esperavam para atravessar a rua, Marcela pensou que ele estava, pelo menos, sendo objetivo, dizendo exatamente o que lhe passava pela cabeça. Nada de mentiras, gestos românticos ou babozeiras sentimentais.

– Unimos o útil ao agradável – ele continuou. Se você não quer se casar de novo, podemos, pelo menos, dividir a mesma casa. Ou não?

– Desculpe, Elias. Não. O desgaste emocional que isso representaria...

Eles subiam a escada do restaurante. No momento em que perceberam que estava lotado, Marcela viu Lauro acenando para que eles se aproximassem. Estava com a mãe.

– Aquela sala é nossa. Não querem se sentar com a gente?

– Obrigada, Lauro, mas...

– Por que não, Marcela? Ele está sendo gentil. E, afinal, vocês duas não têm mais problemas, não é, Mônica?

A outra sorriu, encabulada.

– Espero que não.

Era uma mulher interessante, apesar de certa vulgaridade na roupa e na pintura excessiva. A minissaia, um tanto curta e apertada demais, mostrava generosamente as pernas – Marcela notou o efeito do exame nos olhos de Elias.

– Então, Lauro, e a viagem?

– Sábado. O curso de francês começa dentro de

uma semana. E um colega me prometeu mostrar Paris, dar umas dicas.

– É verdade essa história de que você pretende estudar filosofia?

– É.

– Que loucura – Elias exclamou.

Marcela iniciou uma conversa paralela, perguntando se a mãe ia acompanhar o filho.

– Infelizmente não, minhas férias na firma são só em janeiro. E não tenho grana também. Você sabe, Marcela, o Lauro pode usar o dinheiro da venda da fábrica apenas para pagar os estudos; o resto tem de esperar a maioridade. E até que todas as parcelas sejam pagas... Suas filhas é que estão dando a maior força para ele.

Marcela não quis dar o braço a torcer, mas ignorava totalmente que estivessem todos tão íntimos. Ninguém tocara no assunto. No entanto, não havia razão para que aquilo não acontecesse. Ambas gostaram de descobrir o irmão. Com qual das duas filhas ele se daria melhor? Qual seria a predileta? Não se sentia em condições de perguntar. Curiosamente, Lauro era a cara do pai. Nada, naquele jovem, lembrava a mãe. Nada. Mas também não se parecia com nenhuma das irmãs. Marcela, sem saber por quê, lembrou-se de Ulisses dizendo, numa noite em que bebera demais, que um dos seus defeitos era o não-exercício da sedução. Por que você não tenta me seduzir? – ele disse. Por que não me pede para fazer o que gostaria que eu fizesse? Mentalmente, ela respondeu: porque eu mesma não sei. Você não me ensinou. Como ele se comportaria com a Mônica? Ela se debruça tanto, os seios morenos ameaçam saltar pelo decote afora. E Elias está bastante impressionado – Marcela constata, estranhando que a outra tenha se encostado tanto nela, quando não havia a menor necessidade, havia espaço bastante na mesa. Talvez para poder olhar melhor para ele, que só pára de contar piadas para comer. Elias sempre tem o dom de fazer rir. Sabe criar suspense, inventar bem os tipos, rechear as histórias com pequenos detalhes, preparando o desfecho final. Mônica e o filho estão deliciados.

 O garçom colocava as maçãs carameladas na mesa, quando Elias perguntou onde era o banheiro, Lauro disse eu vou junto, quem agüenta tanta cerveja? Os dois se levantaram. Marcela então teve a surpresa de sentir, de repente, a mão de Mônica acariciar a sua perna. Mas, o que está acontecendo? Mônica olhou-a com firmeza. Lívida, sem saber que atitude tomar – e se o garçom entrasse de novo? – Marcela debruçou-se sobre a mesa, sem fazer o menor gesto para impedir que aquela mão continuasse a afagá-la. O que mais a impressionava era o prazer que aquilo lhe causava. Meu Deus, ela intumescia. Era como se estivesse sendo tocada pela primeira vez. E se o rosto denunciasse o que estava sentindo? – encheu o copo, desejando que a outra não parasse. Alguma coisa muito nova estava acontecendo. Então Mônica a pressionou, no lugar certo, uma, duas, quantas vezes? Marcela olhou para fora. A sala desaparecia, as vozes foram sumindo, enquanto ela inchava devagar, o prazer vindo... Quase gritou, ali, no restaurante.

 – Por que não comeram a sobremesa? – Elias perguntou, antes de se sentar.

 – Esperávamos você e o Lauro – Mônica respondeu.

 – Ele parou para cumprimentar uma amiga. Você está diferente, Marcela. Algum problema? – Elias deu-lhe uns tapinhas no ombro.

 Ela sorriu para ele e depois, finalmente, encarou Mônica. E uma inegável cumplicidade se instaurava entre as duas.

Há muitos anos Laura não vem mais ao Rio. Na última vez que aqui esteve, não gostou do que viu e tratou de conseguir trabalho lá mesmo em Paris. Um dos seus maiores choques foi ver que praticamente toda a sua quota na herança recebida com a venda da fábrica e da casa onde Marcela morava tinha sido confiscada pelo governo e desvalorizada na hora da liberação.

– Não se preocupe, mamãe. Posso sobreviver com a bolsa de pós-graduação e tenho meus alunos particulares.

– E vocês?

– Ah, Lauro, morando juntas, nos ajudamos. Ano que vem me aposento na firma e posso ajudar Marcela na loja de presentes. Ela é formidável. Tem enorme talento para o comércio.

Uma das irmãs, finalmente, explicou, sem subterfúgios, o que ele pressentia, mas não se atrevia a definir.

– O mano vai ter de aceitar. Nossas mães são lésbicas.

– Lésbicas?

– Exatamente. Meu marido nem quer que as crianças andem muito por lá. Imagine que tolice. Mamãe aparece de vez em quando, sozinha. Traz presentinhos para as crianças, para mim. E depois some. Nunca se queixou de que não as visitamos.

Por mais que se esforçasse, era difícil para Lauro aceitar a união; por isso ele se mudou para um pequeno hotel do Leblon, com a desculpa de que a namorada chegaria de uma hora para outra. Não que tivesse presenciado qualquer coisa desagradável – como é que o pai vivera com as duas? –, mas não dava para não reagir. A amizade delas soava como uma espécie de escárnio. Elas não se incomodavam com ele, com as irmãs, com os sobrinhos. Ainda que ninguém tocasse no assunto, o caso era uma ferida, que a família fingia não existir.

De fato, a namorada inglesa ameaçou vir ao Rio e ele apressou então as despedidas. Comentários tipo "que bom que elas ficaram amigas, que moram juntas, que uma faz companhia para a outra", acabariam por deixá-lo louco. Reconhecia, também, que sentia vergonha da mãe, mesmo que não a pudesse censurar. Eram tão discretas as duas. Cada uma dormia no seu quarto, e coisa nenhuma denunciava algo diferente, de sórdido ou de agressivo. Antes pelo contrário. Era um apartamento bastante comum e feminino. Além das alianças idênticas que as duas usavam, e dos relógios no braço direito, ele notou dois emes entrelaçados, nas toalhas de banho. Um monograma à-toa, mas que delatava, imprudente, a relação.

Lauro voltou para Paris, com a certeza de que perdera suas mais profundas raízes. Estavam quebrados os laços. Ele ia construir a sua própria família e esquecer tudo aquilo de que não gostara. Não sabia como encarar as novidades. Preferia, por enquanto, fazer de conta que não existiam. E pretendia se naturalizar francês.

Os sessenta anos de Marcela mereciam um presentão. Mônica preparou a festa em segredo, convidando as amigas para um jantar no *Elas*. Um lugar animado, com pista de dança no centro. A dona ia reservar o setor da direita, sem unir as mesas, claro, nada de cafonices. As pessoas iam chegando e sentando, todas se conheciam.

Foi exatamente o que aconteceu. O resto do restaurante era ocupado pelas clientes habituais. Marcela estava exultante com a surpresa. A cada amiga que a abraçava ela dizia, que bom ver você aqui. Inclusive Irene foi convidada.

– Sozinha – Mônica brincara, ao telefone. – Ou com uma amiga, se é que você já aderiu ao "clube".

— Ainda não — a outra riu —, mas vou levar comigo a atriz que faz a Vita Sackville-West, que desconfio ser sócia.

— Nem fazendo a Virgínia Woolf você se anima, Irene? — a outra perguntou, bem humorada. — Pelo que andei lendo na imprensa, você beija a Vita na boca todas as noites.

— E quando é que você e Marcela vêm ver o espetáculo?

— Semana que vem, prometo. Esperamos vocês.

A festa estava animada quando Irene e Glória chegaram. Mônica arrumou cadeiras extras para que elas se sentassem perto dela e de Marcela, que estava dançando. E se encantou com a atriz. Tão pálida e frágil. A pele mais branca e delicada que ela jamais vira. O cabelo, escuro, preso em coque na nuca, dava-lhe um ar antigo, dos anos quarenta.

— Quer um uísque, ou prefere vinho?

— Um uísque.

Fazia tempo que Mônica não se impressionava com alguém, desde que ela e Marcela se encontraram...

— Como foi o espetáculo?

— Muito bem, mas o público é pequeno. Hoje não tivemos cem entradas vendidas — Irène respondeu. — Estreamos num horário alternativo e até que ele pegue...

Marcela se aproximou e ela e Irene se abraçaram.

— Esta é a Glória.

A atriz mal a cumprimentou e pediu licença para ir ao banheiro. Não demorou que voltasse, ainda mais pálida, mais frágil. Por quê? Quase não falava e não se interessava pela festa, nem por ninguém. De repente, em voz baixa, Glória comentou:

— Todo o mundo que está aí vai apodrecer, um dia. Não adianta.

— Para que pensar nisso hoje, aqui, agora? — Mônica perguntou.

— Porque somos profundamente ridículas.

— Ridículas? — Mônica não sabia o que dizer. Aquela palavra atingiu-a em cheio. — Veja só essa exibição de lesbianismo. Odeio gente sem pudor. Gente vulgar.

Marcela sentiu a amiga em apuros. Teria sido agredida por aquela intrusa? Como? Por quê? Lembrou-se de quando Mônica se sentou, abalada, no sofá, ao pegar o filho olhando, com desprezo, a toalha de rosto com o monograma. Esquecera-se completamente do detalhe, do contrário...

— Mônica, venha dançar comigo, venha.

— Depois, querida. Agora não tenho vontade.

— Então vou dançar com você, Glória — puxou-a pelo braço, não deixando alternativa para recusa.

Glória fuzilou Mônica com o olhar, e dura, errou deliberadamente os passos para que Marcela desistisse.

— Não sei dançar. Principalmente com gente gorda. Você devia fazer regime e perder dez quilos. Pelo menos.

Aquela mulher, pequena e aparentemente frágil, era insuportável, para dizer o mínimo.

Mônica sentiu, na expressão de Marcela, que ela também fora atingida por alguma agressão inesperada. Que diabo viera fazer, na festa, alguém com aquele espírito? Dar tabefes na cara de todo mundo?

— Ela é realmente muito difícil — Irene explicou.

— Você não sabe o que eu tenho passado. Achei que ela pudesse se divertir...

— Não, não pode e eu gostaria que ela fosse embora.

A outra parecia ter adivinhado, porque pegou a bolsa e, sem dizer boa-noite, se foi.

Nem Mônica nem eu esqueceremos facilmente a crueldade de Glória — Marcela pensou. Ela nos tirou a poesia. Ela nos revelou o nosso pior retrato.

– A vida é sempre menor que o sonho – Marcela disse, ao chegar em casa –, você não acha?

Mônica não respondeu. Não estava certa de ter entendido o que a amiga quis dizer.

De *Cheiro de amor*

O ERRO

Para
Adriana e Carlos

Não quero mais viver. Cansei. Por que ninguém quer entender uma coisa tão simples como essa? Não tenho mais nada para fazer aqui ou em qualquer outro lugar e não acredito em vida após a morte. "Se eu morresse amanhã, minha falta ninguém sentiria..." Sempre gostei desse samba-canção – conhece? Claro que não. Deixa pra lá, isso é coisa da minha juventude. Não tem importância.

Minha cabeça anda confusa, não penso com muita lógica. Ou melhor, não penso em cadeia, um assunto atrás de outro. As coisas vêm e vão. Há dias em que me levanto, faço café, depois preparo o almoço, o lanche, o jantar, sem esquecer de nada. E há dias em que não me lembro desse cotidiano, me distraio lendo um livro, ou saio para dar uma volta à pé e... quando dou por mim o Nestor está perguntando: não se come nesta casa, não? E aí é uma luta.

Se eu tivesse cachorro ou gato, como algumas amigas têm, talvez me sentisse mais responsável, talvez sentisse alguma coisa. Aconteceu com uma prima, o cão morreu e ela quase se foi junto. Entrou numa depressão daquelas. O marido finalmente comprou outro cachorro alguns meses depois, e agora ela está bem: alguém lhe abana o rabo. Não há nada pior do que a indiferença.

Casei três vezes e tenho dois filhos. Um sumiu no mundo, me manda cartões de natal e de aniversário. É nômade. Não sei como vive, como consegue dinheiro para viajar tanto. Já esteve nos mais incríveis lugares. O último cartão veio do Nepal. Que diabo ele teria ido fazer lá? Não suportava os estudos. Terminou a pulso o segundo grau, mas gostava de cozinhar. E que facilidade Bernardo tinha para línguas. Inacreditável. Na Alemanha – ele tinha cinco anos – Bernardo falava alemão sem sotaque. E nos Estados Unidos aconteceu a mesma coisa, com o inglês. Ele vai completar cinqüenta e dois anos. Ignoro se se casou de novo, se fez filhos. Um dia, soubemos que largou a mulher, fez a mala, escreveu um bilhete e se mandou. Talvez ele tenha se transformado num cozinheiro de alto bordo ou num guia turístico: quem vai saber? O outro, o Emílio, é um poeta. Só gosta de ler. Trabalha numa repartição pública, e para completar o orçamento, é locutor de rádio à noite. Ele me deu a única neta, que foi morar no Canadá, acompanhando o marido. Todos cumprem seu destino. Portanto, nem a família me prende à vida. Nem a família.

E os amigos? A maioria já morreu. Houve época em que nós fazíamos, nas noites de sábado, *open house* aqui em casa. Era uma festa. Cada um trazia alguma coisa e as noitadas acabavam madrugada alta. Discutia-se política – os anos sessenta se prestavam, pois eram cheios de novidades –, artes plásticas, literatura, cinema. Foi a melhor fase da minha vida, acho.

Quer dizer, cada fase foi uma fase. Não cheguei a ser infeliz nos dez anos do meu primeiro casamento. Eu queria tudo: amor, dinheiro e glória. Tive muito dinheiro e pouco amor – que era por demais gasto fora de casa. Kadu gostava de rameiras. Gostava de pagar. Cheguei a entrar no jogo. Cobrava para dormir com ele na nossa própria cama. Ao engravidar do Bernardo não olhava mais para a cara dele sem ter vontade de vomitar. Assim mesmo agüentamos juntos mais tempo do que devíamos. Ter uma família era a justificativa. E um tédio brutal se instalou no nosso casamento. Ele chegava tarde, eu estava dormindo. Aos domingos costumávamos almoçar com os meus sogros, que eram pais de oito filhos casados e dezessete netos. A mulher sabia o nome de todos, o homem só de dois. Quando eu chegava com Bernardo, ouvia-o perguntando desesperado: como é o nome desse? Os almoços eram o ponto de encontro da família. O casarão colonial ficava no meio de um enorme jardim onde as crianças se divertiam. Vira e mexe saía uma briga entre os irmãos, porque se discutia política, aplicação de dinheiro ou compra de alguma propriedade. O velho patriarca fingia dormir, enquanto os filhos se digladiavam à sua frente. Confesso que eu apreciava muito aqueles almoços. De alguma forma me sentia amparada, pois a minha família era minúscula. Papai e mamãe foram filhos únicos de pais que tiveram igualmente um único descendente: a coincidência os ligara. A morte dos meus velhos me deixou só no mundo.

Até que conheci o Angelo Tenório de Melo, por quem me apaixonei loucamente. Não teve jeito. Cheguei em casa, contei para o Kadu a minha paixão. Que equívoco. A gente nunca deve confessar nada. O filho da mãe vivia cheio de amantes, mas queria manter as aparências. Propôs que eu fizesse a mesma coisa, para a felicidade do nosso filho e da família. Até aquela data nenhum dos irmãos de Kadu tinha se separado e ele não queria ser o primeiro. (Evidentemente temia o que aconteceu. Depois da nossa separação, cinco casais nos imitaram.) E travou uma verdadeira batalha para que continuássemos casados. Ao ver que eu estava irredutível – o cinismo nunca fez parte do meu dia-a-dia –, passou a falar mal de mim. Um horror. E eu que ingenuamente pensei que alguém gostasse de mim! Após a separação, apenas uma cunhada veio me visitar. Fiquei sozinha com Bernardo. E consegui que ele permanecesse comigo, porque o troquei pelos bens a que tinha direito. Bastava, para mim e para ele, o apartamento onde morávamos.

Uma mulher jovem como eu, com trinta anos, sempre acha que pode domar a vida, não é? Procurei inutilmente emprego. Em igualdade de condições (não sei se ainda é assim), os homens eram contratados e as mulheres não. Confesso, também, que não estava muito preparada para trabalhar. Eu sabia tão pouco: datilografia, falava francês e inglês, com alguma desenvoltura, e nada mais. Consegui, finalmente, ser contratada como relações públicas de uma agência de viagens. E me empenhei a fundo. O primeiro salário me deu uma alegria tão grande, você pode imaginar? Mas, naquela noite, Angelo me disse que precisava morar três anos na Alemanha. Queria que eu e o Bernardo fôssemos com ele. Chorei como uma criança. Eu perderia a oportunidade de me profissionalizar, se abandonasse tudo, e seguisse o homem que eu amava. Pedi tempo para pensar, mas era evidente que eu não tinha força suficiente para... Angelo me fizera descobrir o prazer na relação sexual. A alegria da entrega. Tive medo de nunca mais conhecer alguém como ele e fui encontrá-lo em Frankfurt, em agosto de 1954. Internamos Bernardo em uma escola na Suíça, para aprender o alemão e fazer amigos. E nós, Angelo e eu, vivemos dois magníficos anos juntos. Ele comprou um carro – havia sempre algum lugar para ele ir, na Europa, a fim de estudar produtos ou manter contatos com pessoas ligadas à sua empresa – e nós aproveitávamos para viajar, nos fins de semana. Que anos deliciosos.

Daí fiquei grávida e as coisas se complicaram. Os casais deviam fazer acordos antes do casamento, deixar tudo às claras. Para começar, Angelo teve a ousadia de pensar que o filho não era dele, porque jamais engravidara uma mulher antes. Imagine se isso era argumento. Não vou repetir aqui as inúmeras discussões que tivemos. Só quero dizer que, naqueles dias, descobri quem era o homem por quem me apaixonara. Um egoísta que, além de pôr em dúvida a minha fidelidade, dizia que não queria ter problemas, que eu me virasse como pudesse, que ele não abriria mão de nada. Uma decepção.

Em 1960 nos mudamos para os Estados Unidos. O que foi um desastre para Bernardo. Ele, que já não gostava de estudar, se apegou à mudança e não foi para a universidade. Entrou num curso de inglês e... Encurto a história lembrando o movimento *hippie*, os anos de contestação. Angelo não suportava ver o enteado com as roupas puídas, os cabelos crescidos: tinha vergonha dele. Eu precisava dar atenção ao pequeno Emílio, provocando um ciúme doentio no irmão, que se tornou agressivo. Sei que muitos sofreram a mesma experiência – concordo, o inferno é aqui mesmo – por isso não adianta falar neste assunto.

Voltei para o Brasil apenas com Emílio, porque o meu Bernardo resolveu ficar nos Estados Unidos, na casa da namorada. Trabalharia como ajudante de cozinheiro num restaurante em Chicago. Eu jamais conseguiria convencê-lo a voltar comigo. E senti o gosto de mais uma derrota. Já não bastava a da minha relação afetiva? O filho também quis me desapontar. Entrei no avião pensando que nunca mais iria me refazer, que eu não teria mais nenhuma oportunidade. Curioso como certos maridos não suportam dividir a mulher com os filhos. Por que não usam camisinha ou fazem vasectomia? Aliás, uma das minhas cunhadas passou quinze anos querendo engravidar. Quinze anos após os quais, soube pelo próprio marido que ele havia feito vasectomia antes do casamento e que, portanto, se ficasse esperando filho era um simples caso de traição. Por que não dissera? Ora, para ter certeza da fidelidade. Que grande calhorda. Às vezes, os homens sabem ser realmente cruéis.

Bom, eu ia completar quarenta anos, trazia na bagagem os estilhaços de dois insucessos matrimoniais, e devia recomeçar tudo de novo. Nem pobre, nem rica: um pequeno pecúlio me permitiria viver folgadamente. Que os mortos enterrem seus mortos: voltei para o meu apartamento. O prédio ainda tinha dignidade. Reformei os móveis e resolvi me cuidar. Nem me pergunte o que teria sido de mim se eu não tivesse como me sustentar. Que sofrimento. Seis meses depois encontrei Nestor Quintanilha, um importador de vinhos, que acabara de se separar. Ele era diferente dos outros. Batalhador incansável, inteligente e culto, cheio de amigos artistas. Ele veio morar comigo, para que Emílio não saísse do seu ambiente: a escola ficava a dois quarteirões. E o apartamento passou a se encher de gente agradável, principalmente aos sábados. Um ponto de encontro. Todos sabiam que as portas estavam abertas, não precisavam de convite para entrar. E as noitadas iam até a manhã de domingo.

Nestor tinha o dom de me tomar nos braços e me dar prazer. Que coisa maravilhosa nós fomos juntos. Palavra de honra. Um homem e uma mulher podem se dar muito bem, quando ambos querem. Nada me deixava mais alegre do que fazer Nestor feliz. Na comida, na cama. Acho que nasci para me dar. Não sou um ser solitário. Nunca fui. Estamos juntos há trinta e dois anos. Mas nem tudo foram rosas. Sem notar e sem querer, aquelas noitadas regadas a uísque, vodca e vinho tiveram conseqüências. Um dia acordei com a mão trêmula.

Eu estava me tornando uma alcoólatra. Tive de me internar numa clínica para ser desintoxicada. É estranho como algumas pessoas podem beber bem. Eu não. Passei a ficar agressiva ou deprimida à toa, se não bebesse. Emílio, que já estava grande, não quis me ajudar, e foi embora. Está casado com a mesma mulher há mais de vinte e sete anos. Não é incrível? Acertou logo, o sortudo. E eu que nunca dei nada pela nora: dona de uma butique, meio bobinha, sem charme, ela, que era inculta, que nunca leu nem jornal, soube prender meu filho. Dou-lhe os parabéns. Soube como agradar seu homem.

Ao sair da clínica, tive de desistir das reuniões de sábado. Compreensível, não? Nunca me conformei com o fato de que ninguém – nosso grupo era de mais ou menos cinqüenta pessoas – quisesse continuar a farra. Como se nós fôssemos a alma daquilo. Os anos 80 estavam começando. Vieram as dificuldades econômicas. O Nestor fechava os negócios em dólar, quando a mercadoria chegava, os compradores não tinham como pagar a encomenda. O dinheiro desvalorizava até vinte por cento no mês. Uma verdadeira loucura sofrer daquele jeito: Nestor ganhou uma úlcera no estômago e teve de ser operado. Vivemos, então, os dois, reclusos, por muito tempo. Claro que viajávamos todos os anos, para a compra dos vinhos. Aliás era nossa grande distração, passar dois meses entre a França e a Itália: enquanto ele ia negociar, eu freqüentava os museus, escolhia as melhores exposições para voltar e ver com ele. Modéstia à parte, sou ótima companheira de viagens. Na época em que eu não bebia – durante dez anos não pus uma gota de álcool na boca –, Nestor se acostumou a tomar sua meia-garrafa sozinho. Hoje em dia – ora, já faz algum tempo – posso acompanhá-lo, sem riscos. Voltei a caprichar em determinados pratos que, sem vinho, não tinham o menor sabor.

Mas perdi o interesse pela cozinha. Claro que ainda sei preparar um jantar, se aparecem amigos. Semana passada fiz um salmão com molho bechamel delicioso – nossos amigos não comem carne – e me esmerei numa couve-flor inteira, com recheio de farofa. Qualquer dia dou a receita, quer? Ter amigos em casa é ótimo porque arranjamos todas as desculpas para sair do odioso regime alimentar. Aos velhos nada devia ser proibido, pois, com medo de ficar doentes ou de morrer, todos se cuidam demais. Aí é que está.

Faz parte da velhice a perda de vontade de ver pessoas, ainda que se sinta falta delas. Vai-se perdendo o interesse, restringindo os hábitos. Nossos dias são tão iguais, indo ao cinema ou assistindo à televisão. Poucos amigos ainda estão vivos. Pelo menos os que estão ao nosso alcance. Porque alguns se distanciaram tanto... Dois foram mortos pela repressão militar. Ontem li no jornal que o governo vai indenizar as famílias. E há dinheiro que pague uma coisa dessas? Me contaram a história de uma dessas mães que enlouqueceu ao saber que o filho tinha morrido na prisão. Pensei logo numa mendiga que mora embaixo da marquise logo ali na esquina. É uma mulher de idade indefinida, muito magra, os cabelos cinzas estão tão emaranhados que ela jamais poderá voltar a penteá-los. Os olhos são expressivos, principalmente quando olha uma cabeça de boneca, que ela sempre traz consigo. Olha horas para ela, murmurando palavras quase inaudíveis. É tão grande a intimidade que ela tem com aquela cabeça, que pensei que Nestor era assim com o meu corpo. A gente não sabe por que faz algumas associações. Será que ela imagina o corpo que a boneca não tem? Qualquer dia tomo coragem e pergunto. Já a ouvi pronunciar Aurora várias vezes. Não quero ter esclerose cerebral, ah, isso não.

Nem ficar entrevada numa cadeira de rodas com osteoporose ou coisa pior. Há limites para tudo. Inclusive para a vida humana.

    Eu talvez me sentisse diferente se meu prédio também não tivesse envelhecido tanto. As paredes descascaram aqui e ali, as esquadrias das janelas emperraram, o ar nobre de antigamente desapareceu. Surgiu, aos poucos, uma crosta escura na fachada de mármore: como limpá-la? Custaria uma pequena fortuna e os moradores já não têm posses como antes. O elevador está demorando, por quê? A porta finalmente se abre. Um desconhecido está lá dentro. Finjo que esqueci algo e não embarco. Não gostei da cara dele. Hoje em dia morro de medo de pessoas que não conheço. Acho que ainda tenho pavor de ser violentada. Que mulher não o tem?

    Nestor gosta de ficar em casa, vendo televisão. Nem desconfia, coitado, que estou comprando os comprimidos. A cadeira onde se senta já tomou a forma do seu corpo. Quando Nestor morrer, será que ela vai sentir falta dele? Ou será que vai soltar um suspiro de alívio? Daqui a pouco ele completa setenta e cinco anos. Quem diria. Não tem uma ruga. Ele ainda é um homem atraente, com seus um metro e oitenta de altura, o porte um pouco inclinado, talvez por minha causa, tenho só um metro e sessenta e três. Me defendo usando salto alto, mas mesmo assim ele sempre se curva ao sair comigo. Não sei dizer se ele é feliz. Sinceramente. Ele é muito reservado e não reclama de nada. Só não tenho dúvida, acho que já toquei nisso, quanto ao nosso relacionamento sexual. Passadas a fúria e a paixão dos primeiros meses – ele era capaz de deixar o escritório e vir me namorar, às três horas da tarde – mantivemos, durante uns quinze anos, média surpreendente (pelo menos em número) perto do que as minhas amigas confessavam. E, até hoje, vez por outra ele me procura. Há pessoas que pensam que os velhos não fazem mais isso. Que bobagem. Acho que eu e o Nestor poderíamos nos procurar até chegar aos cem anos, se eu continuasse viva.

Ando de um lado para outro, indecisa. Como Nestor vai se comportar? Vou deixar a geladeira cheia. Já que vou lhe dar trabalho, devo, pelo menos, deixar comida pronta. Até que ele se organize. No prédio em frente, a mulher cheia de bóbis na cabeça está olhando para cá. Por quê? Nunca viu, não? Naturalmente o sexto sentido está farejando homem livre na praça. Não faz o tipo do Nestor. Ele detesta mulheres vulgares. Detesta. Se eu pudesse escolher, gostaria que ele se unisse à Gerda. Ontem eu até disse, rápido, de uma só vez, a-Gerda-está-viúva, você-podia-se-casar-com-ela-se-eu-morresse. Ele me olhou, surpreso. Está ficando maluca, Paula? Sou muito homem ainda para escolher mulher, sabia? E, sozinho, jamais ficaria. Agora, deixe de ser prepotente. Eu jamais tentaria assoprar no seu ouvido um homem para você, se soubesse que eu ia morrer. É coisa que não me diz respeito. Desculpe, falei, acho que conheço melhor as pessoas. A Gerda cozinha bem, é inteligente, divertida, adora assistir à televisão, uma companhia e tanto para você. Ele me olhou perplexo. E tão frágil. Eu estaria doente, ficando louca ou o quê? Pego a bolsa, volto-logo-Nestor.-Vou-até-o-supermercado. Ele não quis acreditar. Mas se tínhamos ido fazer compras ontem, para que ir de novo? Até segunda-feira não precisaríamos de nada. Pois é. Ele ignora que eu pretendo deixar comida para uma semana. Não me custa nada. Apesar do meu lado muito prático e organizado, sou gentil. Se não der para sair agora, posso esperar que ele tire a sesta. Não vai nem notar. Assim compro também a última caixa de comprimidos.

Quero preparar um jantar supimpa de despedida. Não sei ainda o que será, nem como. Talvez convide a Gerda e o William, um ator que adoro. Ninguém desconfiará da minha última noite e só eu saboreio o meu segredo. Em silêncio. Eu, que sempre fui tão falante. A verdade é que nos momentos importantes, falo pouco. Na cama, por exemplo, sou calada. O prazer é meu, de mais ninguém. Não faço teatro com ele. Me solto aos poucos e gemo para dentro. Ele sente, porque sempre vem em seguida.

O supermercado está vazio, como se todo o bairro estivesse dormindo. É um dos mais caros da cidade. Mas após tantos anos de economia, posso me dar ao luxo de escolher coisas para o meu último jantar. Olho as prateleiras, acabo por escolher fundos de alcachofra, algumas especiarias, nozes e endívias; depois, compro medalhões de filé, salsão para o purê, queijos e morangos para a sobremesa. Jantar resolvido, escolhi o que precisava para os sete dias seguintes, com dificuldade, pois comprar pouca quantidade (afinal eu estava pensando em deixar refeições para uma única pessoa) não é fácil. Saí com o carrinho cheio de pacotes. Fiz sinal para o táxi, tinha de chegar rápido, antes que Nestor acordasse. E a solução era pedir-lhe que fosse buscar vinho para nós, no depósito. Assim ele ficaria fora e eu podia trabalhar à vontade. Como Nestor não fuçava o congelador, era necessário determinar o que ele ia comer, e quando, na carta de despedida.

— Traga o que você tiver de melhor. Gerda e William vêm jantar conosco amanhã.

— Por que isso?

— Estou com saudades deles.

Em geral, Nestor continuava gostando de ter gente em casa.

– Você não disse nada. Como é que resolveu isso, assim, de repente?

– O William ligou. Viaja domingo.

– E a Gerda?

– Nada especial. Par para o William. O caso dele está viajando, não pode vir.

Enquanto Nestor estava fora, preparei tudo, colocando etiqueta em cada uma das embalagens, contente porque não ia deixá-lo desamparado. Pelo menos na primeira semana. Nem por um minuto lastimei não estar presente para comer aqueles pratos gostosos. Minha hora chegara. Não acredito em Deus, o que é uma pena. Gostaria muito de acreditar. Pelo menos teria esperança de uma outra vida. Infelizmente, essa ilusão não me serve.

Foi um jantar alegre. William estava engraçado, contava cenas do filme que ia rodar em Porto Alegre. Gerda conversou muito com Nestor, discutiram uma novela que ambos acompanhavam. Um dos personagens não a convencia. E era exatamente o que mais divertia meu importador de vinhos, que aliás escolhera safras surpreendentes. Só não apreciei muito o *Sancerre* da entrada. Não sei por quê.

Enfim, agora que eles se foram, sento-me ao lado de Nestor no sofá. O que eu poderia dizer a ele? Agradecer os momentos que passamos nestes trinta e dois anos em que estamos juntos? Banal demais. Se eu tivesse coragem, agradeceria o macho que ele foi para mim, mas não tenho, sempre fui tímida para falar nisso. Ele tem o ar cansado, as pálpebras pesadas.

– Acabou o vinho?

– Não. Veja.

– Então pode nos servir. É um excelente *bordeaux*. Qual é a safra?

– 1969.

– Não diga. Você caprichou.
Nestor sorri. Adora que elogiem seu vinho. Pego meu copo, olho para ele, como se nunca mais fosse vê-lo. Daqui a pouco vou tomar aquele monte de comprimidos sem que ele saiba. Que ar mais melancólico ele me devolve. Como se eu já tivesse ido. Tenho vontade de passar-lhe a mão nos cabelos brancos e macios, beijar cada um daqueles fios, os olhos opacos, as pálpebras caídas.
– Você estava especialmente bonita esta noite.
– Obrigada.
– Vermelho cai bem em você.
Abaixo os olhos, encabulada.
– Mais um copo?
– Por favor.
Ele liga a televisão. A moça do tempo diz que amanhã o dia será chuvoso, com temperatura entre quatorze e vinte graus. Uma frente fria se aproxima. Saboreio meus últimos goles a caminho do quarto. Dentro de dois minutos, ele estaria dormindo, ali mesmo, sentado, e só acordaria algumas horas depois.
Eu é que nunca mais acordaria – coloco a carta no criado-mudo e começo a tomar os comprimidos. Era tudo o que eu queria: o sono eterno. Curiosamente, vejo meu pai, montado à cavalo, correndo. Ele se distancia, se distancia, o cavalo empina e vai cavalgar no fim do horizonte. Minha mãe me olha e não me vê. Aceno para ela, inutilmente. Tem no colo uma criança: quem? Entro numa espécie de centrífuga que gira, gira, gira.
De repente, ouço vozes. Que aconteceu? Abro os olhos e estou num quarto de hospital. Lágrimas escorrem pelo meu rosto. Não deu certo. Meu plano fracassara.
– Paula, querida, acorde. Por favor, acorde.
Olho para meu marido, aniquilada. Ele me traiu,

não me deixou fazer o que eu queria. É horrível o gosto da derrota. Nestor não se afasta de mim. Não consigo perdoá-lo, por mais que me esforce. Por que um homem não pode nunca ser cúmplice da mulher? Por quê?

Dou uma trégua. Assim que ele se distrair, faço tudo de novo. Desta vez, com o dobro da dose. O erro foi esquecer de trancar a porta à chave. Como é que esqueci? Se a porta estivesse fechada ele só tentaria entrar no quarto na manhã seguinte. Mas esse erro eu não cometo mais.

De *Cheiro de amor*

RAINHA-DO-ABISMO

Para
Célia e Eduardo

Como numa peça de teatro, o cenário, único, dividido em espaços para os três quartos, a sala de estar e a biblioteca. Quando a luz está acesa, podemos assistir às ações, em todos os cômodos, ao mesmo tempo. Neste momento, Lívia e Alice conversam no sofá.
– Quando penso que você e a Dora já foram pequenas, nem acredito.
– Abaixe a perna para eu deitar no seu colo, mãe. Você sabe que eu detestava ser criança, que não via a hora de ficar grande.
– Você adorava brincar de salão, fingir que me lavava o cabelo enquanto a Dora me fazia as unhas. E eu me sentia muito bem brincando com vocês.
– Mas você está confundindo tudo. Eu é que brincava de manicure e a Dora era a cabelereira.
– Ah, é? E quem gostava de agência de turismo?
– Nós duas, mãe.
– Vocês tiveram uma infância feliz, não acha, Alice? Devem ter boas lembranças. Éramos tão unidas. Agora, vocês nem me ligam.
– Ah, mãe, não faça drama, pelo amor de Deus (*Alice se levanta*).
– A Dora só pensa no Joca e você pouco aparece em casa.

— A vida da gente mudou. Tenho aula toda a noite e espetáculo nos fins de semana. Além disso preciso ver meu pai — eu gosto dele também — e arrumar meu quarto, minhas coisas. E a Dora está estudando que nem louca para o vestibular.
— Evidente, sem curso universitário tudo fica muito mais difícil.
— Você não fez.
— Antes, Alice, as coisas eram mais fáceis. Alguém, com talento, podia escrever em jornal, trabalhar em cinema, ser atriz de teatro.
— Ainda é possível.
— Sem diploma? Não acredito. Só se ganhar menos. Os sindicatos estão em cima.
— Não vamos discutir, mãezinha. Você já me falou nisso mil vezes. Calma, estou agitando, me inscrevi na Escola de Arte Dramática. Mas não garanto, hem? Ano passado eram quinhentos candidatos para vinte vagas. Uma pauleira.
— Quando vão ser os exames?
— Daqui a quinze dias. Só de pensar sinto um frio na barriga. Fique sabendo que eu conheço um monte de gente, com diploma, que não consegue se sustentar. Um engenheiro, irmão de uma colega do teatro, abriu uma lanchonete.
— Mudando de assunto, (*Lívia também se levanta*) você falou com seu pai?
— Ele está viajando. Chega amanhã.
— A Dora precisa pagar o cursinho.
— Deixe comigo, mãe. Eu sei. Vou pegar o cheque. Você quer tomar conta de tudo, poxa. Relaxe. A responsabilidade é nossa. A Dora tem 18 e eu quase 16 anos. Você pensa que sou o quê?

Lívia, a mãe, vai para a biblioteca. Alice aumenta o toca-discos, na sala. No quarto de Dora, ela estuda, deitada no chão e o namorado Joca está lendo.
— Falou com o Edu? Oi, João, estou falando com você.
— Quê?
— Perguntei se você falou com o Edu sobre a casa de Ubatuba.
— Falei, Dora. Ele acha que uma tia dele está lá. Não sei se vai dar para a gente ir. Por que você não se concentra?
— Estou só passando um olho na matéria de Português. Chato vai ser contar para o papai que não consegui passar em inglês. Pô, Joca, fiquei mal. Tive boa nota, mas perdi o ano por falta. Sacanagem da "tia". Faltei algumas vezes por causa do cursinho, até aí tudo bem. E ela que cansou de não aparecer, dizendo que estava doente? Aquela megera me paga. (*Dora liga o rádio*) Sempre estudo melhor com música.
— Você é que pensa.
— Eu me concentro, juro.
— Quem vai prestar vestibular é você. (*O telefone toca, Joca atende*) Oi... Como é? Deu certo?... Sei... Tudo bem... Desencana... Onde? Espera... Dora, o Edu está nos convidando para ir ao cinema e comer uma pizza depois.
— Jóia. Era tudo o que eu queria. Um cinema.
— Topamos... Prefiro o filme do Oliver Stone... Certo. Na frente do Belas Artes.
— Troco de roupa num minuto.
Dora experimenta uma, não gosta, joga no chão, pega outra. O quarto vira uma bagunça em segundos. Joca abraça Dora. Os dois se beijam.
— Se a Lívia entrar aqui vai ter um ataque.
— Na volta, eu arrumo.

Lívia está trabalhando no computador. Ela ouve barulho de carro. Salva o que está escrevendo, e vai para a sala. Alice desliga o toca-discos, diz que chegará tarde e beija a mãe carinhosamente.
– Olhe só o sorvete que eu trouxe para a sobremesa.
– Obrigada, Mauro. Como foi o seu dia?
– Sem novidades. Um problema atrás do outro. Viu a matéria que saiu com você, Lívia?
– Não. É boa?
– Veja. Você está bem nas fotos.
– Pelo menos isso. Tire o casaco, meu bem. A menina que veio me entrevistar era inteligente. Tomara que a editora goste. *(Ela joga a revista no sofá e abraça o marido.)* O que você quer comer? Tem torta de cebola e salada.
– Ótimo. As meninas jantam conosco?
– A Alice saiu. O Joca e a Dora estão aí. Quer um uísque?
– Hum-hum. Deixe que eu me sirvo. *(Falando mais alto porque Lívia foi para a cozinha pôr a torta no forno, ele abre o jornal)* Peguei um trânsito terrível. Você não pode imaginar o que está acontecendo. Os jornais comentam que as vendas aumentaram, que há mais de não sei quantos milhões de carros nas ruas. Uma loucura. Com o real, ninguém pensa em fazer economia. Estou tão cansado que nem quero falar no assunto.
Quinze minutos depois, Lívia reaparece na sala, gritando.
– Joca. Dora. O jantar está na mesa.
– Nós vamos sair e comer fora, mamãe.
– Por que não avisou antes? Eu teria feito a metade da receita.
– Deixe os coitados em paz, Lívia. A Dora deve estar nervosa. É bom que saia um pouco. O Joca também precisa se distrair: já prestou o vestibular dele.

— Tchau, mãe. Tchau, Mauro.
— Pegou a chave?
— Na mosca. Esqueci. Obrigada, mãezinha.

Alguns dias depois, Mauro está tirando a roupa, no quarto. Lívia, ainda embrulhada na toalha de banho, abre uma carta.

— Não é demais? A Alice afobada com o teste da EAD, a Dora em vésperas da primeira fase do vestibular, e papai resolve, sem mais nem menos, vir nos visitar. Em pleno verão. Não acredito. Depois de vinte anos de sumiço. Você não acha que ele devia me consultar antes?

— Meu bem, seja compreensiva. Ele está velho. Quer conhecer os netos, rever as filhas.

— Duvido que a Lena se abale. Os meus sobrinhos tenho certeza de que não vão aparecer. Aliás, espero mesmo que não venham. A última coisa que eu queria é que a casa se enchesse de hóspedes. Além do mais, não temos lugar, certo? E eu não vou conseguir terminar o livro, poxa. De novo. Parece praga. Quer saber? Para uma mulher que tem família, filhas, marido, pai, sei lá mais o quê, é muito, mas muito difícil ser escritora. Eu me sinto invadida o tempo todo. Cada hora é uma coisa. Tudo me acontece.

— Calma, querida. Quando é que seu pai vai chegar?
— Sexta-feira da semana que vem.
— Já? Ele avisou em cima. Estou entendendo porque você está tão tensa.
— Ponha tensa nisso. Estou histérica. Você sabe como vai mexer comigo essa visita. Se ele, ao menos, viesse para nos pedir desculpas.
— Desculpas?
— Por tudo o que não fez por mim e pela Lena. Sobrevivemos com muita dificuldade à falta dele, você sabe muito bem.

— Seja generosa. O homem vai fazer oitenta anos. Você acha que ele quer se hospedar aqui?
— Deus me livre. Ele reservou hotel. Vem com a mulher. Ela não fala uma palavra de português. O que você disse? Que dia é hoje? Ainda mais essa. Ele vai querer comemorar o aniversário. Já pensou? Ai, meu Deus, as meninas vão me matar. Vão dizer: "Não conte comigo. Preciso estudar". "Pô, mãe, logo agora?"
— Com razão. Elas estão num momento importante, Lívia. Mas são inteligentes. Sabem que você não pode fazer nada. Elas vão ajudar a receber o sr. Walter.
— Tomara. A Lena, de qualquer maneira, ficará conosco. Vai ter de dormir com a Dora ou a Alice. Não tem grana para gastar em hotel.
— A Dora não vai achar ruim ir para a casa do Joca, por uns dias.
— Basta a gente precisar para ela não querer. Ouça o que estou dizendo.
— Ah, Lívia, deixe de má vontade com as meninas. E chega de papo, que nós estamos falando demais.

A luz se apaga. Alice passa pela sala quase em penumbra, porque o poste da casa vizinha fica aceso a noite toda, entra no quarto, pendura um papel no espelho grande e começa a ensaiar um texto.

— "Não posso. Não consigo continuar. Passa tão depressa. Nem dá tempo da gente se olhar. (*Ela começa a soluçar.*) Eu não reparei. Então era isso que estava acontecendo e ninguém notava". Chiiiii. Não estou me concentrando. Vamos, Alice, atenção. Começo tudo de novo. Nossa Cidade. Thornton Wilder.

"Me leve de volta, para o alto do morro, para meu túmulo. Mas antes, espere, só mais uma olhadinha. Adeus, adeus, mundo. Adeus Grover's Corners. Mamãe e papai... Adeus tique-taque de relógios... E girassóis da mamãe... Café, comida, vestidos engomados e banhos quentes... E dormir e acordar... Ah, terra, você é tão maravilhosa para ninguém reparar (*olha para cima e chora*). Ou algum ser humano já reparou na vida, enquanto está vivo?" Droga. Assim não dá. Vou ser reprovada. Estou dizendo esse texto muito mal.

Dia. Lívia está digitando no computador. Alice entra na biblioteca, meio sonolenta, de abrigo. O telefone toca. Alice atende.

– Alô... alô... Pô, tem gente que não tem o que fazer. Liga e não fala nada.

– É verdade, minha filha. Vive acontecendo isso comigo.

– Eu não queria acordar tão tarde. Preciso fazer exercício e trabalhar meu texto. Além do mais estou de péssimo humor.

– Como foi de espetáculo ontem?

– Mal. As crianças não entraram na peça. Um dos atores se atrasou. Estou cansada de teatro infantil. Não vejo a hora de mudar tudo.

O telefone toca novamente. Alice faz ginástica enquanto a mãe atende.

– Alô... É Lívia... Ô Luís, você me mandou mais originais do que disse... Não tenho tempo de ler todos... Quero terminar meu livro... Por enquanto, li quatro... Recomendei um para publicação... E escrevi três pareceres... Mas os próximos só daqui a quinze dias... Meu pai chega da Suíça no próximo fim de semana... Claro que tenho pai, não sabia, não? Pois tenho... Mora em Zurique... E o meu cheque?... Mudaram o dia de pagamento, de novo? Está bem... Não passem dessa data, por favor. Um abraço.

– Vou tomar um banho. Estou fedendo. *Alice dá um beijo na mãe e vai para o seu quarto. Mas, em vez de ir tomar banho, pega um caderno e começa a escrever. Cada um imagina a música que quiser, como fundo. Dora e Joca entram, sem bater na porta.*

— O Edu está precisando de uma atriz para um comercial, Alice. Grana da boa.

— Psiu. Estou anotando um sonho. Se interromper, esqueço.

— Nossa, que grossura. Faz três dias que a gente não se vê e ela fala assim. Vamos embora, Joca.

Manhã. Lívia está abrindo a correspondência. Joca aparece apressado.

— Bom dia, Lívia.

— Tudo bem, loca?

— Dormi demais. A Dora esqueceu de dar corda no despertador e estou atrasado para a faculdade.

— Quer café?

— Não, obrigado. Pego uma fruta na cozinha.

O telefone toca.

— Lena? Que bom que você telefonou... Não me diga... Vem só você, então?... Mata dois coelhos. Faz as compras e vê o papai... Depois a gente conversa... Amanhã? Que horas? Não posso ir ao aeroporto, tenho reunião com meus editores... Pegue um táxi e venha direto para cá, certo?... Um beijo. Boa viagem. A Alice acaba de entrar aqui, está mandando um beijo também.

— Tem carta para mim, mãe?

— Uma, Alice.

— Oba. Hoje é a estréia para convidados do meu filme. Faço questão de que você e o Mauro venham. Imagine, quase não fico sabendo. Também, o convite foi postado ontem.

— Não sei não, minha filha.

— Pô, mãe. Fiz um papel no filme. É importante para mim que... É um papel pequeno, mas é legal. Faço questão de que vocês venham. Vou esperar na porta. Você acha que eu posso ir com esta roupa?

– Leve o *blazer* de linho. Sempre dá acabamento...

– Com esse calor? Você está louca. Acabamento!

– À noite refresca.

– Bobagem eu ter perguntado. Você nunca dá a resposta certa, mãe.

– Desculpe, minha filha. Aliás, sabia que tia Lena chega amanhã para comprar umas coisas para o casamento da sua prima?

– Casamento?

– É. No civil e na igreja.

– Cruzes.

– Caretice, não é? Por mim, você e a Dora não precisam casar.

– Ah, mãe. Lá vem você. Se eu quiser, ou se o namorado que eu tiver pedir, caso de véu e grinalda e você não tem de se meter. Quem decide sou eu.

– Certo, Alice. Que horas são?

– Chi, tenho de sair. O Tico está me esperando, ele topou me dar as réplicas no exame da EAD.

– Só mais um minutinho. Eu queria que você me ajudasse a dar um toque para a Dora maneirar e não trazer o Joca para dormir enquanto a tia Lena estiver aqui.

– Pára. Pára. Não dou toque nenhum. Ou você assume que deixa a gente trazer o namorado para dormir aqui em casa ou....

– A Lena não vai entender.

– Vai, se você explicar, mãe.

– Diabo. Será que não posso contar com vocês para nada? Se eu sou compreensiva e amiga, por que vocês também não são minhas cúmplices?

– Desculpe, mãezinha. Mas o Joca está sozinho na casa dele.

— Melhor ainda.

— Eles detestam ficar lá sozinhos, você sabe muito bem. Além disso, já pensou a Dora dizendo "escute, Joca, minha tia quadrada vem do sul, temos de mudar o esquema por alguns dias"? Pense, mãe.

— Então não sei como vou me arranjar. O seu avô também vem, esqueceu? Vai ser uma confusão danada.

— Ah, é, tinha me esquecido. Estou louca para conhecer o velho. Tchau. Encontro vocês no cinema.

Fim de tarde. Lívia está trabalhando, na biblioteca. Lena, a irmã, entra na sala de estar, segurando um monte de caixas, que deposita no chão antes de acender a luz. É mais moça do que Lívia, mas não parece. É meio perua, cheia de colares e pulseiras e brincos.

— Lívia, cheguei. Podre de cansada, mas cheguei. Você continua aí trabalhando, credo! Não sei como você consegue se enfiar nessa biblioteca a vida toda.

— Estava só terminando o parágrafo, querida, e desligando o computador. Fez boas compras?

— O dinheiro não deu nem para a metade. O governo diz que não há inflação, e as confecções enfiam a faca. Baixei a qualidade para ter quantidade.

— Quer um uísque, Lena?

— Com bastante gelo.

— Eu vou tomar uma cerveja.

— Então eu acompanho. Estou sentindo muito calor. Que troço esquisito: é uma planta?

— É conhecida como rainha-do-abismo. Uma das minhas alegrias na vida é ver, de repente, que uma flor brotou dessa batata feia e desengonçada. É uma flor tão delicada. Olhando isso aí ninguém diz, não é?

Luz no quarto de Alice, que está lendo uma revista. Dora espreme espinhas, diante do espelho.

— Mamãe pediu para você ir para a casa do Joca enquanto a tia Lena estiver aqui.

— Era o que me faltava acontecer. Não me interessa o que a tia Lena pense ou deixe de pensar.

— Dois ou três dias, Dora.

— Acontece que eu e o Joca estamos duros, sem grana até para o cigarro. E não tem comida na casa dele.

— Se a mamãe viajasse e deixasse a geladeira vazia eu ficaria uma fera.

— A mãe dele sabe que o Joca só come aqui.

— Vocês dormem lá e levam coisas para o café da manhã.

— Por que a mamãe não falou comigo?

— Não sei.

— Bem neste fim de semana, pô!... Se fosse em outro... Eu preciso estudar, está entendendo? Estudar.

Lívia volta para a sala, trazendo uma bandeja.

— Depois de um dia como o de hoje mereço esta cerveja geladinha. Mereço mesmo. Ai, que dor nos pés. Pensei que ia desmaiar naquelas lojas apinhadas.

— Tire os sapatos. Tin-tin. O Mauro está atrasado.

— Oi, todo mundo. O que vocês estão bebendo?

— Uma cervejinha, Dora.

— Também quero.

— Mas você parou de estudar, querida?

— Por favor, mãe. Você está com neurose de vestibular.

— Álcool dá sono, minha filha.

— Tia Lena, que beleza. Arranjou namorado?

— Deus me proteja, Dora. Homem? Só na vizinha. Seu tio me curou.

— Isso passa.

— Sabe o que é ser trocada, de repente, pela primeira sirigaita que aparece para consertar a perna quebrada de um passarinho? Eu tinha me especializado em ser secretária-assistente-contadora de veterinário. Fiquei sem marido e, o pior, sem emprego.

— Arranje outro e bola prá frente, tia.
— Não tive nem aviso prévio. Nunca trabalhe com o seu marido, Dora. Nem que tenha a mesma profissão. Definitivamente não dá certo.
— Pode confiar, tia. Se o Joca ligar, mãe, diga para ele que estou na casa do Edu, estudando.
— Você falou com a Alice, minha filha?
— Não, nem vou falar. Que coisa. Oi, Mauro. Você chega e eu saio. Beijo.
— Você se atrasou, querido.
— Tive uma reunião daquelas e o trânsito estava de amargar. Tudo bem, Lena?
— Sente e descanse, meu bem.
— Não sei como vocês agüentam um trânsito desses, palavra de honra. Eu teria uma úlcera deste tamanho, se tivesse de encarar uma cidade como esta.
— Notícias do seu pai, Lívia?
— Nem me fale nisso que eu fico nervosa.
— E eu, então? Só de pensar que eu vou ver o velho, ter de dar um beijo nele, fazer de conta que nunca aconteceu nada, me dá dor de estômago, cunhado!
— Vocês duas têm de que ser generosas. O velho pode estar apenas tentando recuperar as filhas. Ele quer mostrar, à maneira dele, que gosta de vocês.
— Eu dispenso, Lívia. Nem que ele me pedisse desculpas de joelhos. É tarde demais. Não posso esquecer o que ele nos fez. Não posso. Minha vontade é apertar o pescoço dele assim, ó... e xingar.
— Calma, calma. Ele vai fazer oitenta anos, gente. Está acima do bem e do mal.
— Esse sr. Walter foi apenas nosso pai genético. Nunca foi pai, de fato.
— O engraçado é que se uma escritora como eu escrevesse sobre as nossas complicações familiares, a crí-

tica iria dizer que eu não tenho imaginação, romance do século XIX, essas besteiras.

— Por isso eu não vejo mais novela de televisão. Sempre tem filho que não sabe quem é o pai, pai que abandona filho...

— Eu quase morro de chorar com esses assuntos, Lena.

— Você? Não acredito.

— Desculpem a minha intromissão, mas acho que não é tão difícil duas maduras senhoras, mães de família, receberem civilizadamente o pai delas.

— Você não faz idéia, cunhado, da dureza que é não se ter um pai na infância. Da falta que faz um pai.

— Nunca tive problemas nessa área. Meu pai e minha mãe sempre estiveram presentes e apoiaram os filhos em tudo. Talvez eu não fosse quem sou, se meu pai não tivesse sido o que foi.

— Você sabe qual é a opinião de suas filhas sobre você, Lívia?

— Do jeito que elas andam me respondendo, devo ser uma bruxa.

— Não seja cruel, Lívia. As meninas adoram você.

— Às vezes não parece, Mauro. Mas, a verdade é que não consigo julgar papai, Lena. Não tenho realmente nenhum elo com ele. Para mim é um parente distante. Não sei o que ele pode querer de nós, depois de tanto tempo.

— Quer ver como sobrevivemos sem ele, minha irmã. Talvez queira nos apresentar à atual mulher. E, como da última vez, ele vai falar de dinheiro. Vai nos contar o quanto ele economizou na vida, *et cetera, et cetera*. O que não foi uma proeza, afinal ele nunca nos deu um tostão, o pão-duro. Ou, o que não seria nada agradável, nem impossível, vem se encostar em nós.

— Ele não se atreveria, Lena.

— Não? Espere para ver. Comigo não arranja nada. A pensão que recebo é ridícula. Não posso me permitir ter hóspedes numa hora dessas. Credo, neste país não se pode envelhecer.

— Pelo amor de Deus, não vamos falar nesse assunto, porque o seguinte será política e o Mauro fica nervoso. A verdade é que conseguimos viver sem o papai e, agora, não nos custa um gesto de civilidade, como o Mauro diz.

— Eu não vou perdoar o velho nunca.

— Um colega da editora acha que eu escrevo para esfregar na cara dele "olhe como eu venci sem você, meu nome está nos jornais, e você quem é? Um ilustre joão-ninguém, que vai morrer sem deixar rastro".

— Mana, você vai acabar escrevendo novela de televisão.

— Sonhei com o papai a vida toda. Com ele voltando para casa e me pegando no colo, me levando para brincar no parque, me beijando antes de ir dormir. Mas deixei de sonhar, depois que passamos a ter contato com ele.

— Contato! Quantas vezes estivemos com ele até hoje? Quatro?

— Se eu sonhasse com o Sr. Walter teria um pesadelo horroroso.

— Você pretende chamá-lo de papai?

— Claro.

— Eu não pronuncio essa palavra de jeito nenhum.

— Ah, Lena, deixe de bobagem. O que é uma palavra?

— Desculpe interromper, mas essas irmãs estão se esquentando. Que tal a gente jantar?

— Eu é que peço desculpas, cunhado. Essa vinda do velho mexe comigo. A última vez que ele esteve conosco... Não me lembro... Ele passou uma semana no Brasil "a negócios". A Luciana era recém-nascida. Pegou a neta no colo. Você pensa que ele se tocou, pensa? Nem um pingo. E os meninos: sabiam que ele nunca mencionou os meninos? Como se não existissem.

— Timidez, Lena. Sentimento de culpa, talvez. Não sei. Um colega meu da fábrica se separou da mulher e ficou com os filhos. A mãe via as crianças apenas de vez em quando. Nunca se importou com que os filhos dela passassem os fins de semana ou as férias com as namoradas dele, se satisfazia em visitá-los, saber se estavam bem.

— Cuca fresca. É só eu arrumar um amigo, sair para jantar, que o meu *ex* arma um escândalo. Os homens não prestam, quer saber?

— Epa, não generaliza.

— Você é exceção, cunhado. Mas é verdade. O cara já está casado, a mulher espera um filho, e eu não posso ter um amigo. Como se eu fosse propriedade dele.

— Quantos anos vocês foram casados?

— Vinte, Mauro. Vinte.

— Proponho que a gente vá ao teatro. Tem tanta coisa boa. Que vocês acham?

— Se sairmos já, Lívia, dá tempo. Pegue o jornal. Escolhemos no caminho. Vamos, Lena? Depois jantamos em algum lugar simpático.

Quarto de Dora. Joca está amarrando o tênis.

— Não gostei nada do papo de ontem, Joca. Você está ficando prepotente.

— Eu?

— Você, sim. Não sabe dançar e fica emburrado num canto, porque eu estou me divertindo.

— Eram três da manhã. Você já tinha dançado com todo mundo... E não disse que ia estudar hoje de manhã?

— Ah, Joca, até você? Não agüento mais tanta pressão. Eu adoraria que esse meu avô que vai chegar me convida-se para ir morar com ele na Europa. Palavra de honra.

— Você me deixaria aqui?
— É evidente.

Lívia está na biblioteca, escrevendo.

"Que falta você me faz, mamãe. E pensar que um dia também fui viver sozinha, viver a minha vida, e deixei você sem pensar na dor que eu causava... Eu não sabia o que significava aquele abandono egoísta. E você ficou só durante anos, feliz porque eu telefonava de vez em quando... Desculpe, mamãe, dei tão pouco como filha. Tão pouco. Você certamente esperava mais de mim. Esperava que eu levasse você ao cinema, a tomar um chá... E eu tão longe. Tão na minha. Por favor, mãe, esteja onde estiver, olhe para mim com ternura... Sinto muito a sua falta".

Lívia sente um carinho na cabeça, como se alguém a estivesse afagando. Quem? Lena vê que a irmã está trabalhando, na biblioteca e, não querendo incomodar, senta no sofá para ler o jornal. Mauro, de pijama, faz ginástica no quarto.

— Caiu da cama, tia?

— Acordo cedo, Alice. Há muitos anos. Hábito de quando eu trabalhava. A Lívia está na biblioteca. Parece até que ela não dormiu.

— Dormi sim, Lena. Mas levantei com uma idéia que não queria perder.

Lívia aparece na sala, rindo.

— O livro está saindo legal, mãe?

— Espero que sim.

— Vou almoçar com o papai, na casa dele. Se a Dora quiser ir diga para ela estar lá ao meio-dia.

— Alice, olha aqui. Saiu uma crítica do teu filme... Puxa, nesta casa todo mundo aparece no jornal. Que chique.

— Deixe eu ver, tia. Olhe meu nome na ficha técnica. Que barato. A ação... hum, hum, hummmmm. Sei de cor isso aí. Ninguém do elenco se destaca, apesar do rendimento geral ser acima da média. Um filme interessante, mas que representa um retrocesso na carreira desse diretor que nos deu bons exemplos... Que coisa, hem? O Roberto vai ficar uma fera.
— Você gostou do filme, mãe?
— Mais ou menos. Ruim não é, mas...
— O problema é que vocês não estão acostumados a ver filme brasileiro. Não estão acostumados com a linguagem.
— Será que é isso, Alice? Pode ser que você tenha razão.

Mauro, de terno e gravata, vem se despedir.

— Quer alguma coisa, Lívia?
— Que você compre vinho e frutas. Eu preciso ir ao shopping center... Você acha que podemos...
— Vá com a Lena... Você sabe que odeio shopping center... Prefiro pagar mais caro, encomendar por telefone, o que for possível... Você compra o presente, paga com cheque e eu cubro depois. Certo?
— Tudo o que eu queria na vida era um homem como você, cunhado. Se vocês soubessem como o meu *ex* tinha dificuldade de pôr a mão no bolso. O maior sovina.
— Vejo vocês à tarde. Tchau, querida. Tchau, Lena.
— Estou muito cansada, minha irmã. Cansada de verdade.
— Pare de trabalhar, pô. Vive com o bumbum naquela cadeira.
— A consciência me pesa quando não produzo nada. Quem trabalha em casa tem de ter uma disciplina feroz, pois a todo momento a gente se dispersa. É o telefone

que toca, alguém que entra na biblioteca e me interrompe, coisas do gênero.

— Ando com uma preguiça, depois que me aposentei. Mudando de assunto, mana: o Joca dorme aqui?

— Às vezes. A mãe dele está viajando.

— E você concorda com isso?

— Evidentemente, Lena. Se a minha filha dorme na casa dele, ele pode dormir na nossa, não acha? Quando a mãe dele está em casa leva café, na cama, para os dois.

— E os vizinhos, pensam o quê?

— Ah, Lena. Ninguém nesta casa liga para o que os outros possam ou não pensar. Prefiro que as minhas filhas durmam com os namorados no quarto delas a que freqüentem motéis. Além do mais, custam uma grana preta.

— E se o namoro não der certo?

— Ótimo. Descobriram logo. Não faço a menor questão que elas se casem.

— Quando os filhos se casam a gente descansa, Lívia. Não precisamos mais nos preocupar.

— Aí é que você se engana. Um mau casamento é terrível. Adoro ter as meninas em casa. Nós nos damos razoavelmente bem.

— Vivem quebrando o pau.

— Bobagem. Conflitos de personalidade. Só isso.

— Se a Luciana me respondesse do jeito que as meninas respondem para você... Não sei, não. Eu não permito. Exijo respeito.

— Besteira, Lena. Elas não podem, nem devem, aceitar tudo o que eu digo. Atrapalha a autonomia delas. As relações são sempre complicadas. Mas sei que a Dora e a Alice gostam de mim, confiam em mim. Se um dia elas quiserem sair de casa, decidirem morar sozinhas, vou dar o maior apoio. O que não posso admitir, por exemplo, é que reprimam a sexualidade, ou que fiquem grávidas por ignorância.

— Você podia esperar que eu contasse, minha irmã. Podia esperar.

— Contar o quê?

— Como é que você soube, hem? Quem fez a fofoca?

— Não estou entendendo, Lena. Desculpe se falei alguma bobagem.

— Quem contou?

— O quê?

— Que a Luciana está grávida.

— Até este momento eu não sabia. Palavra de honra. Ninguém me disse nada. Se eu soubesse não tocaria no assunto.

— Prendi minha filha o quanto pude, Lívia. Ia buscar nas festas, uma, duas horas da madrugada, me sacrifiquei tanto por ela.

— Vai me dizer que ela não usava DIU ou camisinha.

— Imagine.

— Uma amiga me disse que não deixava a filha usar diafragma ou DIU com medo de que ela começasse a dar adoidada.

— Não se trata disso. A Luciana nunca me contou nada. Ela não queria casar, e o rapaz também não. Tivemos de forçar.

— Aos 18 anos?

— Quando descobrimos, ela já estava de três meses. Era tarde demais.

— Em 1994 os problemas se repetem como se estivéssemos em 1894. Duas pessoas vão se casar à força! Para ser franca, Lena, sou contra o aborto porque não é oficializado. Pois bem, se minhas filhas não usassem preservativos, eu aceitaria qualquer opção, inclusive o aborto, para evitar um casamento errado.

– Meu ex-marido me mataria se eu não a forçasse.
– Ela, a Luciana, quer o quê?
– Quer saber a verdade? Ela quer ter a criança sem casar.
– E então?
– Não dá, Lívia. Tente entender.
– Mande a menina para cá, faça de conta que vem para estudar, até a criança nascer.
– Agora é tarde, minha irmã. O casamento está marcado.
– Tudo bem, Lena. Casar também não é um bicho-de-sete-cabeças. Não é mais. Vamos torcer para que, de repente, eles se redescubram, ou consigam se tolerar um ao outro. Se não conseguirem se suportar, paciência, se separam e tentam vida nova. O importante é que eles amem a criança. O resto é secundário.

Lívia está lendo, na biblioteca. Dora chega, cabisbaixa.

– Mãe, vou desistir do vestibular. Impossível. Quase vinte candidatos para uma vaga.
– Tente a sorte. Se não passar este ano, já sabe como é.
– Estou morrendo de dor de cabeça e sentindo calafrios.
– Venha cá, querida. Senta no meu colo. Você está nervosa.
– Esqueci tudo, droga. Deu um branco na minha cabeça.
– Você está quente, Dora.
– Era só o que me faltava. Ficar doente e com febre.
– Vá se deitar um pouco. Poupe-se. E tome uma aspirina.

Lena e Mauro entram na sala de estar.

– Você vem conosco à festa, não vem, Lena?

— Estou exausta, cunhado. Não conheço ninguém, prefiro dormir.

— Confesso que também não estou com vontade de ir.

— Não esquente, Mauro. Por que vocês têm de ir? Não podem só mandar o presente? Puxa vida, quase esquecia de dar o recado. Seu filho telefonou pedindo para você ligar urgente.

— Falei com ele. Está com problemas com a mulher.

— Afinal, casou-se ou não?

— Não. Vive junto com aquela colega do jornal. Ele larga a redação às seis e ela entra nesse horário. Uma vida sacrificada, sem hora para chegar em casa.

— E daí?

— Ela se apaixonou pelo psicanalista.

— Coitado. Conheço muito bem esse assunto. Tirei diploma em traição.

— Eu também sou bacharel.

— Com a sua mulher aconteceu a mesma coisa?

— Mais ou menos. Faz tanto tempo. Não me lembro mais.

— Vocês ainda se dão?

— Muito bem. Não temos a menor dificuldade de relacionamento. Inclusive ela e a Lívia são amigas. Hoje em dia falo com ela como se jamais tivesse sido minha mulher. Com você vai acontecer a mesma coisa: quando se enamorar de alguém olhará para seu ex-marido com a mais total indiferença. Garanto.

— Cruzo os dedos. Tomara. Por enquanto...

Lívia entra carregando um cabide.

— Fui buscar a roupa na lavanderia. Mas, com esta chuva, não há quem se anime a ir a uma festa. Mandei o presente. Uma gravura do Piza.

— Boa idéia. Quer um drinque?

— Um uísque. Eu mereço.
— E você Lena?
— Aceito uma guaraná.
— Mãe. Venha cá, mãe.
— Já vou, Dora. Acho que o meu refrigerante foi pro brejo.

Manhã. Alice está na sala fazendo exercícios. Joca dá um beijo nela e se encaminha para a biblioteca.

— Estou atrasadíssimo, Lívia. Acho bom você ir ver a Dora. Ela passou a noite toda com febre, dor de cabeça e está com o pescoço inchado.
— Tomou a aspirina?
— De madrugada. Mas a febre não baixou. Ainda agora pus o termômetro: 39.
— Essa não. A três dias do vestibular? Coitada.
— Talvez ela esteja precisando de um médico.
— Vou ver.
— Não se preocupe, Joca. Ouvi o que vocês falavam. O diagnóstico da mamãe é sempre tiro e queda. Não tem erro.
— Desta vez, não sei, não. Deve ser problema de cuca. A Dora está morrendo de medo do vestibular.
— Ela e mais uma multidão. Será que todo mundo está com febre?

Lívia volta à sala.

— Chamei o dr. Vítor, mas acho que ela está com cachumba. E das brabas.
— Cachumba, mãe? Que horror. Ninguém nesta casa teve cachumba. Você já teve, Joca?
— Já.
— Eu também, minha filha. Mas o Mauro, você e tia Lena não tiveram.
— E como é que eu vou ajudar a Dora, mãe?
— Espere até o médico confirmar.

— Tenho de passar pela faculdade para entregar um trabalho, Lívia. Telefono de lá para saber se precisam de alguma coisa. Tchau para todos.

Luz no quarto de Dora, que está deitada. Dia seguinte. Alice olha a irmã. Joca, sentado numa cadeira, segura a mão da namorada.

— Vou perder o exame.
— Não esquente, maninha.
— Um ano de cursinho, de novo, eu não faço.
— Você pode se inscrever num intensivo de seis meses.
— Estudei o ano inteiro.
— Talvez você não passasse, amor. Não adianta ficar aí se lastimando.
— O Joca tem razão, Dora.
— Ano que vem vou trabalhar. Não quero mais pedir dinheiro nem para o papai, nem para a mamãe. E não tem cabimento o Mauro me sustentar.
— Tem razão. Arranjei um meio período: monitora de crianças num curso de criatividade infantil. Começo em fevereiro. Com o teatro infantil e um ou outro comercial, me viro.
— Quanto você vai ganhar, Alice?
— Não perguntei. Qualquer coisa é lucro.
— Eu trouxe um presente para a minha namorada não ficar triste.
— Pra mim? Deixe eu ver. (*Abre o pacote. É uma caixa antiga, de música.*) Que linda. Quero ficar doente todo dia.
— Foi da minha avó.

Alice, imitando uma boneca de caixa de música, sai rodopiando. Embaixo, Lena atravessa a sala de estar e vai para a biblioteca.

— Mudei de idéia. Pensei melhor sobre o velho.
— Eu também repensei neste fim de semana. A ma-

mãe deu um duro danado para nos educar. Não é justo a gente...
— Do que você está falando, Lívia?
— Desisti de receber o velho de braços abertos como se ele fosse o melhor pai do mundo.
— Espere aí.
— Você estava com a razão, Lena. Vamos fazer um jantar social, no máximo. Ele pensa o quê, vindo nos visitar de uma hora para outra? Quem me consultou para saber se estou com disposição emocional para isso? Há dias não consigo me concentrar.
— E eu que tinha mudado de opinião.
— Quantas vezes nos encontramos com ele, cinco?
— Eu, quatro.
— E recebemos uma dúzia de cartas, se tanto, em vinte anos.
— Mas o que me dei conta, Lívia, é que realmente não custa nada ser cordial, ou civilizada, como o Mauro diz. Nós também não escrevemos para ele. Nunca mandei nem cartão de Natal. É engraçado. Passei esses dias me esforçando para aceitar uma possibilidade de relacionamento com o velho, e você chegou à conclusão oposta.
— Você se lembra que a mamãe dizia que ele não nos procurava para não ter de nos dar dinheiro? Que era o maior pão-duro? Rico e pão-duro.
— Rico?
— Talvez.
— Imagine, Lívia, se de repente nós herdássemos uma grana. Você faria o quê?
— Se eu tivesse bastante dinheiro? Não sei. Nunca pensei nisso.
— Você não pararia de escrever?
— Claro que não, mana. Se eu fosse rica escreveria em dobro. Não perderia horas e horas ganhando um pouco para colaborar nas despesas.

– Mas o Mauro é industrial.
– Não dá mais para uma mulher não ganhar o próprio dinheiro, Lena. Imagine, viver às custas do marido. De jeito nenhum. Se papai nunca nos mandou nem presente de casamento, ele nunca nos deixaria uma herança.
– Presente de casamento! Você esquece que eu o convidei para entrar comigo na igreja e ele não aceitou?
– Não me lembrava disso, Lena.
– Entrei de braço dado com o meu sogro. Humilhada. Eu me sentia como se não tivesse família. O dia mais infeliz da minha vida, o dia do meu casamento. Palavra de honra.
– E se ele vier, Lena, para ficar de vez? Não voltar para a Suíça nunca mais?
– Que horror. Estou pensando que esse encontro seria o único, um jantar e pronto. Eu não conseguiria nem pensar numa convivência estreita... Preciso reformular tudo na minha cabeça.
– Mãe! Mãe!
– Alguém está chamando, Lívia.
– É a voz da Alice. Já vou.
Alice entra na sala de estar, com a perna engessada.
– Que aconteceu, minha filha?
– Torci o pé.
– Onde?
– Na aula de dança.
– Coitada. Está doendo muito?
– Agora não. Mas, na hora, doeu à beça.
– E quem pôs esse gesso em você?
– A professora me levou a um pronto socorro. Aqui está a nota.
– Quanto tempo você vai ficar engessada?
– Ainda não sei.
– E o exame da EAD?

— Nenhum problema. Vou prestar: com ou sem gesso. Me ajude a ir para o quarto.

Mais tarde, Lívia está trabalhando. Mauro entra na biblioteca.

— Posso roubar você do trabalho?

— Pode e deve, querido. Estou tão cansada.

— Como vai indo o livro?

— Por enquanto, tenho uma colcha de retalhos no computador. Vamos ver o que vai sair.

— Você sempre diz isso.

— Desta vez... não sei não. Vejo as imagens, ouço os diálogos, mas me falta juntar tudo.

— Já tem nome?

— O quê?

— O livro, ora.

— Não. Ai, minha coluna. A visita do papai também está me atrapalhando. A Dora com cachumba, a Alice com o pé engessado... Minha cabeça fica longe. Se eu escrevesse sobre nós, Mauro, nossas experiências anteriores, o que você acha?

— Minha ex-mulher e seu ex-marido não iam gostar nada. Mas o que eu acho é que você gostaria de escrever sobre seu pai.

— É possível.

— A filhinha sente medo, não sabe o que vai encontrar pela frente. A filhinha gostaria de deitar no colo do paizinho, e...

— Chorar. Lavar minha alma. Sem pudor. Essa é que é a verdade.

Experimentar a sensação de ter um pai.

Quarto de Dora. Ela está lendo. Lívia entra.

— Como você está, Dora? Melhor da dor de cabeça?

— Eu ia passar neste vestibular. Tenho certeza.

— Paciência, querida. Tinha de ser.

— Parou de chover, mãe?
— Não.
— Você já viu a tia Lena?
— Não. Ainda não.
— Ela arrumou a mala e disse que não vai esperar o vovô.
— Que absurdo.
— Ela disse que pensou que estivesse preparada, mas que sente até dor no peito.
— Isso passa.
— É bom você ir atrás dela.

Lena e Mauro estão conversando na sala de estar. Lívia entra quase correndo.

— Que bobagem é essa, Lena?
— Não vou conseguir ver o velho. Não vou. Preciso ir-me embora.
— Que falta de companheirismo, Lena. A Dora, de cama, a Alice tem de ir para o teatro e você quer se mandar, assim, de repente...
— Desculpe, Lívia. Tenho medo até de ter um enfarte.
— Seu pai foi taxativo, Lena. Queria que as duas filhas estivessem juntas. Não quero falar demais, mas quando um pai idoso se dispõe a uma viagem dessas e pede para ver as filhas deve ter alguma coisa importante a dar, dizer ou pedir. Faça um esforço, cunhada. Afinal, ele chega amanhã. Dois ou três dias não matam ninguém.

Noite seguinte. Mauro chega com o sr. Walter, passo incerto, mãos trêmulas, tentando esconder as dificuldades físicas, apoiado no braço do genro. Veste terno e gravata e usa bengala. Lena e Lívia se levantam, ao ouvir a campainha.

— Ai, meu Deus, acho que não vou agüentar. Eu devia ter ido embora.
— Imagine. Faça de conta que é um amigo da família.

— Como vai, papai? Espero que tenha encontrado tudo direito no hotel. Ele está um pouco decadente, mas mantém uma certa dignidade, não é?

— Gosto desse hotel. Fiquei hospedado nele muitas vezes nesses trinta anos. Aliás, na minha idade, isso acontece em todos os lugares por onde eu ando. Em Bonn me dão sempre o mesmo quarto. Há não sei quanto tempo. Basta que eu telefone com antecedência. Minha companheira é de lá, como vocês sabem.

— Vamos sentar (*Lena oferece o braço para o pai, que fica aflito e não consegue levantar o pé do chão. As duas irmãs se olham, surpresas. Como o pai envelhecera*).

— Minhas pernas não me obedecem às vezes. E quando fico nervoso, pioram.

— Para a idade — tem mais de oitenta anos, não é? — o senhor está muito bem.

— Não, Mauro. Minha saúde não é boa.

— Cansaço da viagem, papai.

— Bonita casa, Lívia. Quanto custou?

— Infelizmente não é nossa, sr. Walter. É alugada.

— Eu sempre fui contra a compra de imóveis. Prefiro aplicar meu dinheiro de outra forma.

— Toma alguma coisa, sr. Walter?

— O que me oferecem?

— Uísque, vodca, gim, vinho, cerveja. O que quiser.

— Um uísque puro. Sem gelo.

— Quero um uísque bem aguado, querido. E você Lena?

— Um duplo e reforçado.

— Vou buscar gelo na cozinha.

— Muito frio na Europa este ano, papai?

— O normal. Eu não saio mais de casa, Lívia. Sei da temperatura pela televisão. Minha companheira se encarrega de tudo.

— Ela não veio com o senhor?

— Claro que sim. Não posso mais viajar sozinho. Ficou no hotel. Está aprendendo português para conversar com vocês. Mas, na idade dela, é muito difícil aprender o que quer que seja.
— Que idade ela tem? (*Lena quase pronuncia papai*)
— A Traute? Setenta anos.
— Estão casados há muito tempo?
— Há nove anos. Nós nos conhecemos faz uns trinta. Tive negócios com o marido dela, o finado Walter Mueller.
— O mesmo nome?
— Assim ela não faz confusão. Trocou só de embalagem.
— Que engraçado, não é Lena? O Mauro vai gostar dessa história.
— Onde estão os meus netos?
— A Dora está de cama, com cachumba. Mas vai descer daqui a pouco. O senhor já teve cachumba?
— Tive.
— A Alice não vai demorar. Aliás, já devia ter chegado. Ela é atriz e está trabalhando numa peça infantil. Está com a perna engessada.
— Dão pouca importância à minha visita.
— Não, papai, não é isso. Espere e vai ver. A Alice tem um exame importante segunda-feira. Os filhos da Lena não vieram porque têm esperança de que o senhor vá até lá. Eu nem teria lugar para tanta gente. Ah, olhe só, aí está a Alice.
— Então você veio.
— Oi, vovô. Tudo bem?
— Não tenho do que me queixar.
— Certo. Assim é que se fala. Papai me trouxe em casa, deixou lembranças para o senhor.
— Como está ele?

— Jóia.
— E a peça?
— Infantil. Papel pequeno.
— Mais uma artista na família. Quanto ganha?
— Por enquanto, vô, não dá nem para pagar a condução. Estou começando.
— E do seu avô, o que quer?
— Eu?
— Um presente?
— A sua visita já é maravilhosa. Eu queria muito conhecer o senhor. O pai do meu pai morreu quando eu era pequena. É gostoso ter um avô de carne e osso.
— Maravilhoso é o presente que eu vou dar para você. Pegue este envelope. Tem o seu nome, não é? Se no ano que vem, quando eu vier, você não os tiver gasto, ganha em dobro.
— Muito obrigada, vovô. Nossa. Olha, mãe. Cinco verdinhas. Quinhentos.
— Sempre dou o melhor: dinheiro.
— Quer tomar alguma coisa, Alice?
— É um grande prazer para nós a sua visita, sr. Walter.
— As meninas estavam loucas para conhecer o avô. E os filhos da Lena, também.
— Quando o senhor pensa em ir lá?
— Ainda não sei. Preciso conversar com meu advogado, antes. Tomar algumas providências.
— Me faça um favor, Alice. Vá ver como está a Dora e se ela pode descer para cumprimentar o vovô. (*E, quase sussurrando*). Não ligue, ele é meio esquisito.
— E o meu refrigerante, hem, Mauro?
— Desculpe, Alice. Trago num minuto.
— Depois eu tomo.
— Ninguém vai se arrepender de ficar ao meu lado. Passei a vida inteira me privando de tudo...

— Ah, papai, por favor... Se o senhor pensa... Está ofendendo a mim e a Lena...
— Não vejo porque, Lívia. Sou rico, sabiam? Quer dizer, não sou um pé-rapado.
— Ora, papai, francamente...
— A mãe de vocês foi boba de se separar de mim, em 1940.
— Eu não acredito (*Lívia baixa a voz*). Você ouviu o que ele disse, Lena? Faz mais de 50 anos e ela já morreu há vinte.
— Fiz muito sacrifício, pensando na velhice. Se as minhas filhas não me quisessem eu teria como pagar uma boa clínica na Suíça ou no Brasil.
— Suas filhas querem muito ter o pai delas por perto, sr. Walter. Acredite.
— Conheço histórias cabeludas de velhos abandonados pelos filhos. Meu lema sempre foi "poupar nunca é demais". Se eu pensava em pegar um táxi, logo fazia as contas e me decidia pelo ônibus. De grão em grão, a galinha enche o papo. Não riam, não. Quanto pensam que eu tenho, hem? Quanto?

Alice e Dom conversam, no quarto.
— Viu só, Alice, de acordo com este gabarito, eu faria 58 pontos e a média foi 55. Eu teria passado.
— Ah, mana, esquece. Olhe o que o vovô me deu. Quinhentos dólares.
— Só? Pensei que ele ia nos dar pelo menos mil.
— Eu achei que ele não ia nos dar nada.
— Com quinhentos vou me mandar para Caraívas, na casa da tia do Joca. *Reveillon* e mais quinze dias. Quer ir?
— Ainda não sei. Me chamaram para uma peça. Se eu não passar no exame da EAD vou aceitar o papel. O vovô é muito estranho. Só fala em dinheiro. Disse que, se eu não gastasse isso aqui me daria o dobro no ano que vem.

— Não esqueta, Alice. A gente gasta e depois dá um jeito de repor a grana. Um ano é muito tempo. Eu vou ganhar também, não é?

— Óbvio. Por que ele ia dar presente só para mim?

Na sala de estar, Mauro continua servindo as bebidas e Lívia oferece uns salgadinhos.

— Acho que a Alice gostou bastante...

— A sua neta é bem bonita, não acha, sr. Walter?

— Você, Lena, se parece mais com a minha família do que a Lívia, que lembra mais a mãe dela.

— Dizem mesmo que sou a cara da minha mãe. Não sei. Para mim eu e ela somos diferentes. Tenho, inclusive, uma foto de vocês dois, num jardim. O senhor está de pé, veste uma calça de linho branca e um *blazer* escuro. Ela, sentada, de vestido de organza, ou *chiffon* talvez, com um chapéu de aba virada. Pena que a foto não seja colorida. Era da lua-de-mel, acho, 1931. O senhor usava um bigode grosso e curto. Adoro essa foto, vocês eram tão lindos.

— Não me lembro, Lívia.

— O senhor fumava na época.

— Quando fiz as contas do dinheiro que eu gastava por mês em cigarro, desisti.

— Além de fazer mal para a saúde. Mamãe morreu tão cedo. Era emotiva demais, também.

— A emoção, Lena, faz tão mal quanto o cigarro. Ainda há pouco, quando entrei aqui e vi vocês, tive de me controlar. Meu peito tem doído um bocado ultimamente.

— Verdade, pai? Conosco também, não é, Lena? Senti aquele nó na garganta.

— Aceita mais um uísque, Sr. Walter?

— Com água e bastante gelo, por favor. Que calor está fazendo hoje. A Traute vai estranhar. Saímos de menos um grau para... Quanto foi hoje?

— Trinta e três. No Rio fez 42.
— Que país privilegiado, este, com sol e luminosidade todos os meses do ano.
— Por que o senhor não vem morar aqui, sr. Walter?
— Não. Sofri muito no Brasil. Nem a Traute gostaria.
— Ela tem muitos parentes na Alemanha?
— Uma sobrinha casada, sem filhos. Mas tem várias amigas, ex-colegas de trabalho, gente que conheceu a vida toda. Fazem compras juntas, se visitam todas as semanas. Nós nunca nos casamos porque ela perderia a pensão que o marido lhe deixou. E, na nossa idade, casar seria bobagem. Ninguém sabe o que o futuro nos reserva. Por isso é preciso não esbanjar. O que salvou minha família na guerra foram as economias.
— Mas para o senhor, papai, na sua idade, o futuro é hoje. É amanhã.
— Oi, vô. Eu sou a Dora. Fico longe por causa da cachumba.
— Quantos anos você tem?
— Dezoito.
— E sua irmã?
— Dezesseis.
— Veio buscar o seu envelope, não é?
— Que envelope?
— Sua irmã não contou?
— Ela só me disse que ganhou um presente.
— Aproxime-se. Na minha idade já não pego cachumba.
— Ah, vovô. Obrigada. (*Beija o avô no rosto*)
— Gostou?
— O senhor nem sabe quanto.
— Se economizar, ano que vem ganha mil.
— Certo, vô.
— Posso tomar um gole do teu uísque, Mauro?
— Não. É melhor que você volte para a cama.

— Tchau, vô. Adorei.
O velho põe a mão no coração e geme.
— Será que o papai está se sentindo mal, Lena?
— Quer que eu chame um médico, sr. Walter?
— Não, Mauro. Não valho a consulta. Essas dores são de velhice mesmo. Infelizmente, o motor está falhando.
— Temos um médico amigo, um vizinho... Mas olhe só quem está chegando. Esse é o Joca, o namorado da Dora.
— Muito prazer, sr. Walter. Oi, Lena, oi, Lívia. Vou ver a Dora e volto.
— Espere, Joca. Tenho um livro aqui na biblioteca para você. Venha comigo.
Os dois saem da sala e cochicham qualquer coisa. Mauro disca várias vezes um número de telefone. Joca atravessa a sala de estar e vai para o quarto da Dora.
— Não acha que o papai está mesmo na hora de voltar para o Brasil, Lena?
— Claro que eu acho. Seria mais fácil para a gente cuidar dele se ficar doente...
— Semana passada, dei o nome de vocês duas, no Banco da Suíça, para receberem minha herança, depois que eu morrer. Mas, se não se comportarem bem, retiro o nome de vocês e deixo tudo para a Traute.
— Ela sabe que o senhor deixou os nossos nomes no Banco?
— Sabe. Ela me acompanhou. Não precisa de nada. Tem o suficiente.
Joca entra no quarto de Dora. Eles se abraçam carinhosamente.
— A tia Lena tem razão. O velho é o maior pão-duro. Me deu quinhentos dólares. Se ele é tão rico quanto diz por que não nos deu mais?
— Não reclame. Ele podia não ter dado nada. O meu

nunca teve quinhentos dólares para me dar. E fique bem quieta. Não fale. Estou com saudades de você. Vamos namorar um pouquinho?

É melhor que a gente apague a luz do quarto de Dora. Ninguém quer ser indiscreto, é ou não?

— Estou morrendo de calor Lívia.

— Abra a janela da cozinha, Lena, para fazer corrente. Se bem que as árvores estão paradas, nenhuma folha se mexe. O tempo parece que parou.

— Ah, minha filha, um minuto não dura mais do que um minuto. Depois dos setenta, percebe-se claramente isso. Às vezes, quando estou sozinho na sala, quieto no meu canto, ouço meu sangue correr nas veias, tenho a noção exata de cada pulsação do meu coração, sinto o tempo entre uma e outra. Todo dia fico alegre de ainda estar vivo.

— A maioria das pessoas não pensa nisso, não é, Lívia?

— Mas estou ficando cansado e perdendo o interesse pelas coisas. Antes de ficar senil, quero explicar para vocês duas a minha separação da sua mãe. O porquê de eu ter me afastado de vocês...

— Não precisa, papai. Tudo aconteceu há tanto tempo. Ninguém deve cobrar ninguém. Se a mamãe estivesse aqui talvez até pudéssemos falar no assunto. Agora que está morta... Não sei o que a Lena pensa, mas eu preferiria que...

— Que falássemos de outra coisa. Todos nós já tivemos casamentos que não deram certo e sobrevivemos. Aprendemos a viver sozinhas, a vencer as dificuldades, a tentar ser felizes. Apesar de tudo.

O sr. Walter, de repente, engasga-se. E as filhas se entreolham sem saber o que fazer. Lena pega os braços do pai e os levanta e abaixa várias vezes.

— Olhe para cima, papai.

— Passou, Lívia. Engasguei. Quando fico nervoso, me acontece isso.

— Coma um salgadinho e tome um gole. Vamos. Conte para nós o que faz o dia inteiro naquele país gelado.

— Minha vida é boa, Lena. Acordo muito cedo, mas fico esperando na cama até a Traute acordar. Ela me dá o café e eu leio jornal a manhã toda. Uma amiga nossa traz jornais velhos, que os colegas de escritório já leram. E a Traute gosta de fazer palavras cruzadas. Às onze horas ela me prepara um aperitivo e ao meio-dia almoçamos. Depois, durmo até as quatro horas, mais ou menos. Aí, ligamos a televisão. Tomo um lanche às sete horas. Assisto a um filme ou a uma partida de futebol, a Traute adora futebol, não perde um jogo, e antes da meia-noite vou dormir. Em geral antes dela.

— Já está com fome, papai?

— Não. Estou bem.

— O que vamos ter para jantar, querida?

— Pernil, Mauro. Com abacaxi e ameixa.

— Boa idéia. Assim seu pai pode matar as saudades da comida brasileira.

— As minhas filhas também apreciam ouro?

— Como assim?

— Não entendi, papai.

— Ouro.

— Em geral, tenho jóias de prata. Acho a prata um metal muito bonito. E você, Lena?

— Prefiro ouro.

— Olha o que eu trouxe para vocês.

— Uma moeda de ouro para cada uma. Que gentil. Muito obrigada, papai.

— Obrigada. O senhor não precisava se incomodar. É linda.

— Quero mostrar para vocês que vale a pena me receberem.

— O senhor está confundindo as coisas, papai. O senhor será sempre bem-vindo, com ou sem moeda de ouro. Vivemos até hoje sem elas, não é, Lena? O importante é que venha nos ver, que seja um pai para nós. Em criança eu sonhava que o senhor entrava no meu quarto e me dava um beijo, antes de dormir.

— Vocês foram ingratas, não me procurando. Anos a fio, eu me senti o pior dos homens, sem mulher e sem filhas. Só Deus sabe o que eu passei (*enxuga os olhos com o lenço*). Se eu não tivesse me casado três vezes, não sei não.

— O senhor não ter vindo me levar para o altar, no dia do meu casamento, me magoou muito, sabia? E pode ser, até, que isso tenha estragado tudo. Comecei mal minha vida de casada.

— Eu ia gastar um dinheirão à-toa, por um capricho social? Na Suíça não damos valor a essas bobagens.

— Por favor, Lena e papai. Nada de cobranças. Está na hora de compreensão mútua. Vamos olhar um para o outro sem ressentimento, sem mágoa, suportando nossos defeitos, como pais e filhos devem ser. O nosso reencontro merece um brinde. Daqui para a frente seremos uma família. Papai passa o Natal conosco e depois o 31 com vocês, Lena. Todos os netos vão ficar felizes de ter o avô suíço por perto. Está vendo a rainha-do-abismo, papai? Quem diria que essa raiz árida e seca é capaz de dar uma flor rosa? Pois dá. Espero que ela brote logo — vai nascer daqui, ó — para que vocês possam ver a beleza que é. Nós também talvez possamos tirar alegria do nosso relacionamento.

Depois do jantar. Mauro, que levara o sogro para o hotel, acabou de chegar. As irmãs ainda estão conversando.

161

— Falou bonito, hoje, hem, Lívia? Quase me emocionei. Mas o velho não entendeu nada do que você disse.

— Engano seu, minha cunhada. No caminho, ele, por mais de uma vez, se mostrou contente de ter sido bem-recebido. Vocês têm de entender, as duas, que ele é meio desajeitado na maneira de falar e de dar presente. Ele podia não ter dinheiro e dar uma lembrancinha para cada uma. Um vidro de perfume, por exemplo. Acontece que ele não sai mais de casa sozinho, depende da mulher para tudo e, como ela não conhece vocês, ele deu o que aprecia, o que gosta. Deve ter guardado durante anos essas moedas. Cada um mostra afeição à sua maneira.

— Você vai dar alguma coisa para ele, Lívia?

— Claro. Vamos comprar um presente de aniversário. Um pijama. Ou uma camisa de manga curta para o verão. Qualquer coisa.

— Eu faço o bolo.

— Muito bem, minha irmã. Agora vamos dormir que eu estou exausta. Foi emoção demais para mim.

— É engraçado, Lívia. Não consigo ainda chamar o velho de pai, mas, de repente, senti um certo prazer em que ele estivesse aqui.

— Tente amanhã, querida. Vai ser bom para você. Boa noite.

Lena foi para o Sul. O sr. Walter teve um jantar de aniversário, com as netas presentes. A sra. Traute gostou de conhecer a família do marido e, mesmo sem falar português, conseguiu se comunicar, por mímica, ganhando a simpatia de todos. Lívia está, agora, na biblioteca, escrevendo.

Lena querida, você se foi há poucos dias, mas quero contar para você que, finalmente, consegui adotar o

velho como pai. Do fundo do meu coração, posso, hoje, olhar para ele sem mágoa. Se nós sofremos com a falta dele, papai também sofreu com a nossa. Estou absolutamente convencida disso. Nossas diferenças culturais são tantas. Ele é e sempre será um suíço. Não sei exatamente o que isso significa, mas admito que não somos iguais. E isso é importante que se reconheça. Não somos, minha irmã, nem melhores nem piores. Fomos criadas à maneira brasileira, ponto. E não me peça para definir nada. (Talvez eu possa entender, agora, porque gosto tanto de queijo e de batata.).

Aquele buraco enorme que eu sentia em algum lugar dentro de mim, parece que não existe mais. Foi preenchido. De repente, acordei de bem comigo e com o mundo. Coincidência? Sei lá.

A cachumba da Dora se foi — ela e o Joca vão para aquela praia da Bahia. E a Alice está radiante porque passou nos temidos exames da Escola de Arte Dramática.

Mauro e eu pretendemos passar o Reveillon *no Rio. Receba o velho de braços abertos, minha irmã. Ele é boa praça. E a Traute, uma criatura fora de série.*

Telefono para vocês dia 31. Por enquanto, a turma de cá beija carinhosamente a turma daí. Feliz Natal.

Lívia

PS. Ah, ia me esquecendo, a rainha-do-abismo brotou. Linda.

De Cheiro de amor

NADA A LASTIMAR

Para
Eva e Zara

PP tem várias providências a tomar nos próximos dias. Levantou cedo, bebeu o café, com leite em pé mesmo, vestiu uma jaqueta de lã, pegou o elevador e se dirigiu à garagem. Trazia nas mãos as cinzas de Ted. O querido e inesquecível Ted. Quarenta e três anos de companheirismo. Quem diria. Morarem juntos tanto tempo. Nem a mãe acreditou. Ninguém.

Eles se conheceram nos Estados Unidos. Ted trabalhava num Banco. Bonito como o Clint Eastwood. Aliás eles se pareciam, ambos altos e magros, os olhos azuis. Mas Ted era delicado, elegante. Um lorde. Mudou-se de mala e cuia para o Brasil.

Seu último pedido: queria que as cinzas fossem jogadas num caramanchão do clube onde tantas vezes se sentaram para descansar dos exercícios. Setenta e cinco anos bem vividos, nada a reclamar.

Derradeiro remanescente de família norte-americana: quem ia autorizar a cremação? Ted deixou instruções por escrito. Não que pensasse em morrer, pelo contrário: achava que ia viver pelo menos mais uns dez anos. Acontece que numa noite fria, eles estavam tomando vinho tinto e uma sopa de cebola, quando Ted soube que seu único irmão não vivia mais.

A quem interessar possa, declaro que desejo ser cremado. E assinou. Uma brincadeira valiosa, jogada no fundo de uma gaveta. Como é que PP a descobriu? Procurando os documentos de Ted, encontrou o pedaço de papel dentro do passaporte.

Ele nem ficou doente. Um pouco esclerosado, talvez. Saía para comprar açúcar e na primeira quadra já se esquecera do que ia fazer. Voltava para casa meio desarvorado. O que é mesmo que eu tinha de comprar? PP seguia-o, às vezes, de longe. Uma tarde encontrou Ted sentado num banco, do lado de fora do supermercado, o tormento visível no rosto contraído. Ele queria se lembrar de alguma coisa e não conseguia. O quê?

PP fingiu que o encontrara por acaso. Vinha da ginástica e resolveu comprar salmão defumado para o jantar.

– Eu adoro salmão. Boa idéia.

Imagine se, depois de tantos anos, PP não sabia que o outro gostava de salmão. Mas Ted repetia, como se tivessem acabado de se conhecer. Aliás, ele era cheio de pequenas manias desse tipo. Bastava passar em frente de um prédio qualquer, para dizer: faz tempo que não convidamos fulano. Ou então contar pela milésima vez que naquela rua morava não sei quem, que conhecera não sei onde. Assim, como se a notícia fosse fresquinha.

Morreu dormindo. PP nunca pensou que fosse sentir tanto a falta dele. Sem Ted o apartamento era uma caixa oca. Um grito calado. PP zanzava pela sala, os quartos, a cozinha, os passos ressoando no assoalho. Ia pôr carpete em tudo, para enganar a solidão. Ted era alérgico a carpetes. Sempre voltava das viagens com crises de asma ou de rinite. Agora que ele não estava mais ali... Não, não trairia o Ted nisso. O máximo que ele faria: tirar os sapatos, andar de meia ou de chinelo, como os franceses fazem para não incomodar os vizinhos. Os passos não vão mais denunciar que está sozinho. Só. Solito. Ai, que pavor.

Desde que Ted se foi, PP não suportou mais se sentar à mesa para comer. Preferia arrumar uma bandeja e levar para o quarto. A tevê ligada. Chegou a dormir vestido e sentado na poltrona.

Agora ia cumprir o pedido feito num sábado, de manhã. Os dois se sentaram no caramanchão coberto de primaveras vermelhas.

— Jogue minhas cinzas aqui, está bem? É um bonito lugar para se jogar as cinzas de alguém.

PP reconheceu que sim. Claro. Ted tinha razão. Mas quem disse que ele ia morrer antes?

— Tenho dez anos mais do que você.

— O que não quer dizer nada. Vamos fazer um trato: se eu morrer antes, você também joga as minhas cinzas aqui.

Ted apertou-lhe a mão, emocionado.

— Ainda bem que eu vou primeiro.

— Emagreci muito. E a herpes pode ser outra coisa, você sabe.

— De qualquer maneira vou antes. Eu não teria forças para o contrário. Já pensou como seria penoso viver sem você?

— Mas eu também não me vejo só.

O horror dos horrores. Nem para um inimigo PP deseja aquilo. Provação demais. Ted já fez a barba? Não ouvi a torneira. E aqueles passos de quem são? Do andar de cima. Alguém está pregando um quadro na parede? Deve ser o... Não é, não. Coisa de louco, o tempo todo ele esquece que não pode ser o Ted. Não pode. Será que ele não vai entender nunca? Ted morreu. Morreu!

PP fez um sinal agradecendo ao porteiro que abriu

a garagem. Que idéia ele teria de tudo aquilo? A empregada contou que uma vez ele se atreveu a perguntar se os dois eram parentes. Ela disse ignorar, mas achava que eram primos, dividindo o apartamento, porque a mãe do PP vinha se hospedar ali e tratava os dois como tal. E que cada um tinha seu próprio quarto. A mãe ficava no de televisão.

O corpo de Ted foi levado imediatamente para o crematório. A quem avisar? Longe as noites em que eles recebiam para jantares e coquetéis, e a casa, ou o ateliê, se enchia de convidados. A velhice isola, muitas pessoas mudaram de cidade, de país. O círculo social fora bastante reduzido, PP ia riscando os nomes da caderneta. E não mais do que quinze amigos apareceram. Lila, a mais querida por Ted, teve a gentileza de levar Café, para assistir à cerimônia. O cão ficou de rabo entre as pernas, deitado no banco de concreto. PP escolheu alguns CDs de Gershwin – o compositor favorito de Ted – para tocar, enquanto se esperava a cremação.

O pastor encomendou o corpo em inglês. PP não agüentou e caiu em prantos. Pela primeira vez. Até aquele instante manteve-se firme, afinal Ted não era mais criança e não soube de nada: simplesmente não acordou. Mas não chorou por Ted, e sim por ele mesmo, que ia ficar tão abandonado. Sentiu-se como o cão, que não mais teria o companheiro nos passeios diários. Se um dia PP realmente ficasse doente mandaria... Bom, vai pensar nisso no momento oportuno. O caixão foi baixando, baixando, o chão se fechou. Para sempre.

PP estacionou o carro em frente ao clube, pegou a caixa com as cinzas e atravessou a alameda solenemente. As folhas estavam úmidas de orvalho. Cheiro de terra molhada exalando dos canteiros. Àquela hora, o movimento ainda não começara e PP pôde chegar ao caramanchão, sem encontrar nenhum conhecido – suspirou aliviado. Odiaria encontrar quem quer que fosse. Aquele gesto tinha de ser unicamente dele, sem testemunhas nem expressões piedosas. Limpou um pouco o banco antes de se sentar e ficou ali, à toa, engolindo, emocionado, a sua enorme tristeza. Depois, levantou-se, abriu a caixa e espargiu as cinzas, devagar, no pé da primavera e no canteiro em volta. Quem faria isso com as dele? O relógio marcava sete horas da manhã.

Chegou em casa disposto a separar todas as roupas de Ted para dar aos pobres. Mas não conseguiu. Olhou aquele armário tão cheio do companheiro, e desistiu. Esvaziar para quê?

Amanhã começa a organizar outras coisas, mais importantes. Primeiro vai ao médico. Precisa, talvez, de um regime alimentar e de recuperar peso – ele se olhou no espelho, espantado. Sou eu, aquele ali? Essa múmia ambulante? A calça franzida pelo cinto, os ombros caídos na camisa folgada.

Os dias eram curtos para tantas providências. Mas, aos poucos, tudo ia se arrumando. O afilhado viera almoçar.

– Desta sala, quais os quadros de que mais gosta?

– Em geral, gosto de todos. Mas prefiro, realmente, este desenho que você fez da minha mãe, aquele azul que você pintou e o Volpi.

Tirou-os da parede, imediatamente.

– Para mim?

– Presente.

– Que loucura. Muito obrigado.

Para a amiga Lelena empacotou a tela do Bonadei.

– Você recebe tanta gente, Lila, tenho certeza de que o Ted ficaria muito alegre de que nossas bandejas de prata e o bule inglês viessem para cá. Vão ser muito bem aproveitados.

– Mas e você?
– Eu não vou mais convidar ninguém.
– Todo mundo esquece a dor, PP.
– Por favor, aceite. Me dê essa alegria.
A amiga, para disfarçar os quilos a mais, usava uma camisa solta de seda sobre a malha justa preta.
– Você hoje está parecida com a Judy Garland. Ela se vestia assim.
– Você quer comer o quê??
– Só um pouco de massa. Ando com o estômago em pandarecos. Gastrite.
– E para beber?
– Nada, meu bem. Tudo me incomoda.
Mais tarde, passou na casa de outra amiga. Ela não estava. Escreveu um bilhete, que colocou em cima do porta-retrato, com a foto dele e do Ted, abraçados, numa das viagens que fizeram a Veneza. "Para você se lembrar de nós, Rosa. Um beijo, PP".
Quanto a Café, puxa, não tinha jeito. Pagaria o sacrifício. Uma injeção e pronto. O cão não ia sofrer.
Para Mercedes, a discreta Mercedes, daria dinheiro para comprar a sonhada casa. Afinal, cozinhou, lavou e cuidou de PP e de Ted por quase dez anos. Assinou o cheque, nominal, que ela encontraria no dia seguinte. Resolvido.
E com os outros quadros, o que faria? Não ia tomar providência alguma. A mãe e o irmão que decidissem. A essa altura, não podia cuidar disso. Só se pusesse fogo. Não era uma solução? Mas o trabalho que teria para tirá-los do ateliê... Que ficassem lá. Paciência. Vendeu tão poucos nas muitas exposições. Não fosse a louça, que desenhava e fabricava, teria passado fome. E a verdade é que ele acabou mais empresário do que pintor, ainda que pintasse – o melhor momento – quase diariamente.
Logo após a médica confirmar o pior – estava com Aids – uma série de documentos devia ser tirada. Era

preciso facilitar o inventário para a mãe, tão velhinha, e pegar os extratos bancários, com os saldos, as aplicações financeiras. Ele, que sempre batalhara pela estabilidade, encarava tudo com tamanho desprezo! O que aconteceu? O que mudou? Quando as coisas eram feitas pensando no futuro, valiam a pena. O futuro acabou. Não existia mais para ele, porque perdera Ted e porque... O gerente quis lhe vender um seguro de vida. PP teve um acesso de riso.

— Existe seguro de morte?
— Quê?
— Brincadeira.

Quando? Como? E isso interessa? Claro que não. Está doente e pronto. Se foi há dez, cinco ou dois anos qual a diferença? Saía para fazer seus programinhas e Ted não se importava. Não que tocassem no assunto, não tocavam. Mas era óbvio que ele fingia que não sabia. De uma determinada maneira, foi bom que a sua doença só agora tivesse sido confirmada. Os prognósticos eram dramáticos. O último amigo que morreu com Aids passou dois anos pavorosos. Câncer aqui, quimioterapia, câncer ali, radioterapia, tuberculose, a pele queimada, os olhos fundos, o pescoço curvo e afundado, a cegueira. Um dia a mulher tomou coragem.

— Por favor, querido. Estou pronta. Pode ir embora.

Ninguém agüentava mais aquela sobrevivência interminável. E o amigo se permitiu ir. Um alívio para todos.

Por isso, ele tinha de se apressar.

Aquela quinta-feira seria a última. O futuro foi ontem. Hoje é o fim. Vai levar Café para a clínica – o cão parecia adivinhar o que ia acontecer, o olho comprido, a pálpebra lenta.

— Não adianta, Café. É para o seu bem. Você não vai sentir saudade. Não passará fome, nem sede. Foi bom enquanto durou, companheiro. Se existisse cremação para cachorro, eu jogaria as suas cinzas junto com as nossas. Como não há, não me resta alternativa.

PP estacionou o carro, abriu a porta e esperou.

— Vem, Café. Vem — colocou-lhe, delicadamente, a coleira.

O cão imóvel. Como se não tivesse ouvido.

— Por favor, não torne as coisas mais difíceis.

PP viu que um casal se aproximava, inclinou-se sobre Café, afagou o pelo macio, fez cócegas na orelha e, finalmente, com os olhos cheios de lágrimas, deu-lhe um beijo.

— Venha, meu amigo.

O cão obedeceu. Rabo entre as pernas, cabeça baixa, seguiu PP até a sala de espera. O casal recebia seu pequinês: a operação fora um sucesso.

Café nem se voltou para o semelhante, olhos fixos no dono.

O veterinário pegou o recibo, já assinado, e prendeu a coleira com firmeza. PP enfiou o papel no bolso, deu-lhe as costas e, quase correndo, entrou outra vez no carro. Não podia se arrepender. Não podia.

Às oito horas da noite, antes de sentar-se no sofá, serviu-se de uma tripla dose de uísque. Despedia-se, calmamente, da sala, dos quadros, da paisagem noturna.

Depois, tirou do armário o terno Armani cinza, a gravata preta, a camisa de listras, as meias e o sapato, esticando-os na poltrona do quarto — a carta, fechada, guardava as recomendações extremas.

"Mamãe querida, desculpe, mas não tive outra saída.

Procure o dr. Américo, meu advogado, lembra-se?, que ele tem meu testamento e todos os documentos dos imóveis. O João, que jamais gostou de mim, vai finalmente engolir o preconceito. Ele, que sempre foi um perdedor, ficará rico às custas do irmão que tanto odiou e de quem teve tanta vergonha. Pois é, que ironia. Eu podia ter feito uma fundação, doado os bens para um museu ou uma instituição de caridade. No entanto, deixo tudo para vocês. É tarde demais para vinganças inúteis. E estou muito cansado.

Encarreguei Lila das minhas cinzas. Espero que todos cumpram minhas últimas vontades. Adeus."

Então PP fez uma lavagem intestinal completa, e se vestiu. Não estava triste. Indiferença. Isso o que sentia, indiferença, por mais suprendente que possa parecer.

Quantos comprimidos ele ingeriu, quantos? Ninguém saberia.

O telefone toca. Que mau gosto alguém chamá-lo àquela hora, invadindo sua privacidade.

– Alô.

– Tudo bem, PP? É a Lelena.

– Desculpe, mas já tomei os comprimidos.

– Eu queria convidar você para almoçar aqui em casa, no sábado.

– Não conte comigo. Boa noite.

Cobriu a cabeça com um saco plástico e o amarrou no pescoço.

Dentro em pouco, o retrocesso de sua vida começaria – era o fim. Talvez, quem sabe... Não, não. Evacuava a alma. Nada a lastimar.

De *Cheiro de amor*

ATÉ SEMPRE

Passa e repassa o que vai dizer. Cada palavra, uma armadilha. Não pode se trair em nada. Eles, se é que estão esperando, não devem pressentir a inevitável falta de equilíbrio. Sorrisos – a arma secreta. Um encontro de gente que não se vê há muito tempo. Quanto? Não importa. Mais do que pensaram todos. É claro que ela já teria voltado se... E daí? Não, eles não se atreveriam a cobrar a demora. Seria um desastre. De qualquer maneira, diga o que quiserem, pretende não se deixar atingir. Simples questão de cautela, de ambas as partes. Quem jura que... Basta. Não agüenta mais. Está cansada. Cansadíssima. Pensou e escreveu tanto sobre o assunto: ensaios inúteis e exaustivamente repetidos. Cada vez descobre a perda de algum detalhe relevante. Precisa tentar de novo. E mais uma vez. Ainda outra. Hoje, decidiu sair da imaginação para a realidade. Entrar na casa em vez de imaginar a casa. Eis a diferença. O ato de viajar, de fazer as malas, de vencer a distância distraindo-se aqui e ali com descrições minuciosas, sempre retardaram ou impediram o momento da chegada. Um dia, talvez algum crítico julgue que o mundo dela foi pequeno e restrito, não despertando o menor interesse. Concorda plenamente.

A partir de agora não se chamará Rosa, Clara, Norma, Carla, Suzana, Cássia, sabe lá Deus mais o quê. A decisão está tomada. Nem inventará histórias. O seu nome: Eva Becker. Nenhum outro, de mentira. Apenas Eva Becker. Não é, querida? – decidiu-se a descer do carro. Eva Becker. Goste ou não. A cara refletida no espelho de mão lhe pareceu gasta, amassada, as pálpebras dependuradas pela falta de sono. Como é que podiam dizer que ela era bonita? Os homens são falsos. E ela detesta espelhos. Decididamente.

Olha ambos os lados da rua deserta, e reconhece o ruído do portão enferrujado. Nunca inventou o som estridente, que destoa do silêncio do cenário: a harmonia, quebrada. Existia de verdade. O poste da entrada, aceso? Uma idéia nova, para refletir: alguém que espera a morte apagaria a luz todas as noites?

É lamentável o estado da passagem: as bananeiras engordaram. Ela afasta um a um os grandes leques verdes, com pena, algumas folhas se rompem ao mais leve toque da valise. Ouve os sapatos pisando nos seixos redondos de pedra, desses de beira de rio, enquanto desfaz as teias de aranha sensíveis que se encolhem rapidamente. Uma dificuldade atravessar aquele caminho sombrio e inóspito, e depois subir os degraus da escada, cobertos de um musgo mimoso que por milagre brotou no tijolo de barro, tomando cuidado para não o machucar. E o perfume? Reconhecia aquele perfume enjoativo de mato úmido.

A chave não estava na maleta, nos bolsos, na sacola de couro. Nervosa, repete a operação. Afinal de contas não era dessas chaves pequenas que se perdem à toa. Uma chave grande. Enorme. Não ia sumir.

Alguém espiona na janela vizinha? Eva sente o bafo quente. Bufavam nas suas costas – ela se virou rápido, assustada. Ninguém. A chave: na bolsa externa da valise. No lugar mais óbvio. Gabava-se do seu lado prático e foi se atrapalhar por tão pouco. Uma eficiência de executivo, de administrador de empresa de dia; à noite, o mundo da fantasia, de onde, às vezes, saía com esforço. Levou uma semana, há alguns anos, escrevendo. Não comeu, não tomou banho. Mastigava cenouras e dormia de bruços sobre a mesa. Ao passar a limpo o que pensou ser um livro, soube que tinha entrado num processo de loucura, de delírio. A tentativa de se colocar na pele de um homem, um equívoco. Não conseguiu se comportar como o homem que ia tomar posse da propriedade abandonada da família e descobre os apetites sexuais da avó, através de cartas e fotografias. O tema de sempre. Uma fixação.

Eva abre, finalmente, a porta, sem tocar a campainha. Avisou que vinha e sabia onde era o interruptor de louça branca. Em criança, ficava na ponta dos pés para girá-lo. Laço de fita no cabelo, a menina sorriu para ela, tímida.

O cheiro de mofo não impediu o prazer de rever o monograma da família nas estampas do gorgorão desbotado das almofadas e da cortina. Ali a avó recebia os inquilinos que apareciam para pagar os aluguéis, os antigos empregados trazendo ou recebendo presentes, a costureira para experimentar vestidos, os vizinhos. Naquela saleta eram montadas as árvores de Natal.

Refletida nas bolas douradas, a menina de olhos esbugalhados acendia as velas coloridas e torneadas. A árvore crescia assustadoramente na sombra da parede. Trêmula, apavorada, deixava cair os fósforos nas tábuas de madeira a todo instante.

Eva sentou-se, suando. Odor esquisito de lenha queimada. Teria coragem de enfrentar tudo? Ah, aquelas gravuras inglesas e o mapa quinhentista do Brasil com as indefectíveis manchas amarelas. Um milagre, que existissem. Ainda. Quanta poeira – largou a valise e a sacola, com delicadeza, no assoalho. Uma barata correu assustada. Ela odiava baratas. Pânico incrível de que viessem passear sobre a sua boca, enquanto dormisse. Se uma barata subisse pelas suas pernas – levantou-as instintivamente. Ridículo ficar assim, de pés erguidos, se tinha o resto da casa para ver, e eles... Eles... Quase se arrependia da vinda. Arrependimento curto, porque enfrentaria a situação, por pior que fosse – respirou fundo. Estava decidida.

No fim do corredor escuro a sala ampla, com o piano e a mesa de jantar, e o alpendre de janelas de vidro. É só passar reto, sem se deter nos quartos. Os desafios sendo vencidos aos poucos.

No primeiro quarto, o da direita, dormia o tio moreno, que gostava de desenhar a Lana Turner. A folha de revista pendurada na parede e ele tentando copiar, a lápis, a mulher dos seus sonhos.

– Que tal te parece, Eva?

Ele lambia o retrato com uma expressão lasciva.

– O olho está um pouco vesgo, tio.

Ela se sentava na cama de ferro alisando as flores da colcha de seda. Na porta do espelho do armário, escuro e pesado, comprovava que podia ser filha ou neta da vampira de vestido preto, enquanto o tio abaixava e levantava a cabeça a cada traço, o lápis arranhando o papel sépia. E ela sentia um calor estranho no corpo. Como se estivesse doente. Ah, queria tanto que ele beijasse a sua nuca, naquele momento, e não depois, na frente de todo mundo, às gargalhadas, ela roxa de vergonha. Subia a saia lentamente, olhos fixos no tio, com medo que se voltasse e a pegasse em flagrante, a calça molhadinha, o rosto em brasa.

Parecia que todas as mulheres da cidade telefonavam para ele.
— O Herculano está? — as vozes melosas e sensuais.
— Ainda não acordou — mentia descaradamente.
O tio nunca desconfiaria porque era um dorminhoco da pesada. Os recados eram deliberadamente esquecidos nos bolsos. Se ele perguntasse... Fiscalizava-o, de longe. Quantas vezes ia deslizar o pente daqui para lá, de lá para cá até o topete assentar perfeito? Ele se penteava assobiando, como se o assobio ajudasse a fixar o cabelo. Um deslumbramento, isso o que ele era. Principalmente no roupão grená adamascado com que molhava os vasos de violeta e dava alpiste para os passarinhos. Preguiçoso, mal abria o jornal — não era muito ilustrado o tio — piscava para Eva, que o seguia nos menores gestos, e sentavam-se no alpendre, os dois, escolhendo o que fazer. Às vezes ele, que tinha habilidades manuais, ficava a tarde toda lixando um pedaço de madeira que tanto podia vir a ser o casco de uma miniatura do navio ou as asas de um aviãozinho. Eva grudava na mesa, tinindo de felicidade porque ele não saíra, apesar das reclamações veladas de todos. Um homem daquela idade não trabalhar, vivendo às custas da mãe! O roupão adamascado escorregava e ele cruzava as pernas peludas com um movimento vagaroso. Por quê?
— Alô... Sim, sou eu, querida — aveludava a voz. — Que saudades.
Eva segurava a respiração para ouvi-lo marcar encontros. Qualquer hora uma mulher descobriria a outra e ele ia ficar na mão, sozinho. Sem sair de noite.
E aconteceu. O tio passaria um mês de cama, com febre, gemendo. Um silêncio sepulcral na casa. O Dr. Koeller vinha vê-lo, de vez em quando, para acalmar a consternada avó.

Eva não o largava um minuto, a desculpa de seguir uma receita, tiro e queda, na língua: aplicar freqüentemente batata fria na testa. Cortava as rodelas devagar, para que ninguém a obrigasse a sair do quarto, substituindo fatias quentes por frias. Que aliviava a dor de cabeça não havia dúvida.

– Essas mulheres imundas com quem ele anda... deu nisso... Tomara que não deixe seqüela... Tão sadio o Herculano...

Cochichos esparsos. Doença que ele pegou com mulheres? Apiedou-se da vítima e não a abandonou mais, apesar do fedor de pus que enchia o quarto. Na hora de dormir, encostava o rosto na cara do tio, demoradamente, como se quisesse absorver um pouco da febre, da doença infecta que podia matar o seu... A sua paixão. Aí é que está, gania de paixão pelo tio. Seu primeiro, dos muitos, equívocos amorosos. A primeira frustração.

Não vai ficar ali, a vida toda, sentada, não é, Eva? – soltou um gemido profundo. Abra a janela. Areje a saleta. Você está angustiada e com calor. Veja a tonalidade rosa do crepúsculo, procure os sabiás da rua, ou você prefere assistir a tudo lá do alpendre, antes de...? A buganvília, nos velhos tempos primavera chamava buganvília, continua a subir o muro e se esparramar no jardim do vizinho? E a casuarina que assobiava com o vento? Você gostava dela! Atravesse o corredor, cruze a sala e vá diretamente ao alpendre de vidro. Coragem. Klaus Becker deve estar no quarto. Repita, com ênfase, Klaus Becker, para se acostumar. No quarto da sua avó. O sol está se pondo. Tia Helga, tia Hilda e Hans Sonders certamente foram à missa. Essa vertigem – uma espécie de vertigem, não é? – já passou. Há um pedaço seu em cada canto, em cada fresta, a casa não é mais uma invenção, você está dentro dela para o que der e vier. Não tenha medo. Desta vez, não tenha medo de dizer coisas que possam ser identificadas. Tio Herculano, por exemplo, está vivo, criando porcos numa fazenda no raio que o parta; virou fazendeiro respeitável, pai de cinco filhos. Nunca, mas nunca, lerá um livro seu. Ou será que... A experiência fatídica foi perdoada ou não?

Eva se levanta de novo e outra vez sente tontura. Evidente, há mais de vinte e quatro horas não come. As pernas estão fracas. Decida-se. É chegar na cozinha e devorar o que sobrou do almoço. Eles não devem ter comido até o último grão de arroz. Mas se sentou, rápido. Curioso esse estado de fraqueza. A fome não provocaria o quase desmaio. A angústia, sim. E o pavor dos enigmas. Das tias. Duas irmãs apaixonadas pelo mesmo homem, durante mais de quarenta anos: Hans Sonders. Um homem vistoso, de hábitos e maneiras requintados. Apaixonou-se por Helga em 1945, assim que chegou ao Brasil e se instalou com uma loja de brinquedos importados. Ele mandava vir maravilhas do exterior. Eva ganhou dele uma casa de bonecas. Uma casa aberta, com telhas fixas no teto. Talvez não fosse uma peça de coleção, mas era belíssima. Tinha sete compartimentos. No andar de cima o quarto do casal, com a penteadeira cheia de vidrinhos e objetos de toucador, o banheiro e o quarto de criança. Um quarto delicado, com papel de parede florido; o motivo, um raminho de flores, igual na cortina e na colcha. A menina, na cama, dormia com sua própria boneca. Eva arrumava os móveis, limpava o pó, abria as portinhas dos armários, mudava as toalhas do banheiro. Na sala principal, embaixo, uma dama estática tomava chá com a Sra. Meyer, como era carinhosamente chamada a anfitriã. No hall, a escada e uma única peça removível: um vaso de flores. Na sala de jantar a empregada, curvada sobre a mesa, com os lugares postos – a louça podia ser trocada? não se recorda – e finalmente a cozinha, com seus azulejos azul e branco, o fogão a lenha, as panelas de cobre penduradas. Meu Deus, onde teria ido parar aquela preciosidade? – Eva pensou, comovida. Hans Sonders fez-lhe uma surpresa, num aniversário. Trouxe três tapetes e alguns abajures para completar a decoração. Uma alegria. Há quantos anos não pensa naquele presente? E no entanto fora tão importante para ela. Culpa das complicadas relações entre Hans Sonders e as tias. Ela se recorda de quando ele veio jantar pela primeira vez, para pedir a mão da tia Helga. A família aprovou o noivo, que além de rico era alemão, preenchendo os requisitos ideais. Não demorou e a avó e a noiva partiram para comprar enxoval na Europa. Hans Sonders vinha visitar o quase sogro diariamente. Às vezes, apenas Hilda lhe fazia companhia, tocando piano ou jogando cartas. Colhiam goiabas no jardim, também, enquanto falavam de Helga, dos planos futuros. A irmã escrevia cartas alegres. Mencionava toalhas da Ilha da Madeira, vestidos e taiers franceses, o faqueiro de prata gravado com os agás. Helga era animada e expansiva; Hilda, ao contrário, era calma, meio tristonha, secreta. Mas quem quisesse perceberia os sorrisos meigos, a iluminação do seu rosto quando se acercava do quase cunhado. Tocava os *Noturnos* de Chopin com o coração nos dedos.

O casamento aconteceu na data prevista. Hilda foi a dama de honra, com um vestido branco idêntico ao da irmã, mas sem o véu e o buquê de noiva. O que não fazia a menor diferença. Naquele dia, Hilda casava-se também com Hans Sonders, até que a morte os separasse. Até sempre. E não se incomodou com o resto. Romantismo, altivez e teimosia sempre marcaram presença na família. Ou seria melhor dizer orgulho? Tônica constante.

Ela, Eva, é filha de Hercília, a irmã mais nova, que também tem sua história. Em represália ao casamento da melhor amiga com o homem que amava, uniu-se rapidamente a Klaus Becker, engenheiro recém-chegado à cidade, tendo sido infeliz para sempre. A mãe descansa em paz há muito tempo – finalmente se levanta e abre a janela. Repetir-se certos antecedentes, para conhecer as origens, é imprescindível? Ela não seria, talvez, escritora sem pertencer àquela família, gostasse ou não dela. A mesa estava coberta de pó. Escreveu Eva Becker com o indicador. Que nome é aquele? Seu? Jamais.

Tão interessante a relação de Helga, Hilda e Hans. Duas irmãs de verdade, pelo menos no sentido amplo da fraternidade – Eva sorriu. Quando os pais morreram num desastre de avião, voltando de uma viagem à Índia, Hilda não podia ficar sozinha naquela casa gigantesca e convenceu a irmã e o cunhado a virem morar com ela. As complicações se resolveram por si mesmas, sem sacrifício de ninguém. Hans amava as irmãs, cada uma de um jeito.

Eva sondou novamente o corredor comprido, hesitante. Iria direto ao alpendre – pisou firme na passadeira de lã. Mas... a sala de jantar com aqueles móveis escuros! As empregadas limpavam com pincéis os entalhes torneados dos armários e estantes que preenchiam as longas e altas paredes. Vamos Eva, aceite as emoções, o encontro com o cenário da infância, com o piano. Com você. Doze anos. Estudando o exercício enquanto o tio Herculano, com seu terno branco de linho, o cigarro caindo da boca, se arruma. Eva se apóia numa cadeira, sem fôlego. Que saudades. O tio dá-lhe as costas e desaparece no corredor.

Alguns vidros quebrados do alpendre foram colados dando a impressão de que alguém tentava obstinadamente segurar a casa da degringolada total. Quem? As tias? Hans Sonders? – Eva se sentiu espionada.

– Ó de casa. Tem gente aí?

Hoje é domingo. Foram todos à missa. Apenas o pai entrevado está no quarto. Mais alguns minutos e... Teriam que ficar um em frente ao outro. A idéia horrorizou-a. Sozinha, não. De maneira nenhuma. Preparou tudo, inclusive a chegada num domingo, dia em que ninguém briga. Ou brigava. Ela se sentaria perto dele para conversar banalidades, como se se vissem diariamente. Relataria as peripécias dos filhos, sem tocar na separação do marido. Por que contar? Pouco se conheceram. Seria tão difícil explicar as razões, nem podia sintetizar o que ela levara uma vida vivendo. É ou não? Franqueza estava longe dos seus planos. Não se pode ser franca com aleijados ou moribundos. A mentira, um ato de bondade. Naquele domingo, aos quarenta anos de idade, ela veio visitar a família porque... tinha curiosidade? sentia-se infeliz? Queria inventar uma casa sem porões mágicos, baús de cartas e diários ou surpresas póstumas? Na história que escrevera do homem voltando para tomar posse da casa herdada teve necessidade de inventar uma foto da avó nua. Completa insensatez. Uma avó erótica, lânguida e pelada, a posar para alguém. E havia a dedicatória, que na cabeça dela só podia vir de um amante. Influência da própria família? Pode ser. Ou demência.

A cozinha – foi até a fruteira e pegou uma maçã – já não era a mesma. Quase se sentiu roubando, pois não a reconhecia mais. Apenas a mesa grossa de madeira escalavrada pelo facão continuava ali. Uma mesa de açougue, com cheiro de carne fresca, de muxiba. Escreveu um conto, que jamais publicou, onde a personagem retalhava o pai em cima daquela mesa. Um crime perfeito. Primeiro cortava os braços em pedaços para dar aos cães na rua, à noite. Os cães que latiam desesperados para os transeuntes boêmios. A protagonista ia de casa em casa, distribuindo os ossos, em distâncias razoáveis, para que as partes jamais pudessem ser remontadas. Os cães iam se refestelar com tanta fartura. E os órgãos? Jogados no rio, para os peixes. Do corpo, nem deixar vestígios. Se tivesse o talento da Marguerite Duras...

Eva se espreguiça, tentando afastar a lembrança incômoda. Não gostava daquele conto. E sentia um cansaço. Até dava a impressão de que ela acabara de retalhar alguém, os músculos dos braços e das pernas doloridos. Abre a geladeira. Arroz-doce. Odeia arroz-doce com canela – a sobremesa favorita da tia Helga. E o tio Herculano, do que gostava? De banana frita. Incrível que soubesse.

Está na hora de ver o pai. Treinou muitas vezes o que dizer a ele. Tinha, inclusive, um texto decorado, com inflexão de atriz representando um papel. Mas agora, que estava pronta para... – empurrou a porta devagar.

O pai dormia. A réstia de luz do fim de tarde iluminava a figura magra, de cabeça branca, a calvície lustrosa. Lá está a fotografia da avó, colorida manualmente, na moldura oval. Ela devia ter a sua idade, talvez menos de quarenta: o avô uns vinte anos mais velho, de paletó preto e camisa de colarinho alto e gravata borboleta. Postura imponente e protetora. A avó, baixa, de vestido de seda decotado, com brincos de pingentes compridos e uma flor amarrada no pescoço. O cabelo curto, com grandes ondas, enfeita o rosto bem desenhado e de ar sensual.

Uma empregada – como é que foi esquecer-lhe o nome? – contava, rindo, que o avô fazia vista grossa para as tiradas de chapéu de um admirador, que pela casa passava pontualmente às nove horas, encontrando a mulher prontinha a cuidar das violetas na varanda. Bobagem de empregada maledicente e abelhuda. Não se é bonita, ainda hoje, impunemente. Nem mulher.

    Do que ela se lembra, a avó era muito carinhosa com o avô – Karl querido para cá, Karl querido para lá – e nunca se ouviu uma expressão rude entre eles. Devem ter se amado. Pelo menos é o que sugere a velha fotografia. O avô estava tão sereno. O casal morreu carbonizado, dentro de um avião. De mãos dadas.

    Um bocado romântico, hem, Eva? Mas condizente com o espírito da família. No porta-retrato de prata, a mãe parecia concordar: de chapéu de aba larga, vestido de organza, encosta-se ao pai, de pé, com a mão no seu ombro; no chão, o chapéu panamá. Tão jovens e atraentes. Teriam sido ligeiramente felizes, naqueles anos trinta?

    – Minha filhinha querida, sua mãe não agüenta mais... estou tão fraca... Não consigo nem levantar. Me faça um favor. Pegue no armário minha caixa de jóias... Pegue... Essa aí... Obrigada, querida... Preciso achar meu camafeu... Você gostava de brincar com ele enquanto mamava.... Ah, está aqui... Não deixe que ninguém o tire de mim, na hora...

    – Não fale assim, mamãe.

    – Promete? Ganhei de uma pessoa muito querida, um noivo que eu tive antes de conhecer o seu pai...

    Eva ajudou a colocar no pescoço o cordão de ouro com o camafeu, que a mãe segurava o dia inteiro. A mão esquerda enrijeceu agarrada à querida jóia.

    Eva se encostou à cama sem querer, mas o pai não acordou. Queria ver de perto as mulheres de porcelana, que o avô trazia de recordação de todas as viagens. Algumas tinham utilidade, as verdes, por exemplo, guardavam perfume. Ela adorava aquelas figuras, principalmente os músicos de jazz, os licoreiros. Por certo um copinho de cristal era escondido dentro de algum daqueles bibelôs para o golinho noturno. Ou para os momentos de solidão.

O pai acordava. Os olhos ficaram vermelhos, a boca trêmula, ao ver a filha, de pé, no quarto.

– Como vai, Dr. Klaus Becker?

Ele, que se deliciava com esse tratamento nominal, de brincadeira, tentou dizer alguma coisa, mas conseguiu apenas emitir um som gutural. O derrame estragara o pobre velho.

– Continue a dormir, papai – beijou-o na testa. – Depois eu volto.

Ele puxou-a pelo braço. Eva sentou-se, insegura, na cama. Como iriam se comunicar os dois? Por favor, Eva, não tenha receio, você sabe que ele não a pode recriminar, nem reclamar de nada. Você também não tem direito de lamentar de seus filhos, que estão cheios de queixas de sua atuação, dos seus casamentos todos. É ou não? Quatro maridos, nem sempre simpáticos aos filhos dos outros – dois do primeiro, um do segundo e um do último. Filhos compreensivos. O pai não entenderia a sua quarta infelicidade. A vida conjugal é muito insatisfatória e nem por isso as mulheres saem por aí, mudando de marido. Você é instável, nervosa. De que adianta a sensibilidade se, no frigir dos ovos, não consegue alegria? Alegria com o homem, por causa do homem? As aventuras sempre foram promessas de prazer, que se enfraqueciam aos poucos e você acabava achando que tinha que dar prazer já que não... Puxa vida, quanto tempo perdido. Deixa pra lá. O pai é que interessa agora. E ele não reclamará de nada, pelo contrário. É visível que está contente com a sua presença. Viveu tantos anos sozinho, sem família. Os tios o trouxeram e instalaram no quarto da avó, o mais bonito da casa, para que se sentisse apoiado no fim da vida. Com a sua visita hoje, morrerá em paz. Veja com que sofreguidão ele encara a filha egoísta que o abandonou. O que diria? Tente traduzir. Não dá? Então converse com ele.

– Trouxe um beijo de todos os seus netos, papai. A Margarida entrou na universidade, quer ser veterinária. Que profissão mais louca, não acha?

Ele não reage. O assunto não o atinge, talvez não reconheça o nome dos netos, esqueceu-se deles. Eva acaricia o braço magro e flácido que não se sabe de onde tirou forças para obrigá-la a sentar-se, há pouco. Pele e osso. O caixão será leve – afastou o pensamento, envergonhada. Está esquecendo que não é uma escritora a descrever uma cena, e sim uma filha, diante do pai, pela última vez. Não é da emoção alheia que está tratando. Porque é evidente que se sensibiliza vendo a casa, o pai e os objetos. Um dia, no tempo da guerra, ela se escondeu embaixo daquela cama ouvindo o som de botas na escada e os gritos da avó: esta casa ninguém vasculha. Minha neta está dormindo; para entrar aqui só passando por cima do meu cadáver. Provavelmente vem da avó o seu temperamento dramático, a ênfase na emoção.

Volta-se para o pai, que não tira os olhos dela, credo. Tenta encará-lo com simplicidade, de rosto isento. Como gostaria que o pai se levantasse e vocês fossem juntos ver o fim de tarde lá do alpendre, não é? Os vidros remendados não eram metáforas, não. Os verdadeiros vidros estavam presos com fita crepe, expondo uma pobreza e uma decadência que não existiam lá dentro. O interior da casa mantinha sua dignidade e, fora a saleta, estava limpa, muito limpa. Uma limpeza impecável – ela se levanta, convencida, e empurra delicadamente a veneziana. Era cedo para que ficassem no escuro. Seis horas – o relógio da sala acabou de tocar. O urinol lilás, de louça, estava cheio. Naturalmente uma das tias, na pressa... O velho urinol com florzinhas. Ainda existia – foi lavá-lo no banheiro. O espelho refletiu uma mulher cansada. Era parecida com o pai. Se chegasse aos oitenta teria, talvez, a mesma cara magra e ossuda, os cabelos ralos – sorriu para ele, que retribuiu com um riso de tolo. O silêncio pesava. Era evidente que ele esperava que se sentasse outra vez ao seu lado e assumisse o papel da filha carinhosa que deveria ser.

– A casa está precisando de reforma. Eu tinha esquecido o quanto era bonita e imponente. Mas se ninguém cuidar, vira um cortiço... Tio Hans ou as tias não podiam chamar um construtor?... ir arrumando devagar?... As bananeiras estão invadindo tudo... Amanhã vou examinar... A gente não entrega os pontos, assim. Reage.

O pai ouvia atentamente. Será que entendia?

– É questão de sobrevivência. De dignidade. De orgulho. Os ratos passeiam no teto, as baratas espreitam pelos rodapés. Veja esse assoalho: os cupins estão se refestelando.

Eva sabe que fala da casa para não falar de si mesma. O silêncio do pai, um incentivo. Por que não tenta contar que César foi uma decepção para você, que confiou tanto nele? Você acreditou realmente que, passando a vida a limpo, as relações seriam calmas, sem ciúmes nem blefes. Duas carcaças humanas que se uniriam para sempre, somando experiência, compreensão. Nada de rancores, de fingimentos. A honestidade garantindo o entendimento amoroso. Não avaliou o quanto estavam estéreis as suas possibilidades afetivas. As decepções anteriores bloquearam César e você, que teve pânico também de se ligar demais, de ficar dependente... Ele, por sua vez, demonstrou fastio por uma aproximação mais profunda, impedindo-a de entrar no seu mundo com a desculpa de que era árido. "A uma escritora não interessam os assuntos econômicos." Assim como a literatura não lhe dizia respeito, não é?

Eva suspira. O pai continuava à espera. Do quê? – desliza a mão no braço mole.

Não tem tido tempo de pensar, de refletir sobre a união, a sonhada união com César. Cada um se isolou no seu intocável refúgio particular. Uma pena, ela não queria isso. Ele tentou se integrar no mundo da ficção, ela tratou de ler colunas de economia para a convivência diária. Mas o interesse era superficial. De repente cada um submergia para se esconder em cavernas obscuras e invioláveis.

O pai se agita. Eva ouve vozes. Os tios? Sente-se frágil, indefesa. Levanta-se e vai ao encontro deles.

– Fizemos força para chegar depressa – disse tia Helga, beijando-a.

Que figuras queridas, Eva reconheceu. Hans Sonders distinto, como sempre.

– Já viu o Klaus? – tia Hilda perguntou.

– Estava com ele até agora. Cheguei perto das seis...

– Seu pai melhorou, de uns dias para cá – explicou tia Helga. Depois que chamamos você. Desculpe se...

– Fizeram bem. Ele está tão fraquinho.

Hans Sonders apoiou-se numa das cadeiras de espaldar alto da mesa de jantar. Usava um de seus lenços de seda no pescoço. O paletó, largado displicentemente nas costas, a postura correta, os bigodes e cabelos brancos garantiam ao tio o conceito de homem elegante e distinto de que gozava. Essa coisa de estar ou não na moda é apenas para os pobres de espírito. Não há nada mais ultrapassável do que a moda de seis meses atrás. Eva quase apostava que ele vestia malhas de gola rulê no inverno, e no verão... Camisa de manga curta? Ele não se sentiria à vontade. O estilo era outro.

Helga Sonders examinava a sobrinha com curiosidade. Nem parecia a idade que tem. Tão conservada. Mais gordinha. A única herdeira da família. Ela e Hilda beiravam os setenta, não tiveram filhos: Hans foi contra. Nem ela nem Hilda experimentaram a maternidade.

– Foi ver seu quarto, Eva?
– Não, tia Hilda. Deixei a mala na entrada...
– Você veio por lá? – apontou. – Imagine. Há anos ninguém entra por aquela porta. Desde que o Klaus se mudou. Precisávamos sair com a cadeira de rodas, quando ele ainda podia dar uma volta, ir à missa conosco.
– Por onde vocês...?
– Pelo quarto do Herculano, que dá direto na calçada. Você tem a chave.

É verdade. Todos os quartos ficavam à esquerda, menos o do tio, que tinha entrada independente, para facilitar as saídas noturnas.

– Papai dá muito trabalho?

Uma injustiça o que ela fazia, não aparecendo há tanto tempo, largando-o aos cuidados dos tios.

– Eu é que devia cuidar dele.
– Bobagem, Eva. Nós não temos com o que nos ocupar. O Hans se aposentou. Para você seria um sacrifício. Venha, vamos pegar sua mala.

As tias eram baixas e fortes, como ela, que sentia falta de alguns centímetros a mais. Klaus Becker tinha quase um metro e noventa. Curioso, ele parecia tão menos alto, menor, na cama... Sumia debaixo dos lençóis.

Tia Helga prometeu preparar um lanche enquanto ela desarrumava a mala.

– Meu estômago está roncando de fome, tia.

Até aquele momento, o contato transcorria bem. Fora uma certa aflição que o tio demonstrou puxando incontrolavelmente o lado esquerdo do rosto, o velho tique nervoso, ninguém manifestava qualquer sentimento de mágoa ou de animosidade. O incidente fora esquecido, ou perdoado.

– Posso tomar um banho?

O que ela queria mesmo era ficar sozinha. Reconhecer o antigo quarto de hóspedes onde dormia nas férias. Que prazer! Uma das tias – qual? – pusera uma foto com porta-retrato e tudo na penteadeira. Que fotografia era? Não se lembrava dela – aproximou-a dos olhos. Não se reconhecia naquela jovem tristonha, de cabeça inclinada. E de olhos vazados! Alguém tinha arrancado os seus olhos no retrato, as cavidades vazias... Quem a odiava tanto? Por que a foto fora colocada ali, de propósito? Quem quisera destruir, esburacar os seus olhos? Talvez para que nunca mais escrevesse. Um ódio assustador. Esperou que acontecessem reações terríveis por parte dos tios, mas não previu que... Será que tinha aceitado voltar à casa exatamente para ser punida com aquela imagem? Vãos envidraçados. Isso o que ela sentia. Como se tivesse os olhos envidraçados. Cegos. Tão magra de paixão por Roberto Menendez, o locutor. Paixão pela voz. Quando ele dizia "boa-noite, meus queridos ouvintes", entrava em êxtase. Podia ver-se grudada ao rádio das onze da noite às três da manhã. Ela telefonava pedindo músicas. Cada noite uma personagem diferente. "Para você Consuelo, que me solicitou, Solamente una vez. Apague a luz, ouça com atenção e pense em mim." Enlouquecedor. Nunca em toda a sua vida sentiu o corpo tão sensível. O corpo latejava, da cabeça aos pés. Cafona ou não, latejava de admiração pelo locutor.

Augusto, o primeiro marido, tinha a voz parecida com a de Roberto Menendez. Apenas a voz. Viveram juntos sete anos, por causa dos filhos. Sete anos de rancor mútuo, de decepção mútua.

– Eva! O lanche está pronto, Eva.

O medo horroroso do corredor. Preferia fazer xixi no urinol lilás do que atravessá-lo para ir ao banheiro. E agora, o pânico retornava, incontrolável. Por quê? Entrou na sala quase correndo.

– Preparei o rocambole de carne que você gosta.

– Obrigada, tia Helga. Quem estava tocando piano?

– Nós – tia Hilda baixou a cabeça. – De repente nos deu vontade... O piano precisa de uma reforma.

– A casa inteira, não é só o piano, não – tia Helga acrescentou. – E pare de falar no plural, Hilda. Você não está nervosa.

Hans Sonders puxou a cadeira para cada uma delas e foi sentar-se. Do ângulo de Eva, tia Hilda ficou no escuro, na sombra projetada por Hans. A morte devia ser aquela sensação de pressentimento, de certeza da presença invisível – Eva pensou, sem atinar por quê. Sentia agora, mais do que nunca, pavor de ser inquirida pelos tios ou de que o pai morresse nos seus braços. Não conhece a morte real, mas já escreveu muito sobre ela. Talvez para chegar perto. Premonição de que vai viver pouco.

– O rocambole está delicioso, tia Helga.

Ela fixa o marido, envaidecida.

– Maravilhoso – tia Hilda reforça o elogio.

Do quarto vem um gemido alto.

– Cada vez que o Klaus sente que estamos à mesa ele se faz lembrar – tia Helga avisou.

– Ele já jantou, tia?

– Demos sopa para ele – tia Hilda confirmou.

Era evidente que ambas dividiam as responsabilidades – Eva sorriu – e o mesmo homem, que deve ser fora do comum para manter as irmãs apaixonadas por tantos anos. Um estranho e generoso amor – repetiu em pensamento a última frase do conto que causou a ruptura com a família. Naquele tempo, desconhecia as conseqüências de se publicar uma história verídica, onde os personagens pudessem se reconhecer, apesar dos nomes trocados. Os tios se defenderam. Sentiram-se nus, na calçada. Ela descreveu com detalhes os três quartos, um após o outro. Dirceu escolhia a Marília que quisesse para dormir, e equilibrava as freqüências. Às vezes premiava as duas. Ninguém imaginaria que a história fosse real. Dera, inclusive, um tratamento doloroso ao conto, de maldição de amor, de fatalidade. Entretanto, os protagonistas ficaram magoados. Parece que é uma regra, as pessoas não devem jamais se identificar, daí a necessidade de se inventar pistas falsas, uma gravata borboleta em quem nunca a usou, um defeito físico para quem não tem. Sobre tio Herculano jamais conseguiu escrever. Confessar o amor por ele justificaria, para algumas pessoas levianas, a existência de incestos nos seus vários livros.

– Em que você está pensando, Eva? – tia Helga interrompeu-a.

– Em nada. Quer dizer, em tudo. Me lembro de tantas coisas aqui...

Hans Sonders não fala. Mastiga lentamente, como se estivesse longe. O tique nervoso que lhe dera uma trégua, recomeça; a cara repuxa intermitentemente. As tias trocam olhares.

– Hilda, quero pão.

Ele pediu para Helga, mas chamou-a de Hilda. Uma simbiose compreensível, pois nenhuma das duas deu demonstração de se incomodar com a troca.

– Você quer manteiga, também, tio Hans?

Ele fingiu não ter ouvido.

– Desculpe, querida, ele anda meio atrapalhado da

cabeça. Está tomando uns calmantes que o deixam confuso – tia Hilda explicou. – Só aceita o que nós damos, só ouve o que nós falamos.

– A sua presença abalou-o, acho. Não estamos acostumados a receber visita – tia Helga acrescentou. – Nem sei se ele reconheceu você.

Ah, então era isso. O olhar de Hans Sonders perdia-se dentro dele. Olhava sem ver.

– Desde quando ele...
– Ah, faz tempo. Mas não nos incomoda.

E Eva não ia contar nada? Era evidente que as tias esperavam dela mais conversa e menos observação. Queriam diálogo com a sobrinha, ela não entende?

Silêncio constrangedor. Eva decidiu, então, contar novidades dos filhos, de César, que elas nem conheciam, do apartamento. Falou por paus e por pedras, como se quisesse rechear a casa de assuntos, de palavras, preenchendo a mudez do pai, o avoamento do tio. As irmãs devoravam deliciadas o que ela dizia, alimentando o papo com perguntas insistentes. Queriam saber mais e mais, para acreditar que tinham de fato uma família com sobrinhos-netos casados e pais de filhos. Vinte pessoas. Por enquanto.

– Quatro gerações vivas – exclamou tia Helga, encantada. – Com sobrinhos-netos.

– E bisnetos – tia Hilda acrescentou. – Uma família enorme.

Eva se encorajou. As coisas iam tão bem. Naturalmente elas tinham se esquecido do maldito conto.

– Vocês podiam nos visitar num fim de semana.
– Nós? – as duas perguntaram simultaneamente.
– Temos um quarto de hóspedes...

As irmãs se entreolharam rápido. É óbvio que não precisava ter tocado em quarto. Que falta de tato, de respeito.

— E deixamos seu pai sozinho? — tia Hilda quebrou o embaraço. — É impossível.

Eva se sentiu aliviada. A crise passara, quer dizer, a ameaça da crise. Todo cuidado era pouco para aqueles sensíveis caracteres.

Hans Sonders se levantou, seguido por tia Helga, que se apressou em segurar-lhe o braço.

— Damos sempre uma voltinha, depois das refeições, por conselho do médico.

Foram até o fim do corredor, contornaram a varanda, cruzaram a sala, recomeçando o percurso.

— Quer que eu ajude a tirar a mesa, tia Hilda?

— Nunca lavamos louça à noite. Coloco tudo neste carrinho de chá e pronto. Além disso, temos uns problemas para resolver.

Eva empalideceu. Iam cobrar-lhe o conto, reclamar do que ela escrevera.

— Posso ver papai, então?

— Vai, Eva.

Ela entrou no quarto de mansinho porque ouviu a respiração calma e forte. Hesitava em se aproximar. A luz azul do abajur mal dava para se enxergar a cama — sentou-se na banqueta da penteadeira. Estava tão cansada. As emoções à flor da pele. É assim que ela gostaria de ficar quando se punha a escrever uma história, sem receio das palavras, a forma exigindo mudanças constantes na maneira de escrever, o racionalismo estragando tudo, obrigando a novas versões. Eva aproxima o rosto do espelho.

— Nunca mais faça isso, menina. Não entre de repente sem bater na porta antes.

Tio Herculano vestiu, às pressas, um pijama, enquanto ela, parada de terror, fingia não ter visto aquilo.

— Sou um homem, está entendendo? Um homem.

Lana Turner, na frente dele, colada no armário, sorria. Cínica. Ela odiava aquela mulher. Odiava. Então arrancou o retrato, com força, e rasgou em mil pedacinhos, chorando. Tio Herculano, perplexo, não fez um gesto. Ele levou meses fazendo aquele desenho. Meses.

O espelho devolveu a Eva uma figura abatida, encurvada, os olhos inquietos nas órbitas transparentes. Continuava um nervo exposto.

O pai se mexe? Uma sombra se desprende do corpo como se ele tivesse se levantado.

– Desculpe, papai. Acordei você... Devo ter feito algum barulho... – aproximou-se. – Estou agitada. Acho que preciso de um calmante. A casa mexe comigo, não consigo me controlar. Há tantos anos eu queria... Mais de vinte... Conheço cada centímetro daqui, palavra de honra. Minha imaginação jamais me traiu... Talvez eu tenha dourado a pílula de vez em quando... Por medo... Eles nunca me perdoaram, não é? Nunca. Estão quietos hoje. Até agora, pelo menos... Esses bibelôs de porcelana, por exemplo, não me ocorreu descrever que um deles pudesse ter sido quebrado e colado. Para mim, eram perfeitos. Inverossímil, pois são de 1930 ou 35? Não, os leilões estão cheios de peças inteiras. Aliás, esses daí descobri num livro art-decô... São lindos e valem uma fortuna. Que filha você tem, hem, Dr. Klaus Becker?... Uma hora falo de uma coisa, mudo de assunto, volto... Não estou ficando doida? – tocou o braço frio. Instintivamente procurou o pulso.

– Tia Hilda. Tia Helga. Corram.

Você ficou lívida, não foi, Eva? Aquela sombra... Como se o recheio se despregasse do corpo deixando-o vazio... Procure guardar na memória a sensação verdadeira, sem fantasiar. Você viu o contorno levantar-se da cama e abandonar o corpo. Você viu a morte. Por isso entrou em estado de choque, de depressão. De apatia. Klaus Becker já foi enterrado no jazigo da família. Relaxe. Durma um pouco.

Hans Sonders acordou falando sem parar, gesticulando muito. Palavras incompreensíveis até para as irmãs.

– Hoje ele acordou atacado – disse tia Helga. – Nem adianta tentar ouvir, a gente não entende nada.

Tia Hilda entrou na sala com uma bacia de jabuticaba.

– Experimente, Eva. Estão deliciosas.

Há quatro dias elas tentavam uma aproximação maior, que não acontecia, e que tornava ainda mais difícil o convívio. A morte de Klaus Becker, um perigo. No campo minado as três mulheres eram cuidadosas e evasivas, mediam os próprios pensamentos para não detonar o irremediável. Só Hans Sonders parecia distraído, grudado na televisão o dia inteiro – as irmãs ligavam o aparelho para que parasse de papagaiar. Ele se envolvia com as imagens. Tanto que, às vezes, uma baba fina escorria no peito sem que ele notasse. Então era um sossego. Eva perdia a ansiedade, soltava os músculos. Dava-se uma trégua. Ninguém se atreveria a falar no conto.

– Vou embora amanhã cedo, depois da missa, e gostaria de pedir para vocês umas fotos da mamãe e do papai. Esta, na lua-de-mel. Mais a comigo no colo, tão engraçadinha. Imaginem, eu tinha um mês. Dia do meu batizado. E da vovó e do vovô, que encontrei no álbum. Vocês não se importariam? – mostrou para as tias. – Procurei alguma de vocês três também e não encontrei. Têm alguma para me dar?

As tias fecharam a cara. Eva sentiu o profundo desagrado delas. E raiva. Não se agüentavam de raiva. Ela tentou superar a má impressão, enfrentando-as carinhosamente.

– Os meninos e o César estão loucos para conhecer os tios de quem eu falo tanto.

Elas se olharam significativamente.

– Encontrei também este cartão-postal da casa. É tão bonito. Eu não sabia que...

Interrompeu a frase, porque as tias mudavam de expressão. A compostura e a cordialidade iam cedendo lugar a um ódio crescente. Naquele momento elas seriam capazes de tudo. Vamos, Eva, prepare-se. Aí vem chumbo. Não foi sua intenção mas você as ofendeu. Por quê? O que disse? Que queria uma fotografia dos três. Sim, foi isso. Devia ter pedido uma foto de cada um, separadamente. Eles não gostavam de ser devassados, não admitiam que alguém soubesse da relação deles, do seu estranho e generoso amor, como você mesma o definiu.

Tia Helga se levantou agressivamente, cochichou com a irmã e desapareceu. Tia Hilda, aprumando o corpo, deu as costas para a sobrinha enxerida que sempre tentou devassar a vida dos outros sem grandeza de espírito – olhou-a pela última vez – e ajudou Hans Sonders a carregar a televisão, sumindo da sua vista. Por mais que a sobrinha quisesse não poderia transformar em assunto literário o segredo que os unia e embaraçava publicamente. Nunca.

Fora, o sol se esconde no horizonte banhando mais uma vez a cidade com a luz dourada do verão. Eva se lembra da silhueta negra das árvores do cartão-postal...

Ainda existe o horizonte da sua infância? Não. Infelizmente foi bloqueado pelas colméias de apartamentos sujos e cinzentos. A casa, inclusive, não existe mais.

Eva Becker entrou na sua biblioteca para guardar as fotos e o cartão-postal que acabou de comprar no antiquário da esquina. Sabe que seria muito difícil inventar uma família digna de morar naquela linda casa, numa Avenida Rio Branco, de uma cidade que propositadamente não revelará. Alguém pode se identificar e ela não quer mesmo ter problemas. Há muitas histórias parecidas no mundo.

De *Até sempre*

LEMBRANÇAS NO VARAL: A RODA

Lembranças no varal – é exatamente esta a idéia que me ocorre hoje, pendurar as lembranças e deixar secando. Não sei por que aconteceram certas coisas comigo. Tem gente com recordações tão boas, morro de inveja. Por exemplo, todo mundo descreve um porão como um lugar misterioso, cheio de quinquilharias. O nosso, lá de casa, era muito micho, mas eu e meus irmãos – Vera e Luís – nos esbaldávamos naquele espaço limpo, de paredes caiadas. Gostávamos tanto dele que minha mãe arranjou uma mesa com cadeiras, um armário antigo e um sofá. Depois, surgiram um berço velho de vime, um baú com a fechadura emperrada e uns apetrechos que não adianta descrever e que acabaram atravancando o caminho. Se não me engano, o porão era melhor sem aqueles trastes. Em todo caso, passávamos ali dias e noites, a salvo dos grandes. Ninguém descia a escada alta e incômoda, para não ter que fazer o trajeto de volta e chegar em cima soltando os bofes. É, a escada transformava o porão no nosso paraíso.

> *Somos sete no grupo. Estamos sentados frente a frente: o Dr. Melo fecha o círculo. Um círculo adulto neste fim de tarde sombrio. Oito horas. É a primeira vez que Ifigênia fala.*

Uma característica engraçada da família é que nós, os três irmãos, nos parecíamos com minha mãe e meus primos – Breno e Jorge – se pareciam com meu pai, tio deles. Principalmente o Breno: cara de um, focinho do outro. As mesmas sobrancelhas arqueadas, os lábios finos, a postura pedante, dura, além do silêncio enlouquecedor. Não abria a boca. Que nem meu pai, sempre a ler livros. Minha mãe, cesta de costura no colo, freqüentemente soltava uns suspiros de dar dó ao mais distraído dos mortais. Coitada, que vida chata. Breno repetia o comportamento de papai, conosco. Horas calado, desenhando nuns cadernos ensebados, que sabe Deus onde ia desencavar. Como não participava das brincadeiras, reservávamos para ele papéis de guarda-noturno, de surdo, de doente. Assim, não estorvava, ficando à margem.

Nossas idades variavam pouco. Por ordem de nascimento, Breno era de 1936, eu de 37, Vera e Jorge de 38, e Luís de 39. Morávamos praticamente juntos. Meu avô, comerciante de tecidos, comprou as duas casas vizinhas para os filhos, esperançoso de que todos permanecessem unidos. Morreu no dia do casamento do meu pai e minha avó faleceu dali a alguns meses de saudades. Se a versão não for verdadeira, é pelo menos romântica.

> *Ifigênia tem um tique esquisito: lambe os lábios antes de pronunciar as palavras. Morena, meio nariguda, mais para magra, um sorriso amplo, que movimenta a maioria dos músculos da face.*

Não conheci meus avós paternos, portanto, a não ser pelas fotografias dependuradas inicialmente no corredor e mais tarde no porão: ele, de preto, rígido, bigodes retorcidos, calabrês; ela, de branco, vestido de renda, cabelos presos em bandós, um perfeito camafeu. Quando alguém da família queria me ser agradável, afirmava que eu era a reencarnação da minha avó. Imagino a má influência que a morte desse avô teve no casamento dos velhos. Nunca vi um casal tão distante e tão incomunicável. Confesso que eu morria de medo do meu pai, apesar de ser a sua filha favorita. Ele costumava me pegar no colo e me fixar longamente nos olhos. Jamais me beijava. No máximo, acariciava meu pescoço com a mão peluda, o que me causava arrepios. Mamãe, sim, me enchia a cara de deliciosos beijos estralados.

> *A voz de Ifigênia é doce, quente. Dá a impressão de que está se contando essas coisas e não para o grupo.*

A rua do Bosque, que ironia, ficava no centro da cidade. Uma rua cinzenta, estreita, dessas que se tornam ponto ideal para pequenas lojas, tipo consertos de aparelhos domésticos, alfaiates, cerzideiras, fotografias 3x4. Cheirava a mofo e umidade. As construções eram rentes à calçada e os quintais, se houvesse, atrás. A gurizada da vizinhança vivia em casa, pois, além do quintal duplo, tínhamos o porão – meus tios alugavam o deles para um eletricista polonês, refugiado de guerra. Breno detestava visitas. Emburrava pelos cantos, até que a garotada fosse embora. Uma peste.

> *Alguém do grupo tentou fazer algumas observações, sem êxito. Talvez seja verdade que Ifigênia se perca em minúcias. Paciência. Cada um tem seu estilo para contar histórias. Tomara que não a interrompam de novo.*

Em julho de 1946, meus pais se separaram. Certa noite, uma mulher com um bebê no colo bateu à nossa porta. Nunca compreendi de fato esse negócio. Tenho somente uma vaga lembrança. No entanto, me lembro claramente das circunstâncias. Foi um mês muito frio. Um frio de rachar. Meus primos não vinham brincar há vários dias. Eu me acotovelava na janela, distraída com as pessoas de nariz roxo, curvadas contra o vento gelado. A rua do Bosque, um cemitério, de tão triste. Os galhos secos do nosso chorão batiam na vidraça da cozinha, como se quisessem entrar. Breno às vezes me acenava da casa dele. E eu sentia um alvoroço no coração.

Bem, mamãe recebeu, ultraprestimosa, a tal mulher do bebê. Naturalmente a chance de bater dois dedos de prosa, entusiasmou-a. Papai resmungou qualquer besteira e saiu da sala. Passou por mim ventando na escada. Luís e eu até paramos uma discussão danada, por causa de um saquinho de bola de gude, estarrecidos com a novidade, papai correndo daquela maneira. Ele veio do quarto com a maleta de viagem na mão. Apertou-nos dramaticamente nos braços e sumiu. Aqui é que a memória fraqueja. Só sei que levamos um tempão sem notícias de papai e que mamãe mudou da água para o vinho. Reformou os móveis, começou a jogar cartas com amigas e a organizar jantares. Nossa casa virou uma baderna. E o incrível é que Breno também se modificou. De indiferente, virou uma espécie de irmão mais velho, esbanjando ordens a torto e a direito. Sobretudo para mim, a presa dócil. Uma vez ele me perguntou à queima-roupa, como se estivesse com raiva, se eu não sentia falta de meu pai. Menti que não. Ele ficou irritadíssimo. Me pregou um sermão enorme, disse que eu não tinha sentimentos, esses troços. Escondi, de propósito, que eu sonhava – uns pesadelos horríveis – com papai, e que dormia com o cachimbo dele embaixo do travesseiro. O cachimbo exalava um cheiro bom, de homem.

> *Por que será que o Dr. Melo se mexeu na cadeira? Ele é estranho, senta sempre na mesma posição, pernas cruzadas, uma das mãos no bolso e a outra ora depositada sobre a perna esquerda, ora apoiando a cabeça como se esta fosse cair.*

Em outubro, dia cinco, eu completaria onze anos. Mamãe, na loucura dela, resolveu comemorar e preparou doces a semana inteira. Nós ajudávamos, descolando forminhas de papel. Breno, ainda que odiasse a perspectiva da festa, contribuía. Na véspera, ou seja, no dia quatro, tudo pronto, jogamos mico preto até de madrugada no porão, enfeitado com enormes girassóis de papel crepom. Uma excitação inacreditável. O Breno era um cara gozado. Quando não havia ninguém por perto, tornava-se gentil e carinhoso. A troco de nada, de repente, ele me disse que entre todas as pessoas do mundo a que ele mais queria bem era eu. Me emocionei à beça. Pensei em retribuir, dizendo que ele era também o meu preferido há quinhentos anos, mas não consegui. Do que me arrependo amargamente. Talvez, se eu tivesse dito... Bom, não quero colocar o carro na frente dos bois. Tudo foi tão absolutamente horrível.

> *Ifigênia retira da bolsa um lenço e enxuga as mãos e a testa, visivelmente aflita.*

O sábado amanheceu magnífico. Mamãe me fez uns papelotes de manhã, eu não agüentava de curiosidade de soltar o cabelo e ver os raios dos cachos. Logo cedo ganhei o rádio que eu tanto esperava porque era (ainda sou) vidrada em música. O seu Dioclécio, o diretor da escola que andava freqüentando bastante a nossa casa na época, me trouxe um cachorrinho de pelúcia, lindo. Meu pai enviou uma boneca pelo correio. Mas o presente que eu mais curti foi o do Breno: um espelhinho oval, com a parte de trás pintada por ele. Entregou e fugiu. Dentro do pacote, numa folha de papel toda desenhada, esta frase: "Para tu veres como és bonita". (No sul é comum o uso da segunda pessoa.) Acho que aquela foi a primeira vez que eu me vi realmente, isto é, que vi meu rosto como se fosse o Breno que me estivesse olhando.

    O pessoal chegou ali pelas três horas. Inclusive meus avós maternos que, de pressa, se aboletaram na sala. Nunca simpatizei com eles, por isso nem me incomodei que não descessem para o bolo. No momento de apagar as velas, mamãe disse para eu formular um desejo. Tomei fôlego e desejei ardentemente que meu pai voltasse para casa. Depois que serviram a mesa, fomos para o jardim. A Vera inventou de brincar de roda. Fui a primeira a ficar no meio, claro, era a aniversariante. Cada vez que alguém entrava na roda, convidava outro para assumir o lugar. O convite revelava uma forma de predileção. Mas eu não liguei pra isso e chamei o Murilo, um guri de cabelo vermelho, meu colega de classe. A brincadeira continuou com a Vera, que escolheu o Luís, etcétera. Cadê o Breno? – procurei. Estava sentado debaixo do chorão, com aquele ar de tédio de sempre. Então resolvi pôr o desgraçado dentro da roda, de qualquer jeito. Pra quê! Demos uma volta completa, duas, e ele nada de chamar alguém. Pensei comigo que ia ser a escolhida e que ele estava simplesmente fazendo doce. Triste ilusão. Ele se decidiu pela Rosa, a pior menina da festa. Fiquei uma fera. Aquilo era uma desconsideração e uma afronta. Larguei a roda, furiosa. E peguei a porcaria mais próxima que encontrei, uma raquete de pingue-pongue. Joguei em cima dele com toda a força. Não sei onde o diabo da raquete pegou: desmaiei ao perceber a poça de sangue. Está certo, não tive culpa, foi um acidente. O problema é que acabei com o Breno, puxa. Preciso contar ainda alguma coisa? Não acredito. Qualquer um pode sentir o drama. Matei o único cara que amei nesta droga de vida!

O Dr. Melo se levanta. Nove horas, já? Que injustiça, encerrar a sessão agora. O grupo devia trabalhar o assunto. Os psicanalistas são mesmo insensíveis. Boa-noite, doutor.

De *Até sempre*

A BELA ADORMECIDA

(Roteiro de uma vida inútil)

Para *Lenita*

1ª SEQÜÊNCIA

Mãos ágeis recolhem pequenos objetos de cima dos móveis; os tapetes são enrolados às pressas e as cadeiras colocadas rente às paredes. A empregada executa a tarefa com a eficácia de quem já passou pela experiência. Às vezes, enxuga, com a manga, a tristeza que teima em escorrer-lhe pelas faces. Principalmente neste momento, em que parou para observar o jardim, como se tivesse acabado de me ver. Ela se distrai com os ruídos rudes dos homens a tirar, das toscas caixas de madeira, os cavaletes de prata, os castiçais altos e o crucifixo.
 A família e o caixão não demoram a chegar – ela faz o sinal da cruz e volta para a cozinha.
 São três horas da tarde de um nublado dia de outono. Fábio penetra no ambiente devastado e senta em frente dos cavaletes vazios. Sensibiliza-se com a sua solidão física, naquele lugar agora estranho, tal estivesse assistindo também à cena e não participando dela. Então percebe que sua figura está sendo refletida no espelho da sala. Dá um suspiro e trata de desviar a atenção para os detalhes da arquitetura. O meu auto-retrato, no entanto, é mais atraente? Talvez minha pintura desperte nele

lembranças ocultas, pois nem nota Mariana, querida amiga de infância, que pára na porta aberta em par, surpresa com a presença dele. Ali?

2ª SEQÜÊNCIA

Aos poucos a casa e o jardim estão povoados. Fábio arrepende-se de ter vindo? O reencontro de tantos conhecidos, naquela circunstância, é penoso. Confesso que fiquei estupefata de ser ele o primeiro a chegar. Nunca imaginei tanta delicadeza. Agiu sem refletir, porque se o tivesse feito seria a última pessoa a comparecer. Estou comovida com o seu aspecto trágico, tão individual, tão íntegro, tão dentro de si. Beijo-lhe a testa, agradecida. Ele afugenta a suspeita do carinho, interessando-se pelos recém-chegados. Em especial, fixa a governanta que acaba de surgir no portão, trazendo Luís, da escola. Pobre criança, vai completar cinco anos. Ele se espanta de ver tia Miloca chorando. Esta, ao dar com o menino, abraça-o em prantos. Luís empurra minha tia com brutalidade, corre para Matilde e lhe dá a mão. Alemã dura. É toda reprovação pelo comportamento da coitada, que é de outras eras e controla menos os nervos. Tenho dúvidas quanto à reação do menino. As crianças são imprevisíveis. Quem sabe pense que aquela gente toda esteja comemorando algum acontecimento. A governanta leva-o para cima. É sua hora de banho. Fez bem. Um garoto não deve participar destas coisas.

3ª SEQÜÊNCIA

Mariana e Alice estão recuadas, sob a figueira. Isolaram-se de propósito. Alice conta a visita que fiz ontem, minhas queixas, a insatisfação com as telas e o convite para irmos ao cinema. Um filme de Bergman. Discutimos muito sobre o cineasta sueco – provavelmente porque ela não queria abordar problemas outros. Receio de que eu a interpelasse sobre o caso com o meu marido? Credo, eu jamais faria isso. Ela nunca se abriu em assuntos pessoais, cuidadosa da impressão exterior de equilíbrio, bom senso e felicidade com Augusto. Permaneci junto delas porque as duas não presenciaram a entrada do caixão. Detesto lances tocantes. Além do mais, seria cruel. Ninguém tem o direito de gozar sua própria morte, nem de inventá-la. Mesmo lendo Machado de Assis. Entretanto, a idéia, apesar da falta de originalidade, é sedutora. Não sou excepcionalmente dotada para negar a tentativa, apenas porque existem modelos anteriores. Nasci, cresci e morri romântica. O que é que eu podia fazer? Mas fui, igualmente, um ser humano que se instigou ao máximo para superar deficiências, obstinadamente. Se não fui a melhor, paciência. Os quadros mostram o meu esforço, o considerável domínio do metiê, a dedicação. Morta, pode ocorrer uma repentina valorização das telas, o que não terá mais a menor importância.

Acompanho minhas amigas. Grupos conversam em voz baixa, reverentes. Curioso, não sei por que certas pessoas vieram: como foi que ficaram sabendo tão cedo?

Ai, meu Deus, Marcos vem entrando. Parece abatido. Naturalmente está cansado dos trâmites para desembaraçar o corpo. Atravessa a varanda indiferente aos gestos de pêsames. Além de Fábio, não vê ninguém. Sabia da minha amizade por ele e nunca o aceitou, o egoísta. Com Alice permitiu-se barbaridades e comigo... eu... Ela baixou o olhar, quando ele passou. Por segundos, vejo meu marido sentimental: está chorando, puxa! Não precisava tanto, obrigada. Sorte que Augusto, este velho guerreiro, entreteu o amigo no abraço sentido!

Mariana retira-se: também ela pensa no nosso papo de ontem à noite? Foi severa, disse que não agüentava minhas constantes crises, eu que desse um jeito, fosse a um psicanalista, me separasse e, inclusive, arranjasse um emprego. Mariana é dessas mulheres executivas e práticas. Trabalha em propaganda. É louca por livros e discos, uma entendida em música. Quisemos apresentar a ela um maestro, na esperança de que provocasse algum entusiasmo. Qual o quê! Hoje me pergunto se, de nós três, não foi sempre a mais sábia.

Daqui a pouco vai escurecer. Não entendo por que é que não servem café. Incrível, as empregadas não pensam por si, para cumprir as obrigações! Oxalá minha governanta tome a iniciativa. Não disse? A boa Matilde. Procurei-a ontem, antes de... Envelhece a olhos vistos. Em tempo algum admitiu que eu fosse mulher de trinta anos. Para ela, eu persistia a menina que criara e para quem lia contos de fada.

FLASH-BACK I

Heloísa, em criança, está deitada com um livro de gravuras de Siegfried no colo.
A governanta acaba de arrumar uma gaveta:
– Vamos tirar essa roupa?
A menina pula da cama e vai até o espelho. Põe uma tiara na cabeça.
– Matilde, o meu príncipe... você acha que eu posso ter um príncipe?
– De novo você pegou as coisas de sua mãe!
– Se não contar, ela não fica sabendo. Onde é que está aquela capa vermelha?
A governanta dá uma risada. Corta.
Imagem mostra, esparramados pelo chão, chapéus, roupas, estolas de pele etc. Governanta e Heloísa, ambas fantasiadas, estão rindo, Matilde diz:
– Então ela casou com o príncipe encantado e tiveram uma

filha linda e viveram felizes por muitos anos.
Close da menina, ao espelho, deslumbrada. A fisionomia, aos poucos, entristece. Ela se vira para a governanta e, com ar grave, premedita:
– Não adianta. Eu não vou ter príncipe nenhum.
Você é burra.

Fui calhorda ontem. Cobrei dela minha incapacidade de viver. Desculpe, Matilde. Passo as mãos em seus cabelos brancos, mas a minha segunda-mãe não recebe o afago, preocupada em recolher as xícaras sujas de café. Em todo caso, para que arrependimentos?

4ª SEQÜÊNCIA

Meu professor de inglês chegou. Não entendo, as notícias se espalham muito rápido!
Sigo Mariana até a sala de jantar, com suas cadeiras de espaldar alto, herança de vovó. A lareira, apagada, aumenta a solidão do ambiente. Ela se dirige para a estante de vidro, dessas que têm portas, e pega o meu velho livro de contos: a última luz do dia entra pelos vitrais coloridos das janelas.
– Deixa eu ver o caixão de vidro?
Mariana, jovem, concorda. O fogo de então coloria as paredes de uma luz alaranjada. Aquelas duas meninas tinham a vida pela frente. E crescer não foi fácil, não é, Mariana?
Sinto alguém a nos espionar. Viro para a porta e dou com Matilde, o rosto molhado de lágrimas. Sou eu que revejo a cena de outrora, Mariana ou ela?
Entro na biblioteca: Marcos está fumando. De que maneira ele se lembra de mim?

FLASH-BACK II

Caminho por uma praça deserta. O sol penetra por entre as folhas das árvores e se transforma: quero pegar as estrelas no chão, porém elas se apagam entre os meus dedos.
Um cavaleiro passa a galopar e não me nota. Figura desconhecida de homem encaminha-se para mim e me abraça: tem barba e bigodes ruivos.

5ª SEQÜÊNCIA

Saio para o jardim. As situações incompreensíveis me reduzem a um tamanho tão pequeno. Que raio de memória é esta que em vez de marcar acontecimentos reais, anotou alucinações?

Fábio está encostado à coluna da varanda. Tem cinqüenta anos e a postura de um padre. Veste calça de veludo e jaqueta de couro. É fotógrafo, este bruxo que quase me encantou com suas poções mágicas. Como é possível que eu tenha vivido toda uma existência acreditando que só no amor eu encontraria a felicidade?...

Às crianças não se devem contar contos de fada, afirmei ontem, exaltada, para a pobre Matilde, que não alcançou minha acusação.

6ª SEQÜÊNCIA

Fábio se dirige para o meu ateliê. Um amigo comum intercepta seus passos. Apertam-se as mãos: a expressão de conivência, de quem diz "eu sei que vocês foram caso", é nojenta. Fábio continua a andar, insensível. Penetra no estúdio e acende a luz, o que, de certa forma, me aborrece. Eu escolheria o clima da escuridão. Ele sonda as possibilidades e senta numa almofada, defronte ao aparelho de som.

FLASH-BACK III

Ouve-se Heloísa, enquanto a imagem passeia pelo ateliê e os quadros.
(Voz em off.) – Compreende? Pelas outras telas, que eram melhores, ninguém se interessou. A exposição foi um fracasso. Essa fase, que é inferior, vendeu todinha.
(Fábio vira-se para Heloísa, que trabalha.)
Heloísa – Estou tentando sair disso e não consigo. Não quero mais fazer retratos, mulheres ou cavalos.
Fábio (aproximando-se do quadro) – Mas você está fazendo...
Heloísa – *Nada que preste, veja! (Pausa.)* O que me daria prazer era pintar uma paisagem. Ir para o campo e ficar sossegada.
Fábio (dando-lhe as costas) – Você não quer pintar a paisagem, quer estar dentro dela.
Heloísa – Tem toda razão. *(Joga o pincel.)* Questão de destino, horóscopo ou sei lá. Se eu tivesse conhecido você antes de Marcos, por exemplo, talvez... *(Os dois trocam olhares.)*
Heloísa vem para perto dele. Fixam-se calados e constrangidos. Escurece. Corta.

Pois é, tão desnecessariamente próximos... "Amo como o amor ama." Pessoa querido, quanta poesia. "Quando te vi, amei-te já muito antes. Tornei a achar-te quando te encontrei." Eis o grande equívoco: acreditar em ficção.

Fábio vai até a mesa e recoloca, no lugar, o copo de pincéis, que está caído. Repara na paisagem inacabada. Ha, ha. Que ilustração! Este quadro ia ficar bom, não ia? Homenagem a Gauguino. Busco uma reação nele, qualquer que seja, porém ele me dá apenas aquele maldito ar de tédio. "Amor, diz alguma coisa para que eu te sinta!"

Os mortos não têm desejos.

7ª SEQÜÊNCIA

Aquele cartão sob a escrivaninha... Desconcertei completamente a tal cartomante. Pudera, eu estava tão aflita. Um desconhecido me deu o endereço no supermercado, não pensei duas vezes. Quando dei por mim, aguardava que as mãos enrugadas repartissem o baralho ensebado.

– É muito sensível mas não acredita em nada do que faz. Passado, presente e futuro se misturam, assim como a realidade e a fantasia... Vida e morte vêm juntas...

Quase bati palmas de contentamento. A mulher era um gênio de percepção.

– Posso ver minha morte?
– Bem...
– Que carta é?
– Esta.
– Uma dama.

Por momentos, idealizei a morte em carne e osso me abraçando. O seu abraço era terno e aconchegante. Naquele dia senti a primeira tentação.

– A vida não é mais do que um enorme filme, uma mentira igual a todas as outras. Só algumas seqüências têm lógica, sabe? – a mulher me ouviu assustada.

Que desígnios não teria ela pressagiado!

8ª SEQÜÊNCIA

Volto ao velório. Se Fábio quer continuar no ateliê... Contanto que se cuide: algumas recordações são capazes de ressuscitar cadáveres! Que estou dizendo? Força de expressão. Dizem por aí que nos segundos que antecedem o desfecho final, os seres humanos realizam um retrocesso geral, um longo flash-back, rememorando os fatos marcantes. Será? Fico realmente danada com a insignificância das minhas lembranças.

Já é noite. Do estúdio, a casa assume o momento que eu mais gosto, o do mistério. Um vulto assoma, contra a luz, na janela do meu quarto. Não preciso saber quem é, a figura me basta.

FLASH-BACK IV

Heloísa, outra vez criança, a um canto do jardim. Está escuro. O cenário é banhado por uma luz difusa, de lua. A menina brinca, cantarolando baixinho.
Voz de Heloísa em off – Todo mundo tinha medo das minhas manias. Eu crescia tão sozinha... Se não fossem as doidices, nem sei.
Zoom, enquadrando em close a escultura de pedra que a menina segura: um anão feio e pornográfico.
Menina – Quem sabe um dia destes você se transforma no meu príncipe encantado, que nem aquele sapo horrível que a princesa levou para a cama? (Ri.) *Imagem recua e mostra a menina e a construção, soturna, coberta de hera.*

9ª SEQÜÊNCIA

Cruzo o gramado com a facilidade de quem voa. O que sussurram estes alegres grupos? Banalidades. Tenho a impressão de que me esqueceram. Ainda assim, sou grata pela companhia. Espio a sala: minha mãe enxuga os olhos inchados; meu pai tira uma soneca, o porte digno, apesar dos oitenta. Um dia, ele desabafou: "Estou exausto de enterrar amigos. Se resistir por muito tempo, não terei ninguém para me levar à sepultura". Duas tias, de preto, murmuram segredos inimagináveis. E Marcos? Na biblioteca. O cinzeiro transborda. Do meu ângulo, a fumaça que sobe por dentro do abajur aceso sai azulada. Há uma atmosfera de filme de terror.

FLASH-BACK V

Galeria. Heloísa termina de pendurar o último quadro. Desce da escada desmontável e examina a obra exposta.

Corte para a inauguração. A artista recebe os cumprimentos de praxe, sem euforia. Procura insistentemente alguém. Alice acerca-se.
Heloísa – Você viu Marcos por aí? Esquisito, ele não veio.
De repente, larga a exposição em meio e pega o carro. Corte. A casa, às escuras. À medida que a vai percorrendo, acende as lâmpadas. Marcos na biblioteca.
Heloísa aguarda que esvazie o copo, apoiada no batente da porta.
Marcos – Não fui hoje, nem nunca mais. Quer saber por quê? (Levanta-se.) Eu sei que você está louca para perguntar e não tem coragem, não é? (Encarando-a.) Vamos... Desembuche! Certo, aqui tem a verdade: acho a sua pintura uma porcaria. Detesto seus amiguinhos intelectuais e ando cheio de representar o papel do marido da pintora. Odeio essa sua aura de superioridade, essa educação fajuta de colégio de freiras, essas frescuras de gente fina. Além disso, não suporto seus jardins, suas histórias infantis. Contos de fada! Não vou ser nunca o príncipe encantado bicha que você adoraria que eu fosse. Não vou, está entendendo? Não vou.
Close de Heloísa, chorando.

10ª SEQÜÊNCIA

Entro na cozinha. É um lugar fascinante, onde se supõe que tudo pode ser limpo, lavado, refeito. De perto do fogão, ouço a água quente, gostosa, a correr na pia. A empregada, de costas, usando meias brancas, três quartos, não tem idade.

Ah, se minha alma pudesse secar lustrosa de detergente no escorredor de pratos!

FLASH-BACK VI

Quarto. Marcos e Heloísa estão na cama. Ela dorme. Ele afaga as costas da mulher. Pretende acordá-la. Sonolenta, permite que se debruce sobre ela.

Heloísa (em dose, estático) – Se você não me ama, por que é que me provoca?

11ª SEQÜÊNCIA

Meia-noite. Nada acontece. A circunstância é horrível também para os mortos. E se me espetassem uma agulha no coração? Jorraria sangue. Lá estão Fábio e Mariana, na varanda.
– Você ainda gostava dela?
– Ainda.
– Até quando pensou que ela ia se decidir?
– Até ontem.
Essas coisas me deprimem. Foram tantos os desencontros. O cheiro das plantas me traz uma saudade antiga, não localizada. Vagarei gemendo pelas ruas e ninguém atenderá aos meus lamentos? Onde, amor, você se esconde? Onde?

FLASH-BACK VII

Ladeira estreita, por onde sobem Heloísa e Fábio. Casarios velhos. De vez em quando, ela suspeita que uma janela é entreaberta e que alguém espia sorrateiramente, fechando, em seguida, os postigos. De repente, uma porta é escancarada. Ela interrompe o diálogo, apreensiva, mas retoma-o logo depois.
Heloísa: – ... *a dificuldade de amar consiste, então, na expectativa criada em torno do ser amado, que nem sempre pode corresponder aos anseios das nossas fantasias...*
Close de Fábio, atônito.

12ª SEQÜÊNCIA

Meu filho dorme. É um menino encantador. Igualzinho ao pai. De mim, nem o menor traço. Fui uma simples incubadora. Faço votos que descubra motivos para viver – estico o cobertor pela última... – e que a vida lhe seja menos áspera do que foi para mim.

13ª SEQÜÊNCIA

Os velórios de madrugada atingem a dimensão maior da pungência. As velas queimam inflexíveis, há um quê de deterioração nas pessoas, nos móveis, nos objetos. Alice ensaia uma carícia em Marcos, mas suspende o gesto no ar.
– Você não tem senso de conveniência?
– Psiu, não fale desse jeito comigo, meu bem.
– Respeite a morta, sua...
Ela empalidece. Ignora o neurastênico com quem se envolveu.

14ª SEQÜÊNCIA

– Foi longe demais – Mariana diz, oferecendo a Alice um biscoito.
– Não sei o que quer insinuar.
– Ouvi você e Marcos.
– E daí? – fixa agressivamente a amiga.
Mariana sustenta o desafio.
– Nenhum complexo de culpa?
– Louca. Todo mundo sabe que Heloísa tinha problemas. O nosso caso nunca a incomodou, pelo contrário...
– Podia ao menos ter escrúpulos hoje...
Alice fica indignada.
– Quem está falando! E você, curou sua grande paixão por ela?
Mariana fecha o cenho, dolorosamente.
Nossa, e eu que jamais pensei nessa possibilidade!

FLASH-BACK VIII

Apartamento de Mariana. Deitada no sofá, Heloísa ouve a Bachiana nº 5 pela terceira vez. Mariana fita a amiga com ilimitada ternura: é tão linda, nos seus traços nórdicos, os olhos de um azul diáfano, isso é que eles eram, aqueles olhos, diáfanos, e os cabelos finos feito seda – toca os fios de leve, com medo, talvez, de que se dissolvam. No rosto torturado de Heloísa, sente que pode apalpar a tristeza, se quiser. Comovida, ela se inclina mais um pouco. Desiste, em tempo, do beijo que está pronta a dar.

15ª SEQÜÊNCIA

Mariana, como se quisesse se desvencilhar de alguma coisa, pega a bolsa. Tenho ganas de impedir que se vá, mas Fábio fará isso por mim, eu sei. Parado, lá fora, não deve desejar outra oportunidade: alguém com quem se entreter.

– Ela também foi ver você, ontem?

Mariana confirma, esclarecendo:

– Saímos para dar um passeio de carro pelo Morumbi. Ela estava tensa, naquelas famosas depressões. Aconselhei que fosse a um psicanalista. Sabe o que ela respondeu? "Ninguém tem o direito de se instalar nos segredos dos outros. A alegria e o sofrimento são sempre obscuros e indevassáveis". Pressenti a tragédia. Tentei insistir que fosse de táxi para casa. Dirigia, realmente, sem o menor cuidado.

FLASH-BACK IX

Carro a toda velocidade. O dia está amanhecendo. Heloísa não obedece a nenhum dos sinais luminosos. Súbito, escuta o barulho do choque.
Quando recupera os sentidos, um homem ampara sua cabe-

ça nos braços. Tem barba e bigodes ruivos. Já não o vira antes? Aquele duende imprevisto, que enxuga o líquido grosso e quente a escorrer do peito, está examinando Heloísa entre confuso e medroso, absolutamente seduzido, como se tivesse no colo uma feiticeira perversa. Ela pensa dizer "é tarde" mas tem que renunciar ao seu corpo, agora estéril.

SEQÜÊNCIA FINAL

A casa está repleta de novo, nesta manhã luminosa. O enterro não demora a partir. Ando por entre as pessoas, consciente da inutilidade de tudo. Vou dar uma espiada em mim: no caixão de vidro, coberto de flores – por que tenho as mãos amarradas? – repouso ligeiramente adormecida.

Lá, sob a velha figueira, uma dama translúcida me espera. Daqui a pouco vou acordar e abraçá-la com um sorriso eterno.

De *Até sempre*

A PROMESSA

A gente se acostuma a tudo na vida – Alba pensou – menos à sensação de não ter um rosto. E de uns tempos para cá ela se sente assim, sem rosto. Antes não reconhecesse o corpo ou os braços ou as pernas – movimentouos preguiçosamente – mas o rosto... Aqueles traços não eram seus, não lhe diziam nada. Pelo menos não se reconhecia neles. Nem nos cabelos – passou a mão – crespos e curtos. A vontade de voltar a Desterro crescendo. Um buraco no estômago? Não, um buraco na alma – virou-se na cama. Ela devia continuar dormindo indefinidamente. Ou só acordar quando aquela impressão de vazio tiver passado – ajeitou o travesseiro. Mês que vem completa cinqüenta anos. Meio século de existência, um século de dor. Adiar eternamente a viagem seria uma temeridade. Precisava ensaiar um jeito de pedir ao marido: Olavo, meu bem, você se incomodaria se eu fosse... se eu desse um pulo a Desterro? Preciso ir. Tenho medo que não dê tempo... Você sabe... Por favor, deixo a geladeira cheia, a faxineira avisada – o entusiasmo fez com que se levantasse. Por que agora, querida, que não posso largar o hotel? – ele diria. Promovido a gerente tão cedo você não tira férias e eu não posso esperar mais – o argumento forte, indiscutível. Viajaria de avião ou de carro? As passagens aéreas custavam muito dinheiro, ela se locomoveria melhor se tivesse a sua própria condução. Difícil dirigir numa cidade que não se domina – Olavo alegaria. A resposta na ponta da língua: compro um guia. Tão logo ele chegasse do trabalho, colocaria a questão da viagem como definitiva – arrumou a roupa devagar, os objetos de toalete, lixa de unha, lixa de pé, tesoura, pente, escova. Olavo vai ter uma surpresa vendo a mala pronta. Há trinta anos, puxa vida, ela não ia lá à sua cidade, nem falava com a mãe. Inclusive soube da morte do pai meses depois, quando já não podia tomar qualquer atitude. Uma pena, nunca fizeram as pazes. Ainda gostava da família? Sabe lá Deus. Preferia que todos tivessem compreendido que ela não era a primeira nem a única mulher no mundo a amar um homem contra a vontade dos pais. Confiou tanto que aqueles catalões ranhetas reconsiderassem o rompimento e, pelo contrário, eles não a perdoaram nem esboçaram o menor gesto de aproximação; apenas tia Carmem mandou, no início, algumas cartas. O que doía à beça é que a mãe não quis conhecer Paloma, imagine, talvez nunca encontrasse a neta, muito menos o bisneto, morando na Alemanha, do outro lado do oceano – escolheu várias fotos da filha criança, adolescente, casada, com o rebento, tão fofo, no colo.

Olavo tentou dissuadir a mulher:

– Em maio a gente vai. Viajamos os dois no fim de semana do aniversário.

– E se for tarde demais?

Ele sabia que não adiantava insistir, aquela espanhola era teimosa como o quê.

– Cinco dias, amor. Você me nega esse direito?

Na manhã seguinte acompanhou-a, todo desenxabido, até o carro.

— Tome cuidado na estrada, use o pisca-pisca antes de ultrapassar um caminhão.

— Tchau, Olavo. Qualquer novidade ligo para o hotel.

Doze horas dirigindo — sorriu ao atravessar a famosa ponte pênsil, orgulho dos conterrâneos — e estava na terra — desceu do carro, os músculos das costas doloridos. Pagou o mapa da cidade, que absurdo, não é?, agradeceu a gentileza do jornaleiro vindo atrás dela para entregar o troco.

A ilha e seu cheiro de mar. Um cheiro morno, agridoce, enjoativo — fechou o quebra-vento. O cheiro da infância. Como é possível que o reconhecesse tão instantaneamente? Curioso, a imagem mais antiga que tem de si é a de uma menina, de costas, numa janela. Não, não é uma janela, é uma moldura oca solta no espaço. Que tal se se olhasse no espelhinho? Observaria uma palidez transparente, o suor escorrendo pelo pescoço. Um suor frio, úmido, pegajoso. Como se estivesse coberta de limo. O musgo viscoso agarrava-se aos poucos às suas pernas: troncos amortecidos — soltou um berro e fincou o pé no freio a segundos de um acidente.

Um navio atracava mansamente na baía. Afinal, por que a aflição? Não fora ela que se decidira a vir? Ou relaxava rápido ou... Nem queria pensar no que ainda poderia acontecer — consultou o mapa. Incrível, ela se localizava perfeitamente: descendo a rua da direita, ia dar no mercado; virando à esquerda, na praça da figueira. Os flamboyants floriam? Tomando o sentido oposto... É exatamente a sua direção — acionou o motor de novo.

Os velhos que tomavam a fresca nas calçadas principiavam a recolher suas cadeiras. No mar dourado os barcos se preparavam para encostar — fungou a emoção, os olhos lacrimejando. Que memória era a sua que havia guardado tudo?

A casa, rente à calçada, continua amarela. Duas crianças passam correndo (ela e o primo Manolo?) e desaparecem na esquina. Ah, se Olavo tivesse vindo. Por certo não ficaria ali parada, sem coragem para saltar, idiota ao volante – resolveu-se. As grades e o portão: enferrujados, caindo aos pedaços. Uma boa reforma, isso o que a casa pedia. E o jardim? Mato abandonado. O pé de araçá? Inteiro. Lembra-se vagamente da pressão dos dedos esmagando a fruta. A unha-de-gato invadiu os postigos: há quanto fechados? Que loucura – bate à porta.

– Tia Carmem! – Alba fixa insegura a mulher que atende.

A outra confirma, abraçando-a sem dizer palavra, visivelmente emocionada. Emite um psiu baixo e toma-lhe a mala da mão.

– Pois é, tia. Trinta anos longe. Estou comovida.

– Quando é que chegaste?

– Agora – examinou o ambiente, a sala não mudara. A poltrona verde do pai. Ela se escondia atrás e tapava-lhe os olhos com as mãos: quem é? Ele fingia não saber. Teimava até que ele a pegasse e a jogasse no chão, de pernas para o ar. Como gostava do pai nessa época.

– Vieste sozinha?

Alba repara no tratamento da segunda pessoa. Tinha esquecido completamente isso.

Que cheiro esquisito, parece de mofo. Sempre teve olfato mas acha estranho que, dos sentidos, este seja o mais apurado. Alba sonda a tia: gorda, conservada e bem disposta, toda dignidade no vestido preto de seda.

– Alguém gemeu? – Alba perguntou quase sussurrando.

– Tua mãe está muito mal – tira dramaticamente um lenço da manga.

– O que ela tem?

— Oitenta anos. Ainda bem que vieste a tempo.
— Nossa!

O quarto está em penumbra. A tia acende uma lâmpada fraca. Alba se aproxima da cama, nervosa, segurando a respiração. No travesseiro repousa inerte uma cabeça pequena, enrugada, ralos tufos de cabelo. Um passarinho recém-nascido. Credo, que idéia – benzeu-se. Não reconhecia a mãe naquele rosto indefinido, murcho, nem homem nem mulher. O perfume de água de colônia misturado ao de mijo é insuportável, asfixiante. O corpo doente se mexe – Alba olha assustada para a tia, que enxuga lágrimas.

Quando torna a fitar o leito, uma coisa indescritível surge dos lençóis, em movimento lento. Cinco garras curvas e enormes tentam erguer-se, não conseguem e caem pesadas sobre a cama. Alba amordaça um grito de horror. Alucinação – racionaliza – aquilo é tão-somente uma mão comum – observa outra vez. Não, não é. O que vê não são unhas, mas garras grossas que cresceram nos dedos curtos e descarnados.

A expressão aflita implora à tia um esclarecimento.

— Ela jurou que só cortaria as unhas no dia em que tu abandonasses o marido e voltasses para casa.

Inacreditável – afasta-se do leito. Nojo e piedade alternavam-se dentro dela, confundindo-a. A mãe, que anos a fio negara afeto e convívio à filha, revelava na promessa maluca uma prova de amor. Assim como ela que planejara dar a sua, não abordando o passado durante a visita: o pedido de desculpa implícito. Se cada uma embirrara a seu modo, ambas pagaram o preço. Mereciam, portanto, o perdão mútuo – Alba retorna à cama.

A tia murmurava detalhes de como as unhas ficaram doloridas no começo e de como foram aos poucos endurecendo.

— Estás ouvindo, Alba?

Não responde. De repente identificava-se à mãe: o mesmo nariz fino, as sobrancelhas cerradas, as faces magras. Se alcançasse os oitenta, teria aquele rosto — suspira profundamente.

A moribunda abre as pálpebras e fixa a filha: um olhar mudo, sem vestígio de sentimentos. Alba está petrificada de medo. Mas a mãe, despendendo esforço sobre-humano, solta apenas uma palavra:

— Corta.

Uma baba densa escorre pela cara.

A filha explode em choro convulso — chegou tarde demais — a mãe acabava de morrer.

— O que eu faço, tia Carmem? Não vou ter jeito de cortar essas garras. A gente não podia telefonar para...

A tia interrompe, indignada:

— Nem pense em chamar alguém. Últimos desejos são respeitados até pelos carrascos à beira da forca — fechou os olhos da irmã. É desgraça para três gerações. Isso que você quer para os seus descendentes?

Alba consulta o relógio: oito horas.

— Tia, cortar com o quê? — toca de leve na mão ainda quente.

A sobrinha que se arranjasse porque ela devia providenciar o enterro. Alba percebe que está com frio, os lábios tremem — puxa um agasalho da mala. Grudada na blusa, aparece a lixa de pé. Quem sabe... — ajoelha-se perto da cama e põe-se a lixar as unhas da mãe.

O som áspero, mesclado à voz monocórdica da tia a rezar, ressoou na casa durante toda a noite de quinze de abril, de mil novecentos e setenta e quatro, para que as futuras gerações da família Guillén fossem salvas de qualquer maldição.

De *Até sempre*

CAROL cabeça LINA coração

Para
Joyce Carol Oates

O homem depositou as malas na mesa, abriu a janela e ficou olhando o apartamento que, a partir daquele instante, seria seu.

A samambaia no xaxim e o vaso com flores eram detalhes vivos a denunciar a presença do proprietário. Deve ser uma pessoa delicada esse Tomás Ferro, o homem pensou, antes de tocar as pequenas esculturas de barro e de examinar os móveis – teria deixado as flores de propósito?

A mulher andava de cá pra lá, sentindo uma dor para lá, sentindo uma dor oca no estômago. Comeu uma fatia de queijo. Pode uma dor ser oca? A sua era. Uma sensação de perda irremediável. Ou estaria com fome? Cortou outra fatia. Ele disse: Carolina, você precisa se alimentar melhor, beber menos café e não fumar demais.

Sim senhor – deitou na cama, pegou uma revista e tentou se distrair. Não conseguiu. Resolveu caminhar pelo jardim.

A grama alta e molhada incomoda, mas nos canteiros, as plantas, lavadas, cintilam.

O homem sentou-se na beira da poltrona sem familiaridade, como se estivesse de visita e na expectativa de que aparecesse alguém. Acendeu um cigarro.

Lembrou do ar taciturno do locador, do tom tímido da voz. Praticamente enfiou-lhe as chaves na mão, certo de que o anúncio não mentia. Nenhuma razão para não alugar o apartamento, discreto e acolhedor. Fora realmente uma sorte – levantou e fechou a janela, interrompendo o barulho do tráfego.

Ela aspira profundamente o cheiro póstumo da chuva – cheiro póstumo? Decididamente hoje a sua cabeça não funcionava direito – ou seria exatamente o contrário? Daqui a pouco vai escurecer, avista a cidade, ao longe: os primeiros postes iluminados – os vagalumes da Light?

Ele desafivelou uma das malas, retirou uma garrafa, deu corda no despertador, ligou o rádio de pilha: o locutor noticiava nova crise no governo português. Mais uma? Desligou.

Ele se dirige para o quarto: o colchão de casal, nu, provoca-lhe um ligeiro movimento de repulsa. No armário, acha lençóis, que estica na cama, e nos cabides, uma capa impermeável. Esquecimento? Experimenta. Pequena demais – encontra no bolso um bilhete de loteria, vencido.

Depois que arrumou os pertences todos, colocou a máqui-

Ela tem repentina vontade de subir numa árvore e se livrar dos salpicos de lama nas pernas – por que não entra na casa? Pintada de azul, daquele ângulo, àquela hora, está negra. Um mausoléu? Não, um cofre.

A barra da saia engancha na roseira absurda que ninguém plantou. Detesta rosas – puxa a roupa com força: ruído áspero de tecido rasgando. O espinho machucou seu dedo – chupa o líquido morno.

Grossos pingos de chuva tornam a cair. (Como se do céu tomna de escrever na sala, enfileirou os livros na estante, guardou as malas e se considerou instalado.

Um gole de uísque, no momento certo, é perfeito – ele se recostou confortavelmente no sofá. Pensou em Penélope, pena que o síndico do edifício não admitisse cães; depois, sem querer, lembrou-se da ex-mulher, um fotograma colado por engano no filme errado, tratou logo de desviar o assunto para admitir que não gostava do trabalho que vai começar na segunda-feira, redator de uma revista para médicos. Quem sabe o que o esperava! Primeiro, não entendia do tema. Segundo, odiava medicina. Terceiro, estava exausto de trabalhar bassem gotas de sangue?)

Ela segue em direção à casa com inesperada angústia, como se a casa, de repente, pudesse desaparecer.

Chega ofegante. Respira fundo algumas vezes – a dor tinha desaparecido. Até quando?

Alguém respirava na penumbra. Parada, sentidos aguçados, procura localizar o som: vem da direita. Viu uma brasa? Aguarda confirmação. Ele, afinal, viera sem avisar. O coração bate desesperadamente. Queria fazer-lhe uma surpresa, não é? Nenhuma dúvida. Mais um coração pulsava descompassado no silêncio, este aqui, outro lá. A brasa acendia e apagava, voando na escuridão.

Tomás acabará cansando da brincadeira.

nessas porcarias de redações.

Frio na barriga: ele bebe a dose numa virada só.

A chama clareia a mão enrugada: centenas de riscas compõem o favo da velhice – jogou o palito no cinzeiro.

Não, ele não aceita envelhecer. Se falhar a probabilidade de ter um aneurisma, a bolha mágica que o ajudará a estourar na praia, no escritório, no cinema, apelará para o acidente – atravessaria a rua de olhos fechados? Ou se jogará da janela. São dez andares. Sucesso garantido.

Conhecia, de sobra, a aflição dela, a inquietação em que se perdia.

Ela vai se ajoelhar e lamber-lhe os pés – uma cadela agradecida pelo retorno do dono.

Então seus corpos se enroscarão lânguidos, latejando de amor. Para sempre.

Ela disse, um dia: perto de você sou submissa como uma poça d'água.

Na sala vazia, o clic do interruptor de luz mais parece um grito.

Carolina escalda o corpo no chuveiro quente. Pena que não possa aquecer a alma. Ouve, distante, a voz de contralto da vizinha. Ensaia ela própria um trinado, que soa como um gemido.

O silêncio fala? Não. O silêncio cala? Talvez. Serve-se de mais uísque e liga o rádio. Aula de português. Desiste. A solidão, um bom refúgio.

Relâmpago forte. A chuva continua.

Em criança ele tinha medo do escuro. Agora... agora, também – ligou o abajur dourado. Houve uma época... Nada disso, não houve não. A memória é falsa. Inventava situações que nunca viveu. Tudo sonho. Fantasia inútil. A única verdade era aquela: um homem a beber o seu uísque, numa cidade qualquer, às vésperas de um emprego qualquer. Um homem que ouve os seus

Os seios sustentam a última rigidez. Em algum tempo despencarão moles sobre o umbigo. Arre! Faz ginástica. Se depender dela – em lugar de trinta fará cem exercícios diários e esticará aqueles malditos músculos – não despencarão, não. Um, dois, três, quatro, cinco... Vai experimentar um novo penteado, cortando os cabelos bem curtinhos, e engordará alguns quilos. Seus corpos, mais equilibrados, fluirão plenos de encantamento... Credo, nem é bom pensar... Tomás se entregando todo, expondo-se aos seus desbravadores impulsos. Ah, como amava explorar aquela topografia acidentada, seus vales, seus rios. Ele era o seu país. Queria viver e morrer ali, amém.

goles e que olha, indiferente, os seus sapatos.

Deita embrulhada na toalha. E se ele tivesse desistido da separação? "Vou mudar de endereço, não adianta me procurar." Aquela maldita dor oca outra vez.

Carolina pega o telefone.

O telefone toca, assustando-o.

– Oi, Tomás, desistiu da mudança? Não estou agüentando a solidão. Desculpe, eu prometi não te chamar, mas não é fácil, pelo contrário... Está ouvindo? (*O homem emitiu um resmungo.*) Conheço as tuas manhas. Não quer dizer bobagem por isso gagueja. Pois eu não me incomodo. Solto todas as tolices que vierem à tona. Por exemplo, quero você aqui, ao meu lado. Faz tanto tempo que ninguém me pergunta "como vai, passarinho?" Um dia, seis meses, um ano? Não interessa. (*A mulher encolheu o corpo e cobriu-o com a colcha.*) Hoje à tarde, um pássaro estava bicando uma begônia na janela do quarto. Me deu uma agonia... (*O homem esticou a perna no sofá.*) Ai, meu Deus, diga alguma coisa, Tomás, diga. Sabe o que é ter saudades físicas de alguém? Cada poro da minha pele sente a tua falta. E a minha Lina também. Não ria. Quem manda você dar apelidos. Se estivesse comigo, agora, eu pediria para você acariciar os cabelos de Lina, a tua penugem... (*O homem reagiu. Será que tinha entendido direito?*) O que sempre me comoveu foi o nosso jogo poético de criar imagens e nomes para tudo. Acredite, a Carol cabeça e a Lina coração não existem sem você. Epa, isto é letra de samba... (*Ela ri.*) Paciência.

Você acha, meu bem, que quem experimentou de tantas delícias a dois esquece o amor, sem mais nem menos? Bombom de cereja, mousse de chocolate – lembra? – geléia de morango. Pensa, realmente, que é só afirmar: acabou, vou embora? Não, senhor. Isso, de um homem e uma mulher se encontrarem de fato, como duas conchas exatas, não acontece muitas vezes na vida das pessoas, entendeu? Não acontece. Você não me contou que teve caso com um monte de mulheres? Pois é, eu também tive uma carrada de amores e, no entanto... Tudo o que já disse, repito: passei a vida toda me preparando para você, aprendendo a dar e ter prazer, que é a verdadeira finalidade do amor. (*Pausa.*) Pelo menos, por enquanto, não me abandone assim, tão violentamente, Tomás... Mais alguns dias e... (*O homem julgou que talvez devesse desligar. Afinal, estava roubando um tesouro inestimável – revirou os olhos e afrouxando o rosto ameaçou um sorriso: se tivesse uma mulher como aquela... Imagina a figura ideal: morena, cara de índia.*) Me chame de bombom, vá. (*Silêncio.*) É a sua Lina que está pedindo. A sua Lina. Não fique tão calado, eu não mereço. (*Ela se desvencilhou da colcha.*) É engraçado, não suporto a idéia do corte brusco, apesar de defender a tese de que é mais eficiente. Mas não tolero, ao mesmo tempo, a suposição da morte lenta do amor, a que o cotidiano provoca, a que destrói a gente aos poucos... (*A bebida do homem acabou. Ele precisava urgente de outra dose. Tentou alcançar a garrafa, o fio curto. Então soltou o aparelho no sofá, pegou o uísque. Perdia uma frase importante?*)... podíamos nos despedir melhor, não é? Um último encontro, carinhoso, amigo... um quadro final para a memória, está bem? Homenagem às boas recordações que temos de nós. Um bom adeus é um toque de requinte, um toque civilizado. Está bem? Escute, amor, sabe de uma coisa, vou aí. (*O homem sentou, em pânico.*) Prometo que esta será a última vez. Por favor. Eu te amo.

O homem permaneceu alguns minutos com o fone no ouvido, indeciso. Essa não. O que faria? – levantou. Desejo incontrolável de vomitar. O estômago se contorcendo, retorcendo, até o vômito explodir.

Refeito, decidiu ouvir música, enquanto pegava copo e gelo. Emborcou mais uma dose.

Depois, resolveu trocar de roupa – consultou o armário – escolheu apenas um suéter – suava frio – e se penteou. O espelho reproduzia um rosto gasto, opaco, com a barba crescida.

Daí, ele ouviu, aterrado, o elevador subindo.

Estava na hora de se jogar pela janela?

A mulher se arrumou apressada, pintou um pouco os olhos, bateu a porta sem olhar para trás e pensou estar devassando a noite com os faróis de mercúrio. Os fios de chuva parecem estrelas cadentes se diluindo no asfalto.

Que azar – teve que estacionar longe do prédio, ia chegar toda ensopada – correu. A chuva molhava seu rosto: batismo de amor?

Corria como quem quisesse alcançar o horizonte. Como quem quisesse abraçar o infinito.

A mulher apertou a campainha uma, duas, dez vezes, enquanto sentia a água escorrer do corpo, pelas pernas até os pés.

A poça d'água, entrando no apartamento, lambia o chão.

De *Até sempre*

AS DESVENTURAS DE JOÃO E HELENA

O telefone tocou quando ele redigia uma petição de direitos autorais. Era cedo, estava só no escritório.

Helena discou o número de um aparelho público. O vento frio levantava sua saia de lã, por isso teve que largar o fone dependurado por alguns segundos, enquanto vestia o casaco.

– Quem fala?
– Helena.

O homem se assustou.

– A que estou pensando?
– A própria. Como vai, João?

Ela tentou ver a figura do homem inutilmente. A voz era palpável, a fisionomia, não.

– Que saudades! Onde você está?
– Aqui. De passagem.

Ele escreveu a palavra Helena na margem do papel ofício.

– Vamos nos ver?
– Claro!
– Venha até o escritório.
– Ainda é no mesmo lugar?
– É. Lembra-se? – acendeu um cigarro e recostou-se na cadeira de couro, afastando-a da mesa.

— Dei um giro pela cidade. Acho que sim.

Mentia descaradamente. Acabara de passar pelo edifício, procurando inclusive contar as janelas — coçou a cabeça, ato indicativo da farsa.

— Quanto tempo faz que a gente não se encontra?

— Quinze anos.

— Não acredito.

— Faça as contas.

Ele obedeceu.

— É incrível.

Helena mudou de posição, trocando o fone de um ouvido para o outro.

— Como é que está, gordo, magro, calvo?

— Nada disso. Continuo o de sempre — consultou o corpo, em busca de confirmação. Esticando a perna, apoiou o pé em cima da mesa. O sapato precisava de graxa — reconheceu. — E você?

— Mais velha. As rugas começam a aparecer.

Ela passou a mão na pele, consciente. Já não podia escancarar o riso, contraindo o rosto. O movimento, entretanto, era incontrolável.

— Em você as rugas devem ser lindas.

— Antes fossem. Daqui a uns anos a plástica entra em ação.

O homem esticou o pescoço e deu pancadinhas no queixo.

— Puxa, estou louco pra ver você e são só dez horas da manhã. Como é que a gente faz?

— Mande.

Abriu a agenda: teria o dia todo ocupado com o Fórum e os clientes.

— Às cinco horas?

— Pode ser. E a família?

— Não aumentou. As meninas estão moças. A mais velha tem namorado, imagine!

Um carro estacionou no meio-fio. Helena viu o motorista debruçar-se à janela e fazer-lhe um gesto obsceno. Fingiu nada notar, tornando a trocar o fone de posição.

— Fica atrás da porta ou espia pelo buraco da fechadura?

— Não brinque, Helena.

— Mudou tanto?

— São minhas filhas.

A mão direita arrumava os papéis, o calendário, o grampeador e o isqueiro. Cada objeto no seu lugar.

— E profissionalmente, como estão as coisas, João?

— Bem.

— Acompanho de longe o seu sucesso.

— Isso não interessa. Quero saber de você.

O conquistador motorizado saiu à procura de aventura mais promissora. A unha, comprida, ajudava a descascar a pintura do aparelho, completando a agressão iniciada por outros.

— Meus filhos também cresceram.

— Está satisfeita?

— Não posso me queixar. Vidinha calma, sem emoções.

A secretária entrou na sala. Comprimentou-o com a cabeça e retirou-se. Ele diminuiu o tom, quase sussurrava:

— Sua voz me diz tantas coisas.

— Tenho a impressão de estar jovem de novo. Que tal se passeássemos no parque?

— Acabou. Hoje tem um edifício lá.

— Que azar. Era tão bonito!

— Pois é.

A bolsa a tiracolo pesava. Soltou a alça, largando-a no chão. O vento frio insistia em subir-lhe pelas pernas, apesar do casaco. Deviam construir cabinas telefônicas fechadas, como nos filmes. Estas estruturas suspensas são incômodas.

— Tem outro parque para se ir?
— Nada de encontros fora daqui, bem.
— Vai me dizer que ainda tem problemas de ser visto comigo, João?

Ele se inquietou na poltrona, os sintomas evidentes.

— Ficaremos a sós, Helena.
— Certo.
— É no segundo andar, em frente ao elevador.
— Até já.
— Espere. E o cabelo, está curtinho?

Os olhos dela persistiam em ler pela vigésima vez as inscrições: "Tire o fone do gancho. Coloque a ficha no orifício..."

— Umhum... com corte diferente. A altura e o .peso não alteraram, os dentes estão um pouco amarelos por causa do fumo, escondo várias cicatrizes no corpo e na alma — abaixou-se para pegar cigarro na bolsa, esquecida de que o fio do telefone era curto. Teve que afastar-se dele.

— ... um corpo fantástico — ele pôs a mão no bolso, sorrindo.

— A ginástica e a massagem me ajudam a manter a forma. E você?

— Enxuto. A colite não me permite engordar e também tenho cá as minhas rugas.

— Usa óculos?
— E onde já se viu míope deixar de ser?

Uma senhora colocou-se atrás dela, em fila, o que a incomodou. Fez sinal com a mão, apontando o telefone livre, no lado oposto ao seu.

— Há tempos, ouvi dizer que você estava experimentando lentes de contato.

— Conversa fiada. Quem falou?

— Deixa pra lá. Bem que achei ridícula a vaidade repentina.

Ele acendeu outro cigarro. Pressionando o fone contra o ombro, libertou a mão direita para rabiscar um caracol. Helena possuía uma voz redonda, limpa.

– Que habilidade a sua para desviar assunto – virou a cadeira de frente para a escrivaninha – conte de você.

– Conservo as minhas obsessões. E de todas, você é a mais alimentada.

– Não diga! Está se declarando?

– Apenas reconheço que sou obsessiva.

– Quem não é? – escreveu "João" no meio do caracol.

Ela podia examinar as pernas da mulher ao telefone. Com o pé esquerdo coçava a perna direita. Teve vontade de dizer que não fizesse aquilo porque ia desfiar a meia.

– Gostaria de saber, João, se afinal resistimos afetivamente a tantos anos de separação.

– É evidente que sim, bem, e vamos recuperar hoje o tempo perdido.

– Está brincando?

– Que nada.

– A gente pode se decepcionar... – ela fechou os olhos tentando a qualquer custo recordar a imagem.

– De jeito nenhum.

– Talvez tenha razão.

– Ainda é romântica?

– Se eu não fosse, estaria telefonando?

– Por romantismo?

Helena deu um longo suspiro.

– Perfeitamente. Tenho idéia fixa de que somente você pode me fazer feliz.

– Idéia fixa?

– É difícil de explicar... – reparou que alguns fios da meia da vizinha correram na perna grossa. – Continua a gostar de mim ou não?

— Como poderia não gostar?

— João, escute. Às vezes tenho a impressão de ver você lá na fazenda, surgindo por detrás de uma árvore, ou montado a cavalo, uma espécie de herói-fantasma com quem eu posso falar, mas não tocar. Ou sinto-o ao meu lado, sem mais nem menos, no carro.

— Verdade?

A secretária tornou a entrar na sala: o cliente chegara. Piscou avisando que entendeu a mímica e não ia demorar.

— Você é o amigo ideal com quem converso muito em pensamento.

— Façamos isso pessoalmente.

— Tenho receio de perder o que possuo de melhor, João, as memórias — jogou o cigarro fora. O vento trazia agora uma garoa fina, gelada.

— Acrescentaremos detalhes...

— Será?

— Escute, Helena, vem mesmo não é?

— Que tal às três?

— O escritório fica desocupado às cinco.

Percebeu que ele falava rápido, como se quisesse desligar.

— E se fizéssemos hora dando uma volta juntos?

— E os clientes?

— Compreendo.

— Ficarei nervoso o dia todo.

— Inventei esta viagem enorme para encontrar você, João. Ainda tem horário para chegar em casa?

— Não. Mas costumo voltar cedo.

— Que pena.

— Seja boazinha.

— Teremos pouco tempo.

— Será aproveitado integralmente. Entende o que eu quero dizer, bichinha?

– Pelo tom...

– E o que é que a gente faria, senão a melhor coisa do mundo?

– Não sei. Até às cinco – desligou. O casaco estava coberto de garoa. Entrou no bar da esquina e pediu um chocolate quente.

– Você está atrasada dez minutos, Helena.

– Estou? – beijou-o no rosto.

Ele a abraçou com um aperto.

– Me largue – soltou-se. – Enfim conheço o escritório – aproximou-se da escrivaninha. – Posso ler estes papéis?

– Seria gastar mal o momento, amor – segurou a presa. – Me dá um beijo.

Helena não reagiu, enlaçando-o.

– Deve ter perdido completamente a velha mania de virgindade, não é? Quietinha. Assim.

Aquiesceu, inquieta, pensando que preferia conversar. Sentia a barba cerrada a roçar-lhe a pele, a mão deslizando pelo corpo, receptivo.

– É tão gostosa. Tire a roupa. Eu ajudo.

– Aqui?

– É só o que temos.

– Por favor, João. Há muito sonho com este encontro... ele empurrou-a para o sofá. – Talvez... – deitou-a.

– Apago a luz?

– Já? – aproveitou para sentar-se e arrumou a saia. – Não vim para...

– O quê, então? – encurralou-a.

– Ver você.

– Está me vendo o mais perto... Relaxe.

– Eu...

– Psiu.

Amadurecia para a morte, ela considerou, contente.

— Desculpe, Helena. Não sei o que acontece comigo. Diga alguma coisa.

Ela adivinhava na escuridão o arquivo, os móveis.

— Gosto demais de você. É como se eu estivesse fazendo amor comigo mesma, ou com um irmão.

— Lamentei quando se foi, benzinho.

— Eu não tinha nem vinte anos, João. Quantos você tem?

— Quarenta e seis.

— Sofri bastante. Estava tão apaixonada.

— Por mim? — apertou-a.

— Duvida?

— Desejo-a tanto. Perdão. Não sei o que se passa comigo. Acho que é o nervoso. Me dá um beijo. Que pele deliciosa, nem parece mãe de filhos com este corpo de menina. Ah! meu bem, diga que me ama. Diga.

— Amo.

A réstia de luz da sala da secretária entrava por baixo da porta, espionando. No teto, aranhas certamente teciam suas casas em torno da luminária. A respiração ofegante de João diminuía seu ritmo. Helena teve um arrepio. Decidiu quebrar o silêncio.

— Que horas são?

— Sete, mais ou menos.

— É?

— Em que está pensando? — acariciou-lhe os cabelos, encabulado.

— Em tomar um cafezinho.

— Então, vista-se.

Encontrava a roupa pelo tato. João abriu a porta, clareando o ambiente.

— Com este frio a gente tem que usar um monte de peças. Que mão-de-obra vestir tudo outra vez. De quem são os quadros na parede?

Ele acendeu a luz.
— São da minha mulher. Que tal?
— Simpáticos. Um tanto primitiva para o meu gosto — penteou-se rapidamente.
Será que com a mulher ele também... Interrompeu a suspeita.
João procurou sob o sofá prováveis esquecimentos.
— Seus brincos.
— Obrigada.
Ele a enlaçou, de cabeça baixa.
— Desculpe, não sei realmente o que aconteceu. Deve ter sido a emoção. É a primeira vez... — beijou-a. — Quando é que você volta para a fazenda? — dirigiu-se ao banheiro.
— Amanhã.
— Tão depressa?
— Os meninos têm aula.
Ele enxugava as mãos.
— Você está chorando?
— É a fumaça... Sou alérgica.
— Chame o elevador, bem, enquanto fecho o escritório.
— Descemos a escada. São dois andares.
O que fizeram sem trocar palavra. Várias pessoas cruzavam o térreo, apressadas.
— Puxa, vou desistir do café. Estou tremendo.
— Promete telefonar na próxima vinda?
Confirmou, o rosto aberto em sorriso que a ele pareceu terno.
— Até breve.
— Adeus, João.

De *Antes do amanhecer*

A VOLTA

PERSONAGEM: Lucas. Brasileiro, 45 anos, residente no Morro do Condado, s/n. Profissão a escolher. Ex-presidiário. Retorna ao lar.

LEMBRANÇAS: A casa branca, isolada, rodeada de chorões; oitenta e dois degraus de pedra, por onde ele descia em criança, a carregar tabuleiros cheios de doces.
Um relógio pendurado na parede do quarto, modelo antigo, de algarismos romanos, sem ponteiros. Dava corda à noite e pela manhã tocava, chamando-o. Nunca entendeu como isso acontecia, nem soube a que horas despertava, apenas que o fazia ao som da campainha mágica. Então, sem sair da cama, apanhava a roupa no chão e vestia-se, ainda deitado, à espera do momento de levantar.
Uma foto de Lana Turner.

PORMENOR: Detestava dormir, por isso vagava pelas ruas escuras, às vezes de mãos dadas com Ismênia, que o aguardava na esquina.
— Não tem vontade de me beijar, Lucas? Encostava-a nos muros da cidade, cheiro bom, de mel.
— Você está com olhos de cego, bem. Enfiava as mãos nos bolsos e caminhava mudo. Ela já devia saber que as observações, à queima-roupa, irritavam.
— Amanhã os velhos vão viajar, você vem? — corria atrás, a pobre criatura.

VOLTA: MANHÃ A casa, pintada, trai a memória. Sobe as escadas sentindo em si o verde da fachada, mas a palidez revela somente a tosse feia e a ausência do pulmão esquerdo. Os degraus parecem mais altos. Pisa-os devagar, respirando mal, a cabeça a latejar a cada passo. O peito arde. Enxuga o rosto e, com medo, vira-se para a casa de Ismênia. Vê uma sombra à janela. Era tão apetitosa. De dar água na boca. Ah, o regresso! O mesmo trajeto freqüentemente percorrido na imaginação. Custa a crer no ato verdadeiro. Desenha os degraus nas paredes das várias celas, nos dias trinta e um de Dezembro, repetindo-os a cada mudança. No décimo ano, escreve a palavra adeus. E aguarda até Maio, sofrendo nos últimos meses mais do que tudo.

DÚVIDAS: Por que ninguém aceitou que ele não fora o culpado direto da morte de Ismênia?
Domingos. Com o tempo, as visitas foram escasseando tanto que nem se dava ao trabalho de fazer a barba. Nenhuma esperança. Por quem?

NOTÍCIAS: Uma carta. Apesar das constantes leituras e das inúmeras cópias, quando a anterior tornava-se esmaecida ou rota, não a conseguira decorar. Tinha sido escrita pela mãe, mas em várias ocasiões iludia-se pensando que fora enviada por Ismênia, em outras por amigos.
Intercalava períodos grandes sem a ler para usufruir as palavras de novo, como se tivesse acabado de chegar.

COMPORTAMENTO: Era o correspondente oficial, em troca de cigarros. Um passatempo. Idealizava os companheiros em casa, no assalto, no crime: ele, Lucas, o herói? Os relatos iam sendo colhidos em épocas diversas, através das cartas ou de simples confidências. Amava e odiava conforme a situação e o protagonista. Desenvolvera inclusive métodos para extrair detalhes, os colegas em geral desconfiados e secos, avarentos das experiências.

Procurava-os no momento certo, de saudade, de arrependimento ou de doença. Começava falando de si o suficiente para atiçar o outro. Também porque perdia noções de verossimilhança. Lembrava-se das suas ou das aventuras dos amigos?

VISÃO: Um beco escuro, iluminado pelo feixe de luz de uma janela. Incompreensível.

VOLTA: MANHÃ Pára novamente na escada para que a tosse acalme. Temor incontido ameaça destruir-lhe as alegrias, quando está prestes a gozar o retorno. Apressa o passo e, tímido, bate à porta, apenas encostada. Na sala, em penumbra, divisa alguém de costas. Aproxima-se. A mulher, sem se mexer, fixa-o com firmeza.
– Bênção, mãe. A senhora está bem? Não responde, os olhos inquietos nas órbitas. Ou, quem sabe, não quisesse falar com ele.
Lucas abaixa a cabeça, envergonhado. O silêncio da mãe esvazia-o todo. Pior que a condenação do juiz.

DETALHE: A mãe está com a meia rasgada. O pé exibe-se sujo e enrugado. Ele levanta a cabeça, penalizado.

IRMÃO: José entra na sala. Abraços.
– Que satisfação, mano – separa-se

| | dele e vai abrir a veneziana. – Quero ver como você está!
Lucas surpreende-se com a boa recepção. O outro grita em direção à cozinha, pedindo café. |
|---|---|
| EXAME: | O irmão está envelhecido, gordo, tem os dentes cariados.
Lucas dissimula, procura o maço de cigarros no bolso. E a mãe? – vira-se – as pálpebras fechadas. Ele estremece. José percebe a reação e explica:
– Está paralisada dos pés à cabeça. Movimenta alguns dedos. Uma queda. Queremos comprar uma cadeira de rodas, mas essas coisas custam caro.
Nos cabelos finos, embaraçados e engordurados da mãe, os nós são visíveis; o corpo magro quase desaparece sob a túnica de cor indefinida. |
| CUNHADA: | Maria chega com o café. Lucas se levanta. Entretanto, ela lhe dá as costas e volta para a cozinha. O irmão estala a língua a cada gole, elogiando as excelências culinárias da mulher.
Termina o curso de cabeleireira, quer estabelecer-se com um salão. |
| DIÁLOGO: | – Quando é que você saiu? – o irmão estica as pernas.
– Ontem.
– Livre de vez?
– Bom comportamento – explica, |

pensando que José não precisava tocar no assunto, como ele não perguntaria porque parara as visitas.
A mãe emite agudo suspiro. José se põe nervoso:
— Não estou dizendo nada que ofenda, estou?
— Claro que não.
O apoio, revelado, encanta-o. Deseja que a mãe compreenda e perceba sua gratidão. Ela abre e fecha os olhos seguidamente.
— Quais são seus planos, Lucas?
Maria aparece com um urinol na mão. Abaixa-se e coloca-o sob a cadeira da mãe, trocando-o pelo cheio.
— Não sei. Tem lugar para mim aqui?
— Lógico. Seu quarto continua vago. Nós estamos ocupando o de mamãe e as crianças, o meu. Temos dois garotos, sabe? O mais velho vai completar oito e o menor, seis anos. Ela dorme no quartinho de fora. Não tem controle dos intestinos.
— Posso ir lá em cima?
— À vontade, seu! Vou comprar cerveja para o almoço enquanto você toma banho, descansa. Temos aquela macarronada.
Lucas atravessa a casa menos emocionado do que planejara.

QUARTO: Ajoelhado na cama – que saudades – identifica a paisagem.

Os velhos chorões permanecem intatos. Podia ver-se a descansar os tabuleiros, a mãe uma doceira de mão cheia. Todas as semanas a mesa ficava coberta de guloseimas enfeitadas, as cestinhas de papel abertas e recheadas por ele e pelo irmão. A mãe também se lembraria?
Ah, se conseguisse acabar o sofrimento dela! – deseja – antes de deitar-se, ele mesmo com o habitual acesso de tosse.
E a Lana Turner?
Abre as gavetas da cômoda. Inútil, nada encontrou. Na escrivaninha, um pacote. Acende um fósforo e queima o barbante. Retratos, documentos, figa, chave enferrujada, uma orelha de plástico, bolsa de níqueis – embrulha os objetos, menos as fotografias. Ele de bigode, o colarinho amassado. E Ismênia, naquele vestido de rendinha na gola? – coloca a foto em pé. Dá a impressão de sorrir apenas de um lado, um olho bastante menor do que o outro.
Na porta do armário encontra a folha da revista, colada: Lana Turner oferece-se sensual. Controla-se. Não é mais adolescente nem está mais na prisão.

ALMOÇO: – E o relógio sem ponteiros?
– O Luiz desmontou. Não funciona-

va, não é, filho?
O menino encara o tio sem remorsos ou desculpas. É semelhante à mãe, o mesmo cabelo de índio, preto e escorrido. Possivelmente as duas crianças não tinham ouvido falar nele, pois demonstravam ignorar totalmente sua existência.
– A mãe não almoça? – Lucas tenta mudar a conversa.
– Tomou canja há pouco. Engole com dificuldade.
A cunhada dedica-lhe um olhar curto, desses que se dá no trem a um passageiro desconhecido. Porém, sorri com o elogio feito ao manjar branco. A dentadura mais bonita que Lucas já vira.

TARDE: 2 HORAS   José liga a televisão e incomoda o cão a dormir no tapete. Interessante, não latiu para Lucas, na chegada.
A mãe ressona na cadeira. A temperatura é agradável. Pela janela vem um perfume suave, de flores. Lucas encosta-se no sofá e adormece.

TARDE: 5 HORAS   Acorda. Maria tricota, José assiste atento ao jogo de futebol.
Lucas tenta situar-se, descobrir amor dentro de si: o coração está absolutamente insensível.
– Cadê a mãe?
– Tomando a fresca.

Definitivamente não se sente em casa, apesar de que tivesse vivido para a volta. Alguma coisa esgarçara-se dentro dele, dando lugar a um sentimento rude. Por quê?

TARDE: 7 HORAS — Lucas avista a mãe sob a árvore, em silhueta. A mão grossa de calos aperta o braço franzino e delicado. Estou de volta, você não vai mais ter problemas – gostaria de dizer mas não passa de intenção. Admira, com a sensibilidade que os reclusos têm, as tonalidades de vermelho do céu em continuação ao marrom dos telhados.
De repente, o corpo murcho, humilhante, solta profundo gemido.
Ele encara a figura. Mendigava: vou apodrecer nesta cadeira, o filho não sente? (Ismênia esperara também um ato de piedade quando...)
Então Lucas calcula a altura e a distância entre o topo do morro e a base. Fecha o rosto em feia expressão, faz o gesto que considera justo, e deixa a casa. Para sempre.

De *Antes do amanhecer*

SAUDADES DA VILA

Quando nos conhecemos, Heitor era mais alto do que eu uns dez centímetros. Tínhamos mudado recentemente para a mesma vila e as casas da rua do Ouro foram no início iguais: sobrados geminados com pequeno jardim na frente, onde minha mãe esforçava-se para manter vivos vários pés de hortênsias. Depois, aos poucos, as moradias iam sendo individualizadas por cores diferentes.

Vivíamos mais na calçada do que dentro de casa e, dependendo do horário, sabíamos quem estava à nossa espera, no meio-fio. O que era muito gostoso. Vistos de cima, de algum prédio, devíamos compor uma estranha mancha parada, ao lado de todos aqueles pontos irrequietos, nossos inúmeros irmãos a andar de bicicleta ou a jogar bola. Formávamos um grupo de seis pessoas da rua e algumas avulsas, da vizinhança. Os começos de noite eram os melhores momentos, a conversa espichada até o instante supremo em que exigiam o nosso recolhimento.

O mundo se resumia, para mim, naquele local. Eu me sentia parte integrante dele, um paralelepípedo, um canteiro ou coisa no gênero. Não me importava de dividir o quarto com a vovó, os manos menores no outro, meus pais no terceiro, nem com a fila diária para usar o banheiro, único.

Minha melhor amiga chamava-se Neide. Morava na casa cinco, em frente à nossa, se bem que fosse difícil uma definição sobre isso, tanto atravessávamos a rua por dia. Era a confidente, a colega de classe, a conselheira: usávamos idêntico tipo de roupa, uma emprestando para a outra, e gostávamos das músicas dos Beatles, que ouvíamos em noites chuvosas na casa do Heitor, pois o pai dele trabalhava como gerente de um restaurante.

Aos domingos íamos a matinê no cine Ópera, nas redondezas. As meninas sentavam-se logo, bem na frente, mas os garotos davam muitas voltas pelos corredores. Era um cinema pequeno, com as cadeiras de madeira repletas de inscrições feitas a canivete, a chave, ou sei lá a quê. Anualmente, o proprietário mandava lixar e envernizar tudo. Uma pena, perdia-se a distração da leitura. À medida que a gente crescia, sentava, ou melhor, deitava mais para trás. Nas cadeiras daquele cinema Heitor pegou na minha mão pela primeira vez. Ali nos tornamos os primeiros namorados do grupo, que depois foi aumentando em número de casais, Neide e Ozório, Isabel e João, assim por diante.

Até que meu pai chegou com a terrível notícia: íamos embora da cidade porque ele fora promovido e devia ficar um ano no interior, tomando conta de uma filial da firma. Chorei, bati o pé, fiz o diabo. A situação era irreversível. Antes que eu completasse quatorze anos, as despedidas da vila e da turma foram feitas em meio à imensa tristeza. Não adiantavam as promessas de retorno nas férias que, afinal, jamais aconteceriam, nem a certeza da transitoriedade da mudança. "Doze meses passam rápido" – mamãe argumentava, talvez querendo convencer-se a si própria, pois ela igualmente sofria com a viagem. Perderia o joguinho das quintas-feiras na vizinha e toda aquela série de hábitos adquiridos, como a costureira Anália, o verdureiro da esquina, que pendurava as compras, a feira, detalhes imprescindíveis para o seu sossego de dona-de-casa.

Porém exclamou entusiasmada diante da futura moradia: maior, bem localizada, um espaçoso quintal com duas jaboticabeiras enormes. Estivesse o bando por perto, seria perfeita. Sem eles – de que valia tanto luxo? Ganhei, inclusive, um quarto só para mim, móveis novos e uma vitrola. E continuava desconsolada, escrevendo sem parar. Heitor respondia jurando sentir minha falta, paixão eterna etc. Com o tempo a correspondência diminuiu, parou completamente. Nem a Neide mandava notícias. O consolo era freqüentar o clube, que acabou por me inscrever no concurso de miss. Confesso que aceitei a disputa esperançosa de ganhar para as finais: teria chance de visitar a vila. Papai prosperava no interior e não falava em voltar. Nem mamãe, que dava incrível valor à melhora do nosso padrão social.

Perdi a eleição por injustiça do júri e, com ela, a oportunidade de rever meus queridos amigos. Papai comprou a filial da firma e estava feliz da vida quando morreu, de enfarte. Aí, mamãe e eu fomos trabalhar na loja. A família nunca mudaria de lá.

A imagem da vila foi se apagando, eu não conseguia ver na memória os rostos da turma. Restava apenas a impressão da perda de algo essencial, não modificada pelos inúmeros namorados, nem pelos amigos atuais.

Então, ao completar vinte e cinco anos, pedi de presente umas férias para rever a vila e, em especial, Heitor.

Preparei um guarda-roupa como se fosse para a Europa, tamanho o capricho, antegozando o efeito que eu causaria com meu um metro e setenta de altura.

Ansiosa, distraída, cheia de ternura, peguei sozinha a estrada que me levaria ao romântico encontro. Pri-

meiro iria à vila ou à casa da titia? O certo é que com aquele nervosismo, devia parar de fazer planos e prestar o dobro de atenção ao trânsito, do contrário estragaria meu lindo carrinho novo.

Bem, cheguei atrasada: aos sábados as estradas são intransitáveis. Tia Aurora não cabia em si de contentamento. Sair? De jeito nenhum. Espere o Evandro. Ele vai ficar bobo. Enquanto meu primo não entrasse pela porta a dentro, eu não podia arredar dali. Ele demorou à beça, terminei dormindo no sofá da sala.

Na manhã seguinte levantei cedo, animadíssima. Deixei um bilhete no qual prometia vir para jantar. Queria o dia inteiro livre. Comprei flores para a Neide, sonhos-de-valsa para o Heitor e estacionei o carro longe, para que ninguém visse. Fui andando em direção à rua do Ouro, bastante decadente, diga-se de passagem, as casas inacreditavelmente sujas, quase em ruínas. A nossa, estava tão encardida que doía. Das hortênsias, nem vestígios. E a da Neide acompanhava o resto. Senti um aperto no coração, juro. O cenário era mesmo deprimente. (Mal sabia eu o que ainda me esperava!)

Neide me recebeu com um grito de satisfação. Levei um susto quando me empurrou, sem delicadeza, para o sofá. Ela devia estar pesando mais de cem quilos, pensei horrorizada. Entreguei o maço de flores aparentando a maior naturalidade, como se não tivesse reparado na gordura. Neide agradeceu e apertou minha mão com força. Bufando, pelo esforço de se levantar, dirigiu-se para a cozinha. Como era possível que ela, magrinha daquele jeito, se transformasse tanto? Voltou com um vaso onde pusera o maço sem soltar o cordão que amarrava os talos. Horrível. E o pessoal? – perguntei. Dormindo, jogaram buraco até altas horas. Quer que acorde eles? Insisti que não, a visitinha era rápida, não valia *a pena e ainda desejava rever o resto dos amigos. Neide contou, rindo: Ozório fugiu de casa há muito tempo e sumiu no mundo; Isabel casou com um argentino, João é tenente do exército, vem raramente à vila. E Heitor? – arrisquei. Está por aí. Ele vai adorar ver você. Sempre diz que foi a grande paixão da vida dele e, se alguém duvida, mostra a quantidade de cartas que recebeu – sacudiu o corpo, maliciosamente. O que era pouco delicado: ninguém merecia conhecer as besteiras que eu, na fossa, tinha escrito. Fiz mais algumas perguntas enquanto ela servia pudim de chocolate, àquela hora da manhã, credo. De repente, percebi: a amiga, que eu tanto queria encontrar, desaparecera. Mantinha o rosto aberto, o ar de franqueza, mas uma certa ironia ou amargura, não sei, tolhia qualquer aproximação. Éramos duas desconhecidas, essa é a verdade. Dali a pouco me retirei, ouvindo Neide pedir que voltasse uma tarde dessas para um papo comprido. Dei um adeusinho, do meio da rua. Venho sim.*

Fosse mais intuitiva, não teria ido bater à casa de Heitor, bem cuidada, aliás. A fachada exibia, agora, porta e janelas coloniais. Um leão branco, de louça, sorria para mim, na entrada, e uma trepadeira esquisita, que eu não conhecia, subia pelas paredes ocres. Se eu tivesse compreendido a tempo todas aquelas alterações em Neide e na vila, nos onze anos de ausência, é possível que desistisse de outras curiosidades. Mas, naquele momento, não possuía nada de bom-senso. Ninguém provocava em mim o afeto e o carinho sentidos por Heitor. Natural, portanto, que eu apertasse a campainha. Um garoto passou correndo e berrando, os fundilhos rasgados. Em algum lugar, Sílvio Santos cantava com o auditório um daqueles horrendos anúncios. Onde estaria Heitor? A velha, sentada num banquinho, na calçada, fez sinal para que eu insistisse. Toquei a campainha pela terceira vez. Alguém abriu a porta. Tive que sufocar um grito de horror. Aquilo era demais para a minha estrutura emocional. Vou descrever exatamente o que vi antes de entender quem era a figura grotesca que me atendeu: vi um homem muito baixo, de um metro e cinqüenta mais ou menos, de robe de seda vermelha, sapatos de salto alto prateados e de batom nos lábios. O Heitor está? – a frase escapou quando nos reconhecíamos, quase que instantaneamente. Marina, que surpresa, entre! Desculpe os trajes. Fique à vontade – falei, pálida, uma taquicardia insuportável. Estou fazendo café, ele disse, quer um? Aceitei e ouvi o som do salto ploc ploc se afastando. O que significava tudo aquilo? Tive a impressão de ouvir cochichos e depois passos furtivos, de alguém se escondendo.

Heitor me ofereceu a xícara e sentou-se cruzando as pernas. O batom havia desaparecido. Confesso que de todas as novidades a que mais me intrigou foi a altura dele. Não alcançaria os meus ombros, com salto e tudo. Como podia ter parado de crescer? Anormal eu que espichei tanto ou ele, que estacionou?

Comecei a falar sem descanso. Heitor fazia gestos absolutamente teatrais: ora levantava o braço e apoiava-se na cabeça, ora esticava-o em direção à janela e, ficando de perfil para mim, admirava as unhas, ou então, cruzava e descruzava as pernas, movimentando o corpo como se estivesse posando para alguma fotografia. Contei minúcias da família, da cidade, da loja, evitando formular qualquer questão que provocasse confidências.

O telefone tocou e ele atendeu, de pé. Aguardei, olhos no chão, que terminasse a conversa. Eu me sentia tão cansada. Aqueles minutos de trégua foram importantes para que entendesse toda a minha decepção. Estava a ponto de arrebentar no choro.

Daí me ocorreu fugir. Chorar, não! – bati a porta com violência. Para mim, chega.

Ao procurar a chave do carro na bolsa, notei que ainda guardava comigo os sonhos-de-valsa.

De Antes do amanhecer

O SR. E A SRA. MARTINS

Choveu a semana inteira e a Sra. Martins não saiu de casa nem para as pequenas compras. Freqüentemente confirmava o tempo, olhando de cima a rua congestionada de carros luzidios e de guarda-chuvas abertos, sem sinal de tédio, apenas constatando: que chuva! E voltava para a televisão.

Apesar de gentil e sorridente para cumprimentar os vizinhos, não demonstrava ter amigos, pois jamais recebia visitas. Ainda assim, penteava com capricho os cabelos curtos e grisalhos e pintava discretamente os lábios, pronta para possíveis eventualidades. Ninguém lhe escrevia cartas e pagava as contas em dia.

Domingo acordou alegre – o sol entrava pelas venezianas entreabertas. Passou o espanador nos móveis, fritou dois ovos e vestiu, como de hábito, seu melhor vestido de seda preta, sem esquecer do colar de pérolas. Depois comprou um maço de flores na esquina e se dirigiu ao ponto de táxi, àquela hora da manhã, vazio.

Foi uma das primeiras pessoas a entrar no cemitério. Andava devagar, a ler as suas já conhecidas inscrições, porque tinha medo de escorregar no chão de pedra, ainda molhado. Surpreendeu-se com a novidade: "Enfim a esposa veio fazer-lhe companhia, hem, seu Mário? Leu alto: Claire Heller de Alencar 1908/1974.

Sentimos sua ausência". Contou mentalmente: oito para quatorze, seis; um para sete, seis. Era oito anos mais velha do que ela. O sol agora queimava-lhe as costas e iluminava as plantas e flores nos canteiros úmidos. Curioso, pensou, os homens morrem antes do que as mulheres, porque tem mais viúvas no mundo do que viúvos – suspirou levemente e iniciou a ladeira que a levaria à sua sepultura, severo retângulo de mármore, elevado do solo alguns centímetros. Os nomes foram escritos em letras douradas: Abel Martins 1910 espaço Laura Martins 1916 espaço. Faço questão de deixar tudo resolvido – o marido argumentou – não temos filhos, quem se ocuparia de nós? Devemos inclusive nos preparar para viver sozinhos.

Ela subiu o degrau do túmulo, puxou da bolsa um embrulho que depositou na laje. Do pacote tirou um instrumento de trabalho, desses que de um lado tem a pá e do outro dois dentes para remexer a terra e calmamente principiou a tratar do canteiro.

– Que bonitas flores – o homem aproximou-se, chapéu e jornal na mão.

A Sra. Martins cumprimentou-o sem interromper os afazeres.

– Não pensei que fosse época de sempre-vivas – ele continuou, gentil.

– É verdade, eu mesma fiquei admirada.

– São as minhas prediletas. Duram mais do que qualquer outra.

– Está bem, enquanto tiver na floricultura vou trazê-las – inspecionou o arranjo.

– E você, quais prefere?

– Violetas, mas são difíceis...

– Domingo que vem é minha vez. Vou ver se acho alguns maços.

A Sra. Martins recolheu as plantas murchas, que jogou na cesta de lixo e, servindo-se de um lenço, limpou as sobras de terra. Os tons de rosa e roxo das sempre-vivas mesclavam-se harmoniosamente – soltou, por ambos, uma expressão doce de êxtase e sentou no degrau, junto ao marido.

– Quer uma parte do jornal? Ouvi dizer que as chuvas destruíram cidades lá no sul. Aqui está a notícia. Veja esta foto.

– Nossa, e a população?

– Famílias inteiras foram localizadas em galhos de árvores para onde tentaram fugir das enchentes. Calcularam mal a altura das águas.

– Que horror.

Terminada a leitura, comentaram detalhes da semana até esgotarem seus assuntos.

Ao meio-dia comeram biscoitos e maçãs.

– É muito ruim ser viúva?

– Pensei que fosse pior. O que me aborrece é o apartamento. É grande demais. Se pudesse alugar outro menor, do tamanho do seu... Com a chuva não consegui sair e me senti realmente só.

– Impossível. Está tudo pronto. Não dá para se acostumar?

Submissa, a Sra. Martins não discutiu. Aguardaria nova oportunidade.

– A televisão ajuda? – indagou carinhoso, sem virar a cabeça: sabia do olhar suplicante.

– Mais ou menos, e a você? – fixou-o curiosa: colarinho e terno limpos, sapatos engraxados. Pena que perdesse a antiga postura, as costas envergavam.

Ele percebeu o exame.

– Lembra-se de como andava mal ajambrado no início? Você, sim, está ótima, até parece que remoçou.

Dezenas de pessoas visitavam seus mortos – cores móveis na paisagem. Daqui a pouco a solidão voltaria a ocupar seu posto ali e nos seres humanos capazes de ouvir seus próprios ruídos, como se suas almas tivessem se refugiado no som que podiam emitir – o Sr. Martins engoliu um soluço de tristeza.
– Quantas prestações faltam?
– Nenhuma.
– O que acontecerá então?
– Continuaremos esperando.
– Você acha que eu vou primeiro? – a Sra. Martins arrependeu-se, imediatamente, da pergunta tão à queima-roupa.
– Gostaria?
– Não, mas já me sinto preparada. Se acontecer...
– Para isso estamos treinando – desejou abraçar a mulher. No entanto, conteve-se.
Ela considerou o momento oportuno para soltar a frase tantas vezes ensaiada:
– Que tal se eu comprasse um gato?
– E quem vai ficar com ele se...?
– Tem razão, é bobagem. O pobrezinho poderia sofrer – encabulou.
Um empregado varre o chão. Usa macacão cinza, remendado. É do tipo que sugere ter brotado no lugar, tão integrado no ambiente.
O Sr. Martins entrega-lhe um envelope.
– É para que venha sempre zelar por este... bom, somos velhos e ainda que um se demore mais do que o outro, não precisará retribuir sua dedicação.
– Ora, senhor, não se preocupe.
– Por favor, aceite.
O empregado moveu os ombros, de maneira irreverente: por que estes dois vêm todos os domingos aqui?

O pensamento foi cortado por alguém que pedia informações.

O Sr. e a Sra. Martins prosseguiram a encher o dia ora conversando ora simplesmente desfrutando da mútua presença. Fragmentos da vida em conjunto talvez povoassem os silêncios largos.

– Está de fato convencida da troca de apartamento?
– Um quarto e sala seriam suficientes.
– Arranjaremos isso amanhã – prometeu.

Ela sorriu, agradecida.

– Será que existe algum por estas redondezas? – consultou o relógio. – Vamos, são quase seis.

O vento, fresco, provocou nele o gesto de levantar a gola do paletó, antes de servir de apoio à Sra, Martins para a descida.

– Não teremos mais chuva. O tempo tende a firmar.

Lentas sombras surgem pelas alamedas do cemitério, engrossando a fila de retorno.

O Sr. e a Sra. Martins despedem-se com um beijo, tomando cada qual seu rumo: Abel reconhece estar sentindo falta de um braço, Laura deve cuidar-se para não tropeçar.

De *Antes do amanhecer*

INTIMIDADE

— Para mim esta é a melhor hora do dia — Ema disse, voltando do quarto dos meninos. — Com as crianças na cama, a casa fica tão sossegada.
— Só que já é noite — a amiga corrigiu, sem tirar os olhos da revista.
Ema agachou-se para recolher o quebra-cabeça esparramado pelo chão.
— É força de expressão, sua boba. O dia acaba quando eu vou dormir, isto é, o dia tem vinte e quatro horas e a semana tem sete dias, não está certo? — descobriu um sapato sob a poltrona. Pegou-o e, quase deitada no tapete, procurou o par embaixo dos outros móveis. — Não sei porque a empregada não reúne essas coisas antes de ir se deitar — empilhou os objetos no degrau da escada. — Afinal, é paga para isso, não acha?
— Às vezes é útil a gente fechar os olhos e fingir que não está notando os defeitos. Ela é boa babá, o que é mais importante.
Ema concordou. Era bom ter uma amiga tão experiente. Nem pareciam ser da mesma idade — deixou-se cair no sofá — Bárbara muito mais sábia. Examinou-a a ler: uma linha de luz dourada valorizava o perfil privilegiado. As duas eram tão inseparáveis quanto seus mari-

dos, colegas de escritórios. Até ter filhos juntas conseguiram, acreditasse quem quisesse. Tão gostoso, ambas no hospital. A semelhança física teria contribuído para o perfeito entendimento? "Imaginávamos que fossem irmãs" muitos diziam, o que sempre causava satisfação.

— O que está se passando nessa cabecinha? — Bárbara estranhou a amiga, só doente pararia tão quieta. Admirou-a: os cabelos soltos, caídos no rosto, escondiam os olhos cinzas, azuis ou verdes, conforme o reflexo da roupa. De que cor estariam hoje? inclinou-se — estão cinzas.

Ema aprumou o corpo.

— Pensava que se nós morássemos numa casa grande, vocês e nós...

Bárbara sorriu. Também ela uma vez tivera a idéia — pegou o isqueiro e acendeu dois cigarros, dando um a Ema, que agradeceu com o gesto habitual: aproximou o dedo indicador dos lábios e soltou um beijo no ar.

— As crianças brigariam o tempo todo.

Novamente a amiga tinha razão. Os filhos não se suportavam, discutiam por qualquer motivo, ciúme doentio de tudo. O que sombreava o relacionamento dos casais.

— Pelo menos podíamos morar mais perto, então.

Ema terminava o cigarro, que preguiça. Se o marido estivesse em casa seria obrigada a assistir à televisão, porque ele mal chegava, ia ligando o aparelho, ainda que soubesse que ela detestava sentar que nem múmia diante do aparelho — levantou-se, repelindo a lembrança. Preparou uma jarra de limonada. Por que todo aquele interesse de Bárbara na revista? Reformulou a pergunta em voz alta.

— Nada em especial. Uma pesquisa sobre o comportamento das crianças na escola, de como se modificam as personalidades longe dos pais.

No momento em que Ema depositava o refresco na mesa, ouviu-se um estalo.

— Porcaria, meu sutiã arrebentou.
— A alça?
— Deve ter sido o fecho — ergueu a blusa — veja.
Bárbara fez várias tentativas para fechá-lo.
— Não dá, quebrou pra valer.
Ema serviu a limonada. Depois, passou a mão pelo busto.
— Você acha que eu tenho seio demais?
— Claro que não. Os meus são maiores...
— Está brincando — Ema sorriu e bebeu o suco em goles curtos, ininterruptos.
— Duvida? Pode medir...
— De sutiã não vale — argumentou. — Vamos lá em cima. A gente se despe e compara — aproveitou a subida para recolher a desordem empilhada. Fazia questão de manter a casa impecável. Bárbara pensou que a amiga talvez tivesse um pouco de neurose com arrumação.
Ema acendeu a luz do quarto.
— Comprou lençóis novos?
— Mamãe mandou de presente. Chegaram ontem. Esqueci de contar. Não são lindos?
— São.
— A velha tem gosto — Ema disse enquanto se despia em frente ao espelho. Bárbara imitou-a.
É muito bonita — Ema reconheceu. Cintura fina, pele sedosa, busto rosado e um dorso infantil. Porém ela não perdia em atributos, igualmente favorecida pela sorte. Louras e esguias, seriam modelos fotográficos, o que entendessem, em se tratando de usar o corpo — não é, Bárbara?
— Decididamente perdi o campeonato. Em matéria de tamanho, os seus seios são maiores do que os meus — a outra admitiu, confrontando.
Carinhosa, Ema acariciou as costas da amiga, que sentiu um arrepio.

— O que não significa nada, de acordo? — deu-lhe um beijo.
— Credo, Ema, suas mãos estão geladas e com este calor...
— É má circulação.
— Coitadinha — Bárbara esfregou-as vigorosamente. — Você precisa fazer massagem e exercícios, assim — abria e fechava os dedos, esticando e contraindo na palma. — Experimente.
Eram tão raros os instantes de intimidade e tão bons. Conversaram sobre as crianças, os maridos, os filmes da semana. Davam-se maravilhosamente — Bárbara suspirou e se dirigiu à janela: viu telhados escuros e misteriosos. Ela adoraria ser invisível para entrar em todas as casas e devassar aquelas vidas estranhas. Costumava diminuir a marcha do carro nos pontos de ônibus e tentar adivinhar segredos nos rostos vagos das filas. Isso acontecia nos seus dias de tristeza. Alguma coisa em algum lugar, que ela nem suspeitava o que fosse, provocava nela uma sensação de tristeza inexplicável. Igual à que sente agora. Uma tristeza delicada, de quem está de luto. Por quê?

— Que horas são? — Ema escovava o cabelo.
— Imagine, onze horas. Tenho que sair correndo.
— Que pena. Não sei porque fui pensar em hora. Fique mais um pouco.
— É tarde, Ema. Tchau. Não precisa descer.
— Ora, Bárbara... deixa disso — levou a amiga até o portão.
— Boa noite, querida. Durma bem.
— Até amanhã.
Ema examinou atentamente a sala, a conferir, pela última vez, a arrumação geral. Reparou na bandeja es-

quecida sobre a mesa, mas não se incomodou. Queria um minutinho de... ela apreciava tanto a casa prestes a adormecer – apagou as luzes. A noite estava clara, cor de madrugada – pensou, sentando no sofá. Um sentimento de liberdade interior brotava naquele silêncio. Um sentimento místico, meio alvoroçado, de alguém que, de repente, descobriu que sabe voar. Por quê?

De *Antes do amanhecer*

A VISITA

O domingo prometia ser quente, igual ao dia de ontem – consultou o céu – melhor que saísse mais cedo, senão pegaria a estrada cheia e a viagem levaria o dobro do tempo. Ainda mais com a moto ruim do jeito que estava. Se tudo corresse bem – começou a escovar os dentes – chegaria na casa de Paulina lá pelas onze horas. Ela era, sem dúvida, a mulher que ele queria. Planejava chegar e dizer o que lhe desse na telha, às claras, sem rodeios. Mais ou menos isto: "gosto de você, venha morar comigo. Vou completar vinte anos, sei o que estou propondo. Experimentamos, se der certo a gente se casa" – examinou os dentes antes de enxaguar. – "Agora ganho bastante no jornal, não sou a porcaria que você conheceu. Fome, garanto que não vai passar e pode até freqüentar aquela escola de teatro para ver se é verdadeira a idéia de ser atriz. Tente o que quiser, não me incomodo, contanto que estejamos juntos. Arrume suas coisas e vamos" – molhou o cabelo crespo e balançou a cabeça para que ficasse solto e enrolado, pois não usava pente nem escova. Repetiria exatamente aquelas palavras. A decisão era irreversível. Reconhecia que somente com ela teria chance de experimentar algumas alegrias – fechou as janelas, pendurou a máquina fotográfica no pescoço, vestiu o gasto blusão de couro e, capacete debaixo do braço, chamou o elevador.

O céu claro e os pescadores dominicais a lançar seus anzóis no lago ilustravam perfeitamente a primavera. E a moto, apesar dos pesares, funcionava. Percorria a estrada atento à paisagem. Sempre se extasiava com a natureza. O volume de mofo daquele muro, por exemplo, harmonizava-se em textura e desenho com o espaço vazio do reboco rachado – apertou os olhos, selecionando a imagem. Resolveu fotografar o detalhe. Naquele momento, não era o fotógrafo do jornal mas o artista, dando o máximo de si.

Retomou o caminho satisfeito, sua vida a partir desta manhã ia mudar. Por norma, fugia de todo e qualquer tipo de plano ou compromisso, preferindo viver cada momento tal como se apresentasse. Hoje, podia se permitir certas gratificações pessoais. A atitude de assumir, aceitar a eleição de Paulina como a mulher que realmente desejava, depois de dois anos de distância, por si só justificava alguns sonhos. Iriam viver num paraíso.

O sol ficara muito quente. Provavelmente aquelas nuvens grossas, que apareciam ao longe, anunciavam chuva para a tarde: talvez o pegasse na volta. Estragaria o domingo que ele nunca mais ia esquecer, droga.

A brisa balançava os pés de manacás e suas flores caídas na terra formavam um tapete. Pensou em parar a moto outra vez, mas estacionou apenas defronte à casa de Paulina.

– Oi, ela falou – entre – tentou proteger-se na camisola, transparente.

– E sua mãe, como vai?

– Você está louco, é? Morreu há um ano – virou de frente para ele, o corpo deformado pela gravidez.

– Desculpe, eu não sabia – pretendeu esconder o

duplo espanto que o seu rosto devia estar transmitindo.
– Como é que aconteceu?

– Esqueça. Por onde você andou? Sente, Marcelo.

– Trabalhando – baixou os olhos, a decepção aparente demais. Precisava controlar-se, respirar fundo. – Você estava dormindo?

– É – ela balançou os ombros. – Não tinha motivo para acordar. Tem um cigarro?

Ofereceu-lhe o maço. Antigamente a pergunta significava "quero te dar um beijo", código utilizado pelos dois na presença da mãe dela. Paulina parece não ter se lembrado do detalhe, pegando o cigarro com naturalidade. Nem esperou pelo isqueiro que ele, trêmulo, procurava no bolso da calça apertada. E desapareceu no corredor.

Paulina grávida! Era o cúmulo do azar. Um filme de terror não o teria impressionado tanto. Por mais apavorante que fosse o enredo ou o pesadelo, não suaria daquele jeito – tirou os apetrechos fotográficos e o blusão. A gravidez era absolutamente terrível – o suor descia da testa, do rosto. Sentia a gota escorrer grossa, pesada. Teve ímpetos de abandonar a sala e apagar da memória a figura de Paulina, pelo menos essa, inchada, barriguda, com ramela nos olhos. Ódio incontido crescia gradativamente dentro de si e ele ali, parado, estarrecido, acuado, quando o que ambicionava era gritar pelas ruas o quanto as mulheres o decepcionavam. Fez enorme esforço e, duvidando ainda que conseguisse, acendeu o isqueiro. O fogo, desfocado, foi difícil de acertar, porém a tragada deu-lhe momentânea segurança. Examinou em volta: a casa se conservava impecavelmente arrumada, brilhando de cera. E podre. A acusação veio à tona sem que soubesse porquê.

Paulina surgiu vestindo túnica branca, tipo africana. Marcelo notou que pintara os olhos intumescidos e que, embora gorda, estava muito bem. Quase bonita, diria, contrariando a má impressão anterior. Trazia a bandeja de peixes que ele conhecia de outras datas, garrafa de vinho, copos e uma tigela de amendoim. Não demonstrava nenhuma emoção, puxa, que coração de pedra!

— O que traz você por estas bandas? — entregou-lhe o copo, servido.

— Simples visita.

Paulina sorriu mordaz. Um sorriso que não era novidade e que ele costumava associar à expressão de uma sua velha professora primária.

— Aposto que alguém contou da minha barriga indecente e você quer me gozar. Fique à vontade. Não será a primeira pessoa — ela deu uma coçada esquisita: simultaneamente, com as duas mãos, coçou o ventre dos dois lados.

O barulho das unhas afiadas, arranhando a pele esticada, estrangulou as explicações que podia dar. Ele ficou oco, consumido, imóvel, ouvindo os goles na garganta. Por que não retirava dele o olhar de gata, com as pupilas aumentando e diminuindo ininterruptamente?

De repente, uma corrente de ar brusca balançou as cortinas, fez tremer a túnica africana e esfriou o seu pescoço. O desejo de falar era irrefreável. Não soubera da mãe, do casamento, de nada. Senão, viria? O vinho tingia de roxo a boca saudosa — fixou-a carinhoso. O fato de estar com o estômago vazio por certo ajudava-o a mergulhar naquele surpreendente torpor após o segundo copo. Ouvia o papo engatilhado de Paulina, sem entender muito o significado, ela tão animada, passando a limpo os vinte e três meses em que se distanciaram pra valer. Vez por outra, o ronco do marido, no quarto, chegava até eles. Então riam adoidados os dois. Ela falava, falava e sua voz ia se tornando lenta e baixa, baixíssima.

Aproximou-se dele no sofá e, acariciando-lhe a mão, acusava-o de abandono, jurava ter casado por vingança, o afago subindo pelo peito, sensível. Daí, quis deitá-la no colo e embalar Paulina e a criança – ele o pai? Quem sabe pudesse ouvir as pulsações no ventre – ela se divertiu. Experimentou sentir o filho, o calombo fugiu das mãos. Refez o percurso, a protuberância escapava ao mais leve contato. Ela se submetia à brincadeira apaixonadamente, o que também o assombrou. Atendia às suas vontades sem vergonha ou relutância, pelo contrário. Enfim, reencontrava a namorada de outrora.

Amaram-se no tapete, que ele lastimou não ser o outro, ao ar livre. E, por instantes, Marcelo teve a exata sensação da perda de um pedaço de sua alma: presente que ela nem percebeu.

Ele recolheu os copos, catou o amendoim esparramado pelo chão e arrumou tudo na mesa. Atrasou-se, olhando Paulina a dormir profundamente. Pensava no quanto amava aquele corpo grande e gordo que nem uma trouxa de roupa.

De *Antes do amanhecer*

UM DIA EM TRÊS TEMPOS

I

O escritório ficava no último andar, de um prédio verde. O vestíbulo dos andares eram escuros e encardidos e o elevador precisava ser dirigido manualmente. Mal Leonor entrava no edifício sentia aquele cheiro não identificado, de mofo. Tanto podia ser do prédio, como do zelador, um homem velho que não tem a perna direita; em lugar desta, usa uma peça de madeira, em forma de taça, onde apóia o toco da coxa, embrulhado em panos sebentos. Quando ele está sentado, a perna de pau é encostada na parede, desalentadoramente inútil. Uma cicatriz divide uma das faces do rosto gretado do zelador. A marca vai da orelha até o nariz. No encontro das rugas com a cicatriz, há uma depressão estranha, como se ruas pequenas, curvas e verticais, chegassem às bordas de um rio.

A memória registrou esse ambiente e esse homem. Mas Leonor (ou Greta?) talvez preferisse colocar-se em prédio claro, moderno, com elevador automático, ascensorista uniformizado, tudo muito asseado, insípido, desespera-

damente contemporâneo. Neste caso, o zelador poderia ser aproveitado em outro texto. Recortar.

– Boa tarde, Leonor, alguém telefonou? – depositou a pasta na escrivaninha e afrouxou a gravata.

Olha o chefe, agradecida pela presença. Há dias não aparecia no escritório, ela duvidando até que necessitasse de uma secretária.

Cortar a primeira parte. O início em diálogo, é melhor. O cenário, aliás, não merece tanta importância. Os fatos, sim. Anotações sobre Leonor: magra, quinze para dezesseis anos, corpo em crescimento. (Descrição da minha sobrinha Greta.) Cabelo liso e fino como seda; os dentes são separados na frente, o que lhe garante um ar absolutamente infantil. É aprendiz de secretária.

Era ela quem abria o escritório e ficava o dia todo à espera do chefe. Anotava recados, datilografava recibos e cartas, executando o serviço devagar para levar mais tempo. Depois restavam-lhe as palavras-cruzadas e as fotonovelas. E se costumava freqüentar a janela é porque realmente não tinha o que fazer. Como invejava os escritórios vizinhos, repletos de funcionários. O bate-papo na hora do café devia ser agradável.

Profissão do chefe: contador, advogado, consultor de outras firmas? Realidade: advogado aposentado. Nem alto nem baixo, mais para o gordo do que para o magro; traz sempre um anel (de formatura?) no dedo mínimo. Pinta o cabelo, por isso a cor varia do castanho para um tom avermelhado ruço. Pregas de pele caem pesadas sobre os cílios dando a impressão de que quase não os consegue abrir. (Figura do tio Carlos.)

— Temos muito trabalho. Acha que pode permanecer além do expediente? — ele tirou os sapatos.
Assim, com bastante serviço é que o escritório dava satisfação. Aborrecia-se de estar só — transmitiu.
— Não diga, pensei que fosse o contrário.
— Não senhor.
Ele ia passando as folhas manuscritas à medida que formulava o relatório. Ela se orgulha de entender perfeitamente os garranchos trêmulos do chefe.
— Você tem namorados, Leonor?
— Tenho, um.
— E como é possível uma garota tão linda não ter uma penca de admiradores?
Gostou do elogio e da atenção.
— É estudante?
— De agronomia. Chama-se Orlando.
Interrompida a pausa, quis concentrar-se na datilografia. Porém, percebia o olhar do chefe, seus suspiros, o isqueiro a acender os numerosos cigarros e o ruído das meias a lustrar o assoalho. Espreita-o: o gogó sobe e desce no pescoço enrugado. Daquele ângulo, com a luz a sombrear o rosto curvado sobre a mesa, é um homem feio e gasto.
Ele reage às observações: endireita as costas, calça os sapatos e vem postar-se atrás dela.
Leonor acaba a última página quando, de repente, aspira o hálito forte. E, antes que esboce o menor gesto, o bigode grisalho encontra sua boca virgem. Tem nojo da língua molhada que força seus lábios apertados e estremece com a mão peluda a apalpar o seio escondido no sutiã de borracha.
— Desculpe, não pude me controlar — diz, recompondo-se. Você é tão maravilhosa.
Ela abaixa os olhos e tenta ordenar as folhas de papel.

Não sei se este ato do chefe causará em outros o mesmo efeito causado em mim, Leonor tão desprevenida... Afinal, é o primeiro emprego. Desenvolver a situação para descobrir emoções.

Já era noite lá fora. Os escritórios no prédio defronte esvaziavam-se – alguém teria espiado?
Ele atende o telefone.
– Como vai, querida. Passou bem o dia?... Sei... Claro que eu não esqueci do jantar... Um abraço, pelo aniversário.
Leonor aproveita a chance para pegar a bolsa, indecisa se iria embora ou... E se fechasse as janelas? No prédio ao lado, as faxineiras principiavam a limpeza diária. Ela tem medo da descida do elevador. Se ele insistisse em atacar, ela... Mas tem sorte, porque outro casal retardatário está no vestíbulo; a mulher, gorda e perfumada, balança no braço as pulseiras de metal; o seu par protege documentos na pasta de couro, segurando-a firmemente contra o peito.
As mulheres entram na frente, seguidas pelos dois morcegos. A imagem agrada Leonor, naquelas roupas escuras não são outra coisa. Vai ver eles se penteiam com as garras dos pés – ela solta as feições, como se fosse sorrir. No entanto, rígida, adivinha, com asco, as investigações insistentes do chefe-vampiro.

A mão de Leonor estaria úmida ao despedir-se do chefe, à porta do edifício? Ele se dirige para o carro, o andar um tanto trôpego para quem beira os sessenta anos. A idade do seu pai. Será que o pai existe? E ele, beijaria também as secretárias? Neste instante vejo-a correr para pegar o ônibus. Vejamos o que acontece, chegando à casa.

II

A mãe prepara o jantar.
– Como foi de escritório, Leonor?
– Mais ou menos. E você?

A pergunta sugere que a outra também trabalha. Leonor responde algumas palavras inconseqüentes e entra no quarto. Não acende a luz, joga-se na cama.

Definitivamente o chefe procedera de maneira vergonhosa. Ainda agora sente o hálito e um odor acre, de homem. Ouve, ao longe, a voz materna – impossível entender. Nem quer. Amanhã não irá ao escritório e sexta-feira pedirá as contas. Aquele velho sujo!
– Você está ouvindo, minha filha? Arrume a mesa rápido.
Comem em silêncio, na cozinha. Leonor preocupa-se se deve ou não contar os acontecimentos.
– Nossa, está tão quieta! O que houve?
– O Dr. Miguel me beijou.
– Que absurdo. Como?
– À força. Quero arranjar outro emprego.
– Por causa do beijo?
– Lógico! – Leonor surpreendeu-se.
– Todos os chefes são iguais. O meu – piscou – vive me convidando para jantar. Se você não der confiança, ele desiste.
– E se não parar? – chupou o talharim.
– Coma direito, filha. Enrole no garfo.
– Detesto comer desse jeito. E se ele não parar? – repetiu.
– O Dr. Miguel é poderoso. Tenho uma colega que arranjou financiamento com o chefe para comprar uma casa e, olhe, não é uma pocilga igual a esta. Com habilidade...

— Habilidade nada! — jogou a comida e lavou o prato, empoleirando-o no escorredor de louça. — Há muito serviço por aí.

— Você não comeu, filha.

— Estou sem vontade.

— Me faz um favor? Arrume isso para mim.

O quadro da mãe foi se construindo no diálogo. Exuberante de corpo, lembra certas artistas do cinema italiano dos anos 50.

Leonor providenciou a limpeza automaticamente, desejo infantil de chorar.

A mãe corta-lhe a comoção.

— Minha meia desfiou. Você tem alguma para me emprestar?

— Se quiser, tiro as minhas...

— Não querida. À noite todos os gatos são pardos — terminou a frase entre dentes, porque pintava os lábios.

Leonor reparou na colcha nova sobre a cama e no vestido branco, escolhido para ocasiões especiais... O pai talvez a amasse.

O pai surge outra vez. Está vivo ou morto? E se for doente?

— Quando é que a gente vai no asilo? — desencosta-se do batente da porta.

— Sábado, por quê?

— Pensei nele. Vocês viviam bem, juntos?

— Claro. Antes da doença. Que porcaria, este batom está mudando de cor. O Orlando vem aqui?

— Depende do horário da prova — acompanhou-a ao portão.

— Não me espere. Posso demorar.

III

Leonor senta-se na cadeira de balanço da sala. Ou no degrau da escada? Não, na cadeira de balanço. Se alguém porventura lhe indagasse os segredos, diria, quem sabe, que experimentava problemas em aceitar uma série de detalhes, em definir claramente seus sentimentos. Por exemplo, a mão peluda apertando seu seio, revoltara-a mais do que conscientemente admitia. Levanta-se: tentativa para se livrar da maldita recordação? Escolhe um bombom e torna à cadeira. O que provavelmente queria, era um espaço delimitado, sem invasões nem influências exteriores. Um espaço protegido, único, que ela preenchesse em sua totalidade, como um ovo de mármore, que vi num antiquário dias atrás. O ovo era um vão indestrutível e indevassável. Rever esta idéia do ovo: Clarice?

Novamente solitária, Leonor perde noção do tempo.

O relógio cuco anuncia onze horas: Orlando não vem esta noite – convence-se.

Então, sem que saiba porquê, considera-se uma interrupção. Um intervalo com o mundo. Naquela sala, a sós, crescia dentro de si.

Talvez porque ouvisse a voz da mãe.

– Não faça barulho, bem, a menina está dormindo.

Entravam no quarto. Outra vez.

Leonor deixou a mão descer pelo corpo e percorrer zonas conhecidas, ocupando integralmente sua solidão.

De *Antes do amanhecer*

RESUMO BIOBIBLIOGRÁFICO

Edla van Steen nasceu em Florianópolis, em 1936. É autora de 25 livros publicados, entre contos, romances, entrevistas, peças de teatro, livros de arte. Casada com o historiador e crítico teatral Sábato Magaldi, tem residência em São Paulo e no Rio de Janeiro.

Em 1991, teve publicados nos Estados Unidos dois livros: *A bag of stories* (coletânea de contos) e *Village of the ghost bells* (romance).

Em 1992, seu romance *Madrugada* obteve o Prêmio Coelho Neto, da Academia Brasileira de Letras e o Prêmio Nacional do Pen Club. Nos Estados Unidos, foi lançado com o título de *Early mourning,* em 1997.

Cheiro de amor, livro de contos de 1996, ganhou o Prêmio Nestlé de Literatura Brasileira, categoria autor consagrado; traduzido como *Scent of love,* saiu nos Estados Unidos em 2001, mesmo ano em que publicou *No silêncio das nuvens.* É de 2004 sua mais recente coletânea de contos, *A ira das águas.*

Na área infanto-juvenil é autora de *Manto de nuvem* (1985), *Por acaso* (1996), *O gato barbudo* (2000) e *O presente* (2001).

Recebeu os Prêmios Molière e Mambembe de "Melhor Autor" e APCA de "Revelação de Autor", em 1989, por *O último encontro*. Escreveu e publicou várias peças. Com *Primeira pessoa,* concebida especialmente para Eva Wilma, a atriz ganhou o Prêmio "Faz diferença", do jornal *O Globo,* do Rio de Janeiro, em 2005.

Dirige oito coleções literárias na Global Editora, tendo promovido a edição de cerca de 200 títulos.

Sua obra, particularmente nos domínios do conto e do romance, tem merecido inúmeros elogios da crítica especializada no Brasil e no exterior.

LIVROS DE CONTOS

- **No país**

Cio. São Paulo: Von Schmidt, 1965.
Antes do amanhecer. São Paulo: Moderna, 1977.
Até sempre. São Paulo: Global, 1985.
Cheiro de amor. São Paulo: Global, 1996.
No silêncio das nuvens. São Paulo: Global, 2001.
A ira das águas. São Paulo: Global, 2004.

- **No exterior**

A bag of stories. Sel. e trad. David George. USA: Latin American Literary Review Press, 1991.
Scent of love. Sel. e trad. David George. USA: Latin American Literary Review Press, 1991.

ROMANCES

- **No país**

Memórias do medo. São Paulo: Melhoramentos, 1974. (2. ed.: Rio de Janeiro, Record, 1981).

Corações mordidos. São Paulo: Global, 1983. (2. ed.: São Paulo, Círculo do Livro, 1986).
Madrugada. Rio de Janeiro: Rocco, 1992.

- **No exterior**

Village of the ghost bells (tradução de *Corações mordidos,* por David George). USA: Texas University Press, 1991.
Early mourning (tradução de *Madrugada,* por David George). USA: Latin American Literary Review Press, 1996.

COLETÂNEA DE ENTREVISTAS

Viver & escrever. Porto Alegre: L&PM, 1981. vol. 1.
Viver & escrever. Porto Alegre: L&PM, 1982. vol. 2.

INFANTO-JUVENIS

Manto de nuvem. São Paulo: Nacional, 1985.
Por acaso. São Paulo: Global, 1996.
O gato barbudo. São Paulo: Global, 2000.
O presente. São Paulo: Global, 2001.

PEÇAS TEATRAIS

O último encontro. São Paulo: Arte Aplicada, 1989. (2. ed.: São Paulo, Scipione, 1991).
Bolo de nozes. São Paulo: Hamdan, 1998.
À mão armada (em parceria com David George). São Paulo: Calibán, 1996.
Mina de ouro (inédita, 1999).

Amor de estrela (inédita, 1999).
Primeira pessoa (inédita, 2004).
Malas trocadas (inédita, 2006).

LIVROS DE ARTE

Marcelo Grassmann – 70 anos. São Paulo: Arte Aplicada, 1995.
Poetas da forma e da cor. São Paulo: Arte Aplicada, 1997.

TRADUÇÕES E ADAPTAÇÕES DE OBRAS DE FICÇÃO

Aula de canto. In: Mansfield, Katherine. *Antologia de contos*. São Paulo: Global, 1984.
O *médico e o monstro,* de R. L. Stevenson. São Paulo: Scipione, 1987.

TRADUÇÕES E ADAPTAÇÕES PARA TEATRO

O encontro de Descartes com Pascal, de Jean Claude Brisville, dirigida por Jean-Pierre Miquel, 1987/1988.
O doente imaginário, de Molière, montagem de Moacyr Góes, 1986. São Paulo: Global, 1994.
Três Anas, de Arnold Wesker, 1987.
Max, de Manfred Karge (com colaboração de Sonya Grassmann), montagem de Walderez de Barros, 1990.
Solness, o construtor, de Henrik Ibsen, montagem do Grupo Tapa, 1988/1989.
As parceiras, de Claude Rullier, 1990.
Senhorita Júlia, de A. Strindberg, montagem dirigida por William Pereira, 1991.

Strip-teases, de Joan Brossa (com colaboração de Sylvia Wachsner), 1993.
Cale a boca e solte os dentes, de Terence McNally (em parceria com Sonia Nolasco), 1994.
Encontro no supermercado, de Shula Meggido, 1993.
Da manhã à meia-noite, de Georg Kaiser (em parceria com Sonya Grassmann), 1993.
A última carta, de Nicolas Martin, montagem dirigida por Gianni Ratto, 1994.
A dama do mar, de H. Ibsen, montagem dirigida por Ulisses Cruz, 1996.
Vida no teatro, de David Mamet, montagem dirigida por Francisco Medeiros, 1996.
Três irmãs, de A. Tchecov, montagem dirigida por Enrique Diaz, 1998.

PARTICIPAÇÃO EM ANTOLOGIA DE CONTOS

- **No país**

Chame o ladrão. Contos policiais. São Paulo: Edições Populares, 1978.
O conto da mulher brasileira. São Paulo: Vertente, 1978.
O papel do amor. São Paulo: Papel Simão/Livraria Cultura, 1979.
O erotismo no conto brasileiro. Rio de Janeiro: Civilização Brasileira, 1980.
21 dedos de prosa. Santa Catarina: Aces/Cambirela, 1980.
Pelo telefone. São Paulo: Edição especial Telesp, 1981.
O prazer é todo meu. Rio de Janeiro: Record, 1984.
Criança brinca, não brinca? São Paulo: Rhodia/Livraria Cultura, 1985.

Espelho mágico. Rio de Janeiro: Guanabara, 1985.
Histórias de amor infeliz. Rio de Janeiro: Nórdica, 1985.
Contos paulistas. Porto Alegre: Mercado Aberto, 1988.
Memórias de Hollywood. São Paulo: Nobel, 1988.
Este amor catarina. Florianópolis: Editora da UFSC, 1996.
Uma situação delicada e outras histórias. São Paulo: Lazuli/Sesc-SP, 1997.
Brasil: receitas de criar e *cozinhar.* Rio de Janeiro: Bertrand Brasil, 1997.
Onze em campo e *um banco de primeira.* São Paulo: Relume Dumará, 1998.
Os cem melhores contos brasileiros do século. Rio de Janeiro: Objetiva, 2000.
Blumenauaçu 3 – Antologia de escritores catarinenses. Blumenau: Cultura em Movimento, 2002.
Feminino. São Paulo: Lazuli, 2003.
Contos de escritoras brasileiras. São Paulo: Martins Fontes, 2003.
Conto com você. São Paulo: Global, 2003.
22 contistas em campo. Rio de Janeiro: Ediouro, 2006.

- **No exterior**

A posse da terra – *O escritor brasileiro hoje.* Portugal: Imprensa Nacional/Casa da Moeda, 1983.
Nowe Opowiadana Brazyllijskie. Polônia: Krakow, 1984.
The Literary Review. USA: Summer, 1984.
Brazilian Literature. USA: Latin American Literary Review Press, 1986.
Erkundungen. Alemanha: Verlag Volk und Welt Berlin, 1988.

Sudden Fiction International. Londres/New York: W. W. Norton & Company, 1989.

Der Lauf Der Sonne In Den Gemässigten Zonen. Alemanha: Edition Diá, 1991.

One Hundred Years after Tomorrow. USA: Indiana University Press, 1992.

Something to Declare. Toronto: Selections from International Literature/Oxford University Press, 1994.

Das Grosse Brasilien-Lesebuch. Alemanha: Goldmann Verlag, 1994.

Onze em campo... de cada vez. Porto: Âmbar, 2006.

11 in Campo. Racconti di calcio brasiliano. Itália: Edizione E/O, 2006.

Anpfiff aus Brasilien – Elf auf dem Platz. Frankfurt: TFM, 2006.

ÍNDICE

Plural de Edla 9

Mãe e filho 21
Mania de cinema 31
Nojo 40
Ela e ele 49
Bodas de ouro 55
A vingança 69
Amor pelas miniaturas 78
Menor que o sonho 91
O erro 111
Rainha-do-abismo 125
Nada a lastimar 164
Até sempre 173
Lembranças no varal: a roda 199
A Bela Adormecida (roteiro de uma vida inútil) 206
A promessa 220
CAROL cabeça LINA coração 226

As desventuras de João e Helena 235
A volta 244
Saudades da vila 253
O Sr. e a Sra. Martins 260
Intimidade 265
A visita 270
Um dia em três tempos 275

Resumo biobibliográfico 283
Obras 284

Impresso nas oficinas da
Gráfica Palas Athena